2017

C'est King qui m'a dit qu'on avait oublié la photo. Il a que douze ans, mais il a commencé à laver son linge à huit, et c'est souvent lui qui me rappelle de sortir la poubelle le jeudi. Je tenais pas plus que ça à lui mettre ces responsabilités sur le dos – c'était un gamin –, mais il avait repéré mes failles et s'y était engouffré. Tandis que je classais des requêtes pour Mr Jeff chez Wilkerson & Associates, lui taillait des pavés bien réguliers de lasagnes au bœuf, qu'il passait au micro-ondes. Et là, c'était cette photo que l'arrière-grand-mère de ma grand-mère s'était fait faire, où elle posait debout en bordure de sa ferme. Miss Josephine. Son mari venait de mourir – et ça pouvait pas vous échapper, cette solitude dans ses yeux. On distinguait aussi de la fierté : les rangs de maïs deux fois grands comme elle, les poulets picorant à ses pieds. Un fumoir dont les bardeaux soutenant le toit convergeaient comme deux mains en prière.

"On pourrait retourner la chercher", suggère King.

Je secoue la tête.

"Trop tard."

Peut-être pas, mais si je fais demi-tour, j'ai peur de ne plus avoir le courage de revenir pousser les portes en verre teinté de l'élégante demeure qui se dresse devant nous. Je n'ai pas vraiment décidé de déménager ici ; la décision s'est plutôt frayé un chemin en moi, et il suffira d'une heure de route de plus, en roulant vers l'est, pour me retrouver de l'autre côté de la ville, où je serai accueillie par maman.

Mais je suis fatiguée de la décevoir. Elle a été dure avec moi quand j'étais petite. C'était une étudiante pleine de promesses quand elle avait rencontré mon père à l'université de Tulane… Elle était une des rares Noires sur le campus et elle lui avait tapé dans l'œil, même si jusque-là la seule femme noire qu'il avait connue c'était Mary, sa gouvernante. Six mois plus tard, ma mère était enceinte. Mon père a poursuivi ses études de droit. Ma mère voulait en faire autant, mais déjà que c'était difficile sans bébé, avec moi c'était quasi impossible. Elle s'est tout de même accrochée, tout en enchaînant les petits boulots : serveuse, aide à domicile, sténodactylo… Se sentant négligé, mon père s'est mis avec une étudiante de son groupe d'étude en procédure civile. Ma mère a dit que c'était tant mieux ; mais longtemps, quand elle me regardait, quand elle répondait à mes questions, quand elle me bordait le soir dans mon lit, j'ai senti l'amertume sous ses sourires crispés.

"Bon, faut y aller, je dis. La nuit tombe."

King lâche un soupir de lassitude.

"Pourquoi on va pas tout simplement chez Maw Maw ?"

Toujours la même question depuis une semaine, et je réponds toujours pareil :

"Tu te rends compte de ce que ça représente, King ? Un meilleur collège… On pourra se voir plus souvent, puisque tu seras à l'étage en dessous…

— Oui, mais vivre chez cette vieille dame… cette vieille Blanche…" Il ajoute après un silence : "C'est trop bizarre.

— Pas plus que de s'installer chez Maw Maw, comme l'autre fois. Ce sera même mieux, parce qu'elle mettra pas son nez dans nos affaires. En plus la maison est immense : Grandma Martha aura son aile et nous la nôtre. Sans doute que tu la verras jamais."

Il fait claquer sa langue, mais se tourne sur son siège pour agripper son sac à dos.

Quand j'ouvre ma portière, il en fait autant. On n'a pas emporté grand-chose. À part le mobilier, qui est au garde-meuble, tout ce qu'on a c'est des vêtements, une lampe, quelques photos de ma mère et de moi quand j'étais petite, où je suis accrochée à sa taille comme si elle allait m'être arrachée d'une minute à l'autre. On ramasse ce qu'on peut et on remonte la longue allée pavée de briques, on passe dans la cour devant la fontaine à deux vasques surmontée d'un ange, puis on franchit le portail en fer forgé de la porte d'entrée. J'ai les clés. Grandma Martha n'est pas sur le seuil pour nous accueillir, mais elle m'a déjà expliqué où on devait s'installer et je sais aller au premier étage. Sa chambre est juste au-dessus de la nôtre, au deuxième. King découvre, bouche bée, le grand lustre en cristal, les chaises tendues de rouge, les parquets d'acajou recouverts de tapis d'Orient, les portraits d'ancêtres aux fines lèvres pincées.

Une fois dans sa chambre, il pose son sac à dos. Juste à côté du lit à baldaquin, une fenêtre donne sur l'allée, où notre Camry blanche déglinguée fait un peu tache. Le matelas lui arrive à l'estomac.

Chez nous, il se laissait tomber sur son vieux lit après l'école ; là, il doit l'escalader.

Je glisse :

"Je t'avais dit que c'était grand.

— Trop grand. Trop beau. J'ose toucher à rien."

Je suis à deux doigts de lui dire qu'il a raison, qu'il vaut mieux toucher à rien, mais je veux qu'il se sente chez lui.

"Tu es soigneux, en général", je dis.

Une voix s'élève derrière moi :

"Ne t'en fais pas pour ces vieilleries."

Grandma Martha. Je me tourne pour lui dire bonjour. Elle est toujours la même : des bracelets qui tintent, un nuage de parfum, une chemise blanche repassée au col boutonné jusqu'en haut, des pantalons de couleur et des sandales chics qui s'ouvrent sur des ongles vernis d'un rose tendre. À soixante-dix-huit ans, son visage n'est que légèrement ridé ; ses longs cheveux sont plaqués jusqu'à la nuque où ils s'enroulent en chignon. Malgré tout, je devine encore la femme qu'elle était à l'époque où j'ai terminé la fac, quand elle portait un tailleur St John crème avec chapeau assorti… et même du temps de mes quatre ans, sur le balcon, quand elle me gavait de chocolat à cuire – pas trop sucré pour que je garde la ligne.

"Ah", je dis, et le soulagement déferle en moi ; elle a toujours su me mettre à l'aise. On s'est pas beaucoup vues durant mon enfance. Après moi, papa s'est mis à faire toute une ribambelle d'enfants blonds dont je n'apprenais l'âge que par les cartes de Noël. N'empêche que chaque été Grandma Martha me réclamait et proposait de me payer des stages de tennis, de maths et de sciences. Elle demandait à ma mère de me déposer chez elle ; une robe à volants Janie and Jack à ma taille m'attendait sur la méridienne, dans la chambre d'amis. Je me changeais, puis on montait dans sa Mercedes vert olive et on allait déjeuner chez Mr B dans le Vieux Carré*. Pour les vacances, elle m'envoyait des enveloppes au nom de Miss Ava Jackson avec un billet de cent dollars flambant neuf et des barrettes roses dedans. Chaque fois que je devais aller la voir, ma mère en chemin me faisait un laïus que je connaissais déjà par cœur : ne pas mettre mes coudes sur la table, manger lentement, par petites bouchées, dire "Oui, madame", ne jamais lui forcer la main. Je m'exécutais tout en sachant que Grandma se moquait bien de tout ça. J'avais beau le dire à ma mère, elle n'en démordait pas.

Après la mort de son mari, Grandma a redoublé d'attentions : elle me payait des robes de soirée et des cours de maquillage au magasin Stila de Lakeside**. Et peu après la naissance de King, quand mon propre mari a commencé à s'éloigner, elle a gardé mon bébé pour que je puisse dormir ou me faire faire les ongles. Elle s'asseyait sur le canapé de mon modeste trois-pièces et pliait les barboteuses comme si elle avait pas toujours eu une femme de ménage pour tout faire à sa place. Maintenant elle a mieux : un cuisinier qui s'appelle Binh et une infirmière à temps partiel qui s'appelle Juanita et la promène aussi le long des voies du tramway quand le temps le permet. Avec tout ça, elle m'a quand même

---

* Mr B est un restaurant créole réputé au cœur du Vieux Carré (le French Quarter), centre historique de La Nouvelle-Orléans.
** Centre commercial à la périphérie de La Nouvelle-Orléans.

appelée en larmes un samedi. Elle se sentait seule. Je l'ai calmée, puis je lui ai avoué que ça n'allait pas fort pour moi non plus suite à la perte de mon boulot d'assistante juridique, et là, elle m'a proposé de m'installer chez elle. Ce serait du gagnant-gagnant, elle en était sûre. Même si à soixante-dix-huit ans, elle n'est plus ce qu'elle a été. Elle boite, elle porte des couches, et pas seulement la nuit, mais elle a encore l'air d'avoir toute sa tête. Elle peut s'habiller et manger toute seule, et elle a gardé une douceur bien à elle qui me donne envie de lui confier mes secrets. Je me sens toujours la bienvenue ici, et ça me donne à penser que j'ai pris la bonne décision.

Elle tend le bras vers King.

"Ça me fait tellement plaisir que tu sois là", dit-elle en l'attirant à elle.

Je vois bien qu'il a toujours les épaules contractées, mais il la remercie poliment comme je le lui ai appris.

"C'est moi qui te remercie, répond-elle. Ça fait une éternité que j'ai plus d'enfant autour de moi. Tu peux pas savoir le bien que ça fait que tu sois là. Ça va changer l'atmosphère de la maison."

Puis c'est mon tour : "Et toi, ma petite-fille !"

C'est doux de l'entendre m'appeler comme ça : "ma petite-fille". Je ne crois pas qu'elle ait reconnu ainsi la filiation quand j'étais enfant. C'est seulement bien des années plus tard que j'ai pris conscience de cette omission, mais après, je me suis mise à lui tendre discrètement des perches pour qu'elle dise tout haut ce que nous étions l'une pour l'autre – sans résultat.

Elle poursuit :

"Tu peux pas savoir ce que ça me fait que tu te déracines comme ça."

Je me fatigue pas à lui dire qu'on avait pas trop le choix. J'aurais pu aller chez ma mère, bien sûr, mais ça voulait dire m'exposer à sa grande gueule, et c'était trop cher payé. Et puis à quoi ça mènerait ? D'ici un an, je me retrouverais dans la même situation. D'un autre côté, Grandma Martha m'a proposé l'équivalent de mon ancien salaire rien que pour passer mes journées avec elle. King va commencer demain au meilleur collège privé de La Nouvelle-Orléans. À la fin de l'année, j'aurai de quoi me payer un toit, ne serait-ce qu'un pavillon, et sans doute en cité, mais ça nous permettrait tout de même de nous fixer. Je gagnais bien chez Mr Jeff, mais j'ai passé un brevet de serveuse pour continuer à joindre les deux bouts après le départ du père de King. Je devais me traîner jusque chez Vincent tous les soirs et retourner chez Mr Jeff le matin. Je suis pas idiote, je sais bien que je devrais déjà être contente d'avoir eu du boulot, mais là, entre le précieux secrétaire ancien et les peintures à l'huile signées, il serait peut-être temps de commencer à demander davantage.

"Eh bien, je vous laisse vous installer", conclut Grandma.

Elle redescend l'escalier en boitillant, s'attardant sur chaque marche – plus lentement que dans mon souvenir. En se retournant, elle saisit mon regard.

"On pourrait dîner tous les trois ? Bien sûr, on est pas obligés de se retrouver à table tous les jours, mais puisque c'est notre première soirée ensemble, c'est un événement à fêter, pas vrai ?"

King et moi échangeons un regard complice. On avait entendu parler du cuisinier (que Grandma a toujours appelé Bibi) et des plats préparés à la demande : du pain perdu, des gâteaux fourrés d'une ganache au chocolat… King sourit.

"Ce serait magnifique", je dis.

Avec Binh, on se met à inspecter le bar avant le dîner. Même si je me plaignais des horaires, je garde la nostalgie de mon boulot de serveuse. En souvenir du bon vieux temps, je me prépare tous les soirs un cocktail et j'en verse un verre à mon ancien moi. Aujourd'hui c'est gin tonic : deux doses de gin, cinq doses de tonic. Je refroidis les verres, ajoute les glaçons ; je verse le gin, presse le premier citron vert avant d'ajouter le tonic ; le second citron vert, c'est juste la cerise sur le gâteau. Je m'appuie au comptoir, je prends une gorgée et je repose le verre. C'est parfait.

Binh sert du poulet frit et des gaufres avec un accompagnement de pains briochés à la patate douce et de confiture de romarin. Je suis censée être au régime, mais j'ai un faible pour ces plats de petit-déjeuner. J'attrape deux gaufres et une brioche, et je lésine pas non plus sur le sirop d'érable. King examine son assiette avec suspicion – la porcelaine de mariage de Grandma.

"Je m'étais dit que ce menu serait plus moderne", commente Grandma, contente d'elle.

Elle regarde King manger, comme fascinée. Il porte son uniforme habituel : un sweat à capuche et un short de sport Nike avec des leggings de basket dessous. À douze ans, il fait une tête de plus que moi ; un garçon chocolat avec des dreadlocks qui lui tombent aux épaules. J'ai épousé son père parce que j'ai pas pu dire non au premier garçon qui appelait quand il l'avait dit et qui me disait "je t'aime" le soir avant que je m'endorme ; mais pour être honnête, il y avait autre chose. Tandis que le père de King était aussi noir que possible, j'en étais encore à rejeter ma peau claire et le père absent à qui je la devais. À l'école, les filles de la VIIth Ward lisaient "oppresseur" sur mon visage. Enfant, j'étais costaud, j'achète encore dans les rayons grande taille de la plupart des magasins ; j'ai plus de cheveux que la moyenne, et les boucles brunes de mon afro me touchaient presque les épaules. C'est à la mode aujourd'hui, mais pas à l'époque. Comme maman voulait pas que je les défrise, les enfants – pas très originaux – m'appelaient Chia Pet et Sauver Willy*, ou bien ils chantaient *"He's got jungle fever, she's got jungle fever**"* quand j'entrais dans la classe. Mon plan a marché : en voyant King, personne ne peut ignorer que c'est un enfant noir. Et puis il est plus cool que je l'ai jamais été. Quand j'allais le prendre chez McMain, il était escorté jusqu'à ma voiture par toute une petite bande qui n'était déjà plus exclusivement composée de collégiens. Il y avait aussi quelques lycéens que j'avais vus traîner dans la rue.

Il se met à chipoter avec sa nourriture.

Je sais ce qu'il pense : "Ils le savent, les Blancs, que servir du poulet frit c'est pas leur affaire."

* Les Chia Pet sont des figurines de terre cuite représentant des animaux et dans lesquelles on fait germer des graines de chia. Celles-ci, en poussant, constituent la "fourrure" de l'animal. *Sauver Willy* (1993) est le titre d'un film de Simon Wincer mettant en scène Willy, une orque – donc un animal noir et blanc.
** Allusion au film de Spike Lee *Jungle Fever* (1991), qui raconte les amours d'un Africain-Américain et d'une Italienne-Américaine.

"« *Please stick to the rivers and the lakes that you're used to** »*", il chante ; c'est un vieux morceau que j'entends parfois sur FM 98.

Je le gronde malgré mon envie de rire. Grandma m'arrête.

"Laisse-le, c'est un enfant. Ça dure pas longtemps. Profites-en, parce qu'après, quand ils grandissent – elle embrasse la grande table d'un geste circulaire –, eh bien, tu te retrouves toute seule.

— On est là, nous, je chuchote.

— Oh, bien sûr. Ce que je voulais dire, c'est qu'en achetant ce meuble, je croyais que je verrais toujours mes enfants attablés autour de moi, jusque dans mon grand âge, mais…" Je vois son visage se défaire et s'allonger ; en un éclair, elle se reprend. "Mais buvons aux nouveaux liens."

Elle lève son verre d'eau pétillante, moi mon gin tonic et King son lait chocolaté ; on trinque tous ensemble et je le surprends à sourire.

Le soir, comme j'ouvre son lit, Grandma Martha me demande de m'asseoir en face d'elle sur le banc en osier.

"C'est tellement beau."

Tout doucement, elle étend les jambes, puis les replie. Elle a éteint son système d'alerte médicale et l'a posé sur sa coiffeuse.

"Ouais, c'est sûr que tu as une maison incroyable", je dis.

La chambre, impeccable, est presque aussi grande que mon ancien appartement. Il y a une méridienne

---

* "S'il vous plaît, tenez-vous-en aux fleuves et aux lacs que vous fréquentez d'habitude." Extrait de *Waterfalls*, de TLC (1994), un groupe féminin de R'n'B originaire d'Atlanta.

couleur crème dans le coin, une cheminée de marbre blanc, et à ma gauche un miroir dans un cadre doré.

"Je ne parle pas de ça, dit-elle. Je parle de vous." Elle fait un grand geste vers la chambre de King. "La famille. La vie que tu as bâtie. Tu t'occupes tellement bien de King, il est tellement heureux. J'ai essayé de faire ça avec ton père, mais peut-être que je m'y suis mal prise. Je l'ai trop gâté, en fait, poursuit-elle. Il n'a jamais eu à se fatiguer, et regarde où ça l'a mené ; il ne donne de nouvelles que tous les trente-six du mois, et encore c'est à peine cinq minutes au téléphone. Tous les ans une autre femme. Je n'ai jamais pensé que ta mère était la bonne, mais… au moins elle s'est occupée de toi.

"Je regrette de ne pas avoir été plus présente quand tu étais petite. Tu avais besoin d'attention, mais j'étais trop occupée à être une bonne épouse. J'étais prise dans l'époque. Tu sais, tout était différent à ce moment-là ; mais l'enfant, l'enfant, lui, il a besoin d'amour ! La couleur de peau ne compte pas pour lui ; c'est ce que j'ai toujours dit à ton grand-père mais ça le dépassait."

Si c'est mon pardon qu'elle veut, je suis pas prête à l'accorder ; alors je dis pas un mot. N'empêche que je suis là, et c'est pas rien.

Elle reprend :

"Et tu sais, ton père… J'ai jamais parlé de ça à personne – la stérilité, c'était une tare à l'époque –, mais il m'a fallu des années pour tomber enceinte de lui. C'était terrible, déchirant, et ça a bien failli détruire mon mariage. J'ai bien cru qu'on ne s'en sortirait pas, et puis cette merveille de petit bébé est arrivée." Elle secoue la tête. "C'est pour ça que je m'y suis tellement accrochée."

"Enfin…" Elle a une grimace de ravissement. "Quand j'étais jeune fille, avec mes sœurs, on courait dans les champs avec nos prétendants, on leur prenait la main. Ils essayaient d'aller plus loin, et on se laissait faire – mais il fallait qu'ils se donnent du mal. Papa était respecté de tous ; même les hommes de son âge hésitaient à l'appeler par son prénom. Ils disaient « Monsieur Dufrene ». Quant aux jeunes, ils voulaient tous être vus avec une fille Dufrene." Elle sourit. "Tous, sans exception, elle répète. Dès qu'on avait treize ans, ils commençaient à nous tourner autour, et après ils ne nous lâchaient plus."

J'ai emporté mon gin tonic, et maintenant je m'en félicite. J'en bois quelques gorgées ; je m'attendais pas à la séquence souvenirs.

Du doigt elle me montre sa boîte à bijoux, et je me penche vers son bureau pour la lui passer. Elle en sort un collier de diamants.

"Il te plaît ?

— Beaucoup."

Depuis que maman a trouvé la foi dans son église New Age, elle raconte que l'univers contient plusieurs variantes de nous-mêmes : par exemple, outre le moi qui est assis là avec Grandma Martha, il y a une autre version qui a terminé l'université en quatre ans et pas sept, qui mange pas de glace à la menthe et aux pépites de chocolat la nuit, qui a trouvé un bon mari – ou du moins qui a divorcé plus tôt du papa de King. Il y a le moi qui sait combien je suis belle, intelligente, douce ; un moi qui se passe de réveil le matin, fouetté par l'ambition qui coule dans ses veines, et cette femme va au bal avec ce collier de diamant.

Et voilà que Grandma Martha dit :

"Il est à toi."

Je proteste : "Non, jamais de la vie ! J'en veux pas." Et j'ajoute aussitôt, pour être bien claire : "Je suis pas là pour ça."

Un sourire paisible s'étale sur son visage.

"Je comptais te le donner de toute façon. Il ressortirait tellement bien sur ta belle peau brune. Quant aux autres petits-enfants, franchement, ils méritent même pas le seau dans lequel je pisse."

Je ris.

"Mais, Grandma Martha, j'ai vu ta photo de fiançailles, chez ton mari – chez grand-père, je rectifie. Tu portes ce collier, et il te va magnifiquement bien. Tu pourrais avoir envie de le garder en souvenir."

Elle secoue la tête.

"Dans pas si longtemps, je serai six pieds sous terre et toi au-dessus, et y a pas un bijou au monde qui pourra me faire revenir, pas vrai ?"

Je sais pas quoi répondre. J'aime pas quand elle se met à parler comme ça. J'ai pas grandi avec elle, mais je m'habitue à me reposer sur elle de plus en plus au fil des ans.

"Très bien, Grandma." Je me lève et je l'embrasse sur la joue. "Je suis juste à l'étage au-dessus."

Je baisse les lumières.

En allant à ma chambre, je vais voir où en est King.

Il sort ses chemises, les pend dans le placard, mais on dirait qu'il a pleuré.

Je l'attire vers le lit et je m'assois à côté de lui.

"Tout va bien se passer, je lui dis.

— Non, c'est pas vrai, répond-il en tortillant frénétiquement ses dreadlocks, comme il le fait quand il est concentré ou nerveux, ou triste. Écoute, je la sens pas, cette maison. Ça t'a rien fait quand t'es

entrée ? C'est comme de s'enfermer dans un frigo."
Il se met à chuchoter. "Et elle, je la sens pas."

Il hoche la tête en direction de la chambre de
Grandma. Je proteste :

"Ta grand-mère ? C'est notre famille !

— Qui est du même sang n'a pas forcément la
même couleur."

Je ris.

"Mon gars, la bonne citation, c'est dans l'autre sens.

— Nan, réfléchis bien, maman.

— Écoute. On tente le coup un mois ? Et après, si
ça te plaît pas, on peut trouver une autre solution."

Un silence.

"D'accord, maman."

Il retourne jouer avec son iPhone, et au moment
où je me redresse, j'entends un son qui jaillit. C'est
le dernier morceau de Childish Gambino, qu'il
écoute en boucle. Il ne me laisse pas l'embrasser
trop longtemps et puis il range ses Nike et ses Puma
dans le placard, juste comme ça.

"On va être bien ici", je lui dis.

Il ne m'a pas entendue. Les paroles du rappeur
me suivent une fois que j'ai quitté la chambre.

Too late
*You wanna make it right, but now it's too late**.

Devant la chambre de King, j'installe la lampe que
j'ai rapportée. C'est une lampe trophée en cuivre

* Extrait de la chanson *Redbone*. Texte et musique de Ludwig Go-
ransson, Childish Gambino, Gary Cooper, George Clinton Jr. et
William Earl Collins. © Songs of Universal Inc., Ludovin Music,
Songs of Roc Nation Music, Childish Industries / Halit Music,
Warner Chappell Music France, Universal Music Publishing.

poli avec un abat-jour nuit. King ne dirait jamais qu'il a peur du noir, mais je sais que ça le rassure de voir une forme familière quand il se réveille à l'aube. J'allume la lampe, je vais dans ma chambre et je m'enfonce dans mon lit. Le matelas est plus épais et plus moelleux que ce dont j'ai l'habitude. Je carbure à l'adrénaline depuis que j'ai pris ma décision. Grandma cherchait de la compagnie depuis un moment et j'avais contacté Traveling Angels pour elle, mais c'est alors que le collège de King a appelé : il s'était battu. J'ai foncé le chercher, et bien entendu il avait l'œil qui gonflait déjà et il tenait une serviette trempée de sang contre son nez.

"Faudrait que tu voies comment j'ai arrangé l'autre, il a plaisanté, mais je me suis énervée :

— On fait pas ça chez nous ! Tu le sais bien, pourtant !"

Et il a voulu s'expliquer. Un garçon de troisième s'en était pris à son copain Nathan. Il avait pas le choix, il devait le défendre. C'est pas moi qui lui disais toujours de se battre pour ce en quoi il croyait ? Ben voilà, il croyait en son ami.

Je lui avais répliqué que je voulais pas de voyou chez moi, mais le soir, pendant qu'il mangeait un mirliton fourré avec du pain à l'ail, son préféré, je le regardais, mon fils dont je voyais encore le visage de nouveau-né, et je me demandais à quel moment j'avais fait une erreur. On vivait dans une maison quand il était né. Modeste, à quelques rues de Freret Street, avec d'un côté un policier et de l'autre une secrétaire. Puis le père de King était parti, et le loyer s'était mis à augmenter, d'abord de trente dollars, puis cent, et Mr Jeff avait beau être sympa, il pouvait pas cloner mon salaire. Quand il a fallu déménager, on avait nulle part où aller. Cinq ans après l'ouragan Katrina, mon quartier était florissant. On avait un maire blanc et des restaurants chics sur une douzaine de pâtés de maisons, mais tout ce que je pouvais m'offrir, c'était un appartement réaménagé dans les anciens HLM. En voyant les pelouses nettes et la peinture fraîche, impossible de savoir ce qu'il y avait avant, mais les dealers au coin de la rue avaient cafté, et j'avais dit à King que je n'élevais pas de voyou, mais je me suis demandé à ce moment-là si c'était pas justement ce que j'étais en train de faire. J'ai appelé Grandma et je lui ai dit qu'elle n'avait plus besoin de chercher, que la compagnie, ce serait moi.

Ce soir je suis à quelques minutes de marche d'où je viens, mais c'est comme si c'était un autre monde. En dehors du fourgon blindé qui passe toutes les heures, il y a peu de circulation, seuls les grillons et quelques carillons éoliens viennent rompre le silence. Je suis encore un peu pompette à cause de l'alcool, et je vais sur Spotify, je programme en boucle une chanson de Sam Smith. C'était la préférée de Byron, la mienne aussi ; il ne me manque pas. Moins, en tout cas, que la plénitude que j'éprouvais à faire partie d'un tout, la profondeur et le but que cela donnait à ma vie.

You say I'm crazy
'Cause you don't think I know what you've done*

* Extrait de la chanson *I'm Not the Only One*. Texte et musique de James Napier et Samuel Smith. © Stellar Songs Limited, Naughty Words Limited, DCMUK SIMP Limited, Universal Music Publishing, EMI Music Publishing, Sony Music Publishing.

Je ne mets pas longtemps à m'endormir mais peu après, je me réveille avec le pied droit tendu – comme si, au pays des rêves, j'étais en train de courir. En fermant les yeux, j'arrive à reconstituer une partie de la séquence : je patauge dans une eau si claire qu'on la croirait potable, mais qui empeste le croupi. Derrière moi, il y a le roulement de tonnerre de chevaux au galop, et les chevaux lancés à ma poursuite profèrent des phrases que je n'arrive pas à saisir. King est à mes côtés – adulte, et avec une autre tête, mais je sais que c'est lui ; et juste avant d'ouvrir les yeux, j'entends un coup de feu, et un cri.

Grandma a tiré quelques ficelles pour faire entrer King au collège privé de son quartier ; ce matin, il est nerveux à l'idée de ne pas retrouver ses vieux copains, et il goûte à peine au gruau de maïs et aux œufs que Binh a préparés. J'essaie de lui rappeler les aspects positifs de ce nouveau collège, mais il ne dit pas un mot de tout le trajet en covoiturage.

Il m'avait dit qu'il avait bien peur d'être le seul gamin noir de sa classe, et il était pas loin du compte : il y en a quelques-uns, noyés dans la population générale. Leurs mères se pointent en Porsche ou en Mercedes ; je vois par les vitres latérales qu'elles sont en tailleur ; elles me sourient – des sourires bien vite effacés. On n'est pas du même monde. Mais ça me va, vu ce qu'il y a par ailleurs dans cet établissement : des cours STEM* pour pas un rond, un jazz-band, une revue dirigée par les élèves… Le soir, King écrit des poèmes, et je retrouve parfois des pages toutes gribouillées sur la commode. Des poèmes d'amours enfantines, alors qu'il a jamais eu de copine – *Sois ma terre et je serai ta lune.* Alors

* STEM : science, technologie, ingénierie et mathématiques.

c'est pas du Langston Hughes, mais faut bien commencer par quelque chose.

Aujourd'hui, c'est juste une journée prise de contact ; et quand je passe le chercher, King est intarissable. Au dîner, il parle la bouche pleine, mais il est tellement content que je le laisse faire. Il me raconte que, le matin, il y a une réunion où les élèves prennent la parole pour dire ce qui va pas. Il s'est levé, et il a parlé de son changement de collège.

"Après, tous les gamins sont venus vers moi dans le couloir pour se présenter. Dans mon ancien collège, on m'aurait traité de nul, mais ici ils sont trop – il hésite – gentils."

Grand-mère jubile.

"Et ce n'est qu'un début, assure-t-elle. Tu vas te faire tellement d'amis dans ce nouveau collège ! De gentils enfants qui auront une bonne influence sur toi."

King change brusquement de visage et pose sa fourchette.

"J'avais aussi des amis dans mon ancien collège, lâche-t-il.

— Oui, oui, bien sûr, la seule chose que je voulais dire, c'est…" Sa voix faiblit.

"On est très contentes que tu aies passé une bonne journée", j'ajoute, et il a l'air de se détendre.

Les spaghettis sont un de ses plats préférés ; il vide son assiette puis demande à se lever de table.

Je débarrasse avant d'aller aider Grandma à monter. J'avais pas fait attention à ses vêtements quand elle était assise : comme à son habitude, elle porte une chemise à col boutonné classique avec un pantalon blanc amidonné, mais au dîner elle a renversé de la sauce tomate, qu'elle a même pas pris la peine d'essuyer. On voit encore le jus rouge dégouliner le long du pli. Et puis l'odeur qui s'en dégage par bouffées ne laisse planer aucun doute. Je m'apprête à lui demander si elle a besoin que je l'aide à se nettoyer, mais je l'aperçois qui se dirige vers sa salle de bains et je la laisse faire.

En passant devant la chambre de King, je le vois assis sur son lit. J'entre et je m'installe à côté de lui, je lui caresse la nuque comme je le fais depuis que je lui ai donné le sein. Des fois il me laisse faire, des fois non. Aujourd'hui, il s'abandonne contre moi.

"Qu'est-ce qui se passe ? Ça m'a pas trop l'air d'aller, là.

— Je sais pas. C'est juste comment elle a parlé de ces gosses et de leur bonne influence. Comme si mes copains étaient des nuls.

— Oui, j'ai bien vu. Mais tu dois te dire qu'elle l'entendait pas de cette manière. Elle vieillit et elle trouve pas toujours les bons mots, mais fais-moi confiance. Si quelqu'un sait que tes copains sont de gentils enfants, c'est elle."

Il ne répond rien.

"Tes copains te manquent, pas vrai, mon gars ?"

Il hoche la tête.

"Écoute. Je suis libre ce week-end. On pourrait retourner dans notre ancien quartier. Je vais appeler Senait, on va organiser quelque chose avec elle, Nathan et Issa, ça te va ?"

Il hoche à nouveau la tête.

"Je t'aime, maman.

— Pas autant que moi."

Au milieu de ma phrase, j'entends un grand fracas juste derrière la porte et je me précipite.

Grandma se tient devant la chambre de King. Je pousse un cri de surprise malgré moi, mais je ne m'attendais pas à la découvrir là ; sans compter qu'elle n'a plus les cheveux attachés comme à son habitude, et je m'aperçois pour la première fois qu'ils lui descendent jusqu'au ventre. Elle s'est déjà changée et sa chemise de nuit est claire et translucide ; son corps nu transparaît par éclairs sombres ou pâles. Je détourne le regard.

"Qu'est-ce qui s'est passé ? je demande en lançant des regards furtifs derrière elle.

— Oh, c'est cette lampe qui vient de tomber. Je n'y ai même pas touché, je le jure. Je suis juste passée à côté et elle a glissé.

— Oh !"

C'est la lampe de l'arrière-arrière-grand-mère de ma mère, le seul objet de Josephine que nous possédions. J'ai pas besoin de l'examiner pour voir que le cuivre est ébréché.

"Je suis vraiment désolée, s'émeut Grandma. Je peux demander à Juanita de courir t'en acheter une autre demain. J'ai vu exactement la même chez Nordstrom.

— Non, Grandma, tout va bien. T'en fais pas pour ça. C'est juste que je m'attendais pas à te voir. Je vais te raccompagner jusqu'à ton lit."

En retournant à sa chambre, elle veut commenter chaque photo devant laquelle nous passons.

"Celle-ci, c'est le jour de mon mariage, dit-elle en montrant un format vingt sur vingt-cinq en noir et blanc. C'est lui qui a remporté la perle rare. Tous les garçons du comté nous attendaient devant le portail de la ferme."

Je lui réponds un peu comme je le ferais avec un petit enfant.

"Oh, mais ça m'étonne pas du tout !"

On continue à avancer. Arrivée à la chambre, je reste un peu pour surveiller sa navigation jusqu'au lit, l'oreille tendue au grincement du sommier. Elle se rend sans doute compte que je suis encore là puisqu'elle arrête pas de parler, le dos tourné ; d'abord de la pluie et du beau temps, et puis elle change de sujet chaque fois qu'elle se retourne sur son lit.

"J'espère que tu ne comptes pas partir", dit-elle presque en chuchotant.

Je me demande si j'ai mal entendu.

"Bien sûr que non, Grandma. On vient à peine d'arriver. Où est-ce qu'on irait ?"

Elle soupire.

"Les gens ont leur monde à eux. Leurs rêves. Pour ce que j'en sais. L'herbe est toujours plus verte ailleurs. Mais nous sommes bons avec vous ici, pas vrai ?"

C'est une drôle de question, mais je pense toujours à cette lampe.

"On pourrait pas trouver mieux, je dis.

— Bien. Je t'aime, Ava.

— Je t'aime aussi, Grandma."

JOSEPHINE

1924

Pour rien au monde j'aurais choisi le hampshire
– une bête de trois cent cinquante kilos, engrais-
sée à la patate douce, au lait, à la betterave et au
panais. Et pourtant, la semaine passée je l'avais
récuré à la paille de maïs parce que c'est pas tous
les jours que votre seul fils se marie. Il fallait assez
de viande pour nourrir la paroisse.

À Wildwood, on se pressait pas d'emmailloter
les bébés de blanc et de les plonger dans l'eau dès
que leur couleur ressortait ; et quand un homme et
une femme sautaient par-dessus le balai*, c'était pas
avec le consentement de leur mère. Autrefois, une
tante qu'était pas vraiment la sœur de ma mère était
tombée folle amoureuse d'un homme qui vivait de
l'autre côté des marais. Tom, qu'aimait pas qu'on

---

* Avant la guerre de Sécession, les esclaves n'étaient pas mariés
officiellement par le représentant d'une religion ou de l'État,
mais éventuellement unis par un rituel comme celui-ci, organisé
par le maître qui posait un balai à terre et faisait sauter par-dessus l'homme et la femme qu'il avait décidé de marier. Dans certaines régions, les Africains-Américains se sont approprié ce rite,
qui est également passé dans la langue comme une métaphore
du mariage.

l'appelle "Maître", avait dit oui, bien sûr, et cette nuit-là ils avaient dormi dans la même cabane. Au-delà de ça, personne s'en était soucié, et même si ça fait plus de trente ans qu'on a fondé Resurrection dans la paroisse de West Alexander, en Louisiane du Sud, je me réveille toujours chaque matin sans y croire. Ma gratitude est infinie, et pour remercier le ciel, je m'assure de faire tout ce que Tom – qui s'assurait qu'on l'appelle par son prénom – n'aurait pas fait. Si j'ai porté et élevé trois enfants, aujourd'hui j'en ai plus qu'un avec moi, un fils, et c'est lui qui a choisi sa fiancée. Non, me lancez pas sur le sujet. Et le hampshire est le porc le plus gras. Mon mari et moi, on a commencé comme métayers sur le bord d'une falaise qui traçait une ligne entre la ferme de Mr Dennis et les marais du fleuve Mississippi. Au début, on s'en sortait pas mieux ici qu'à Wildwood. Pour aller travailler, on se réveillait tous les matins avant le lever du soleil, et on partait à dos de mule sur un chemin de terre qui longeait le fleuve. Mais Mr Dennis, c'était un joueur, un homme qui buvait son whisky cul sec, sans rien. Et il a pas fallu attendre longtemps pour que ce qui était à lui soit à nous : cent vingt hectares de coton, de maïs, de canne à sucre, sans compter les cochons et les vaches. Ses ouvriers sont devenus nos ouvriers, sauf que, nous, on les a pas traités comme ça. On a divisé les hectares en lots et on les a répartis. Avec eux, on a créé une communauté : on a construit une église, avec une école à l'intérieur, puis un moulin à blé, un moulin à canne à sucre, une égreneuse de coton qui meule le maïs aussi. Et si on avait des bardeaux, tout le monde avait des bardeaux ; pareil avec nos vaches laitières, et les terrains potagers. Maintenant que je suis vieille, les mains de ma famille sont mes mains. Si je dis ça, c'est pour dire que les choses ont changé : tirer une balle entre les yeux du cochon, c'est plus pour moi ; et le suspendre, le saigner, le laver, le dépecer ou le vider, non plus. Maintenant j'ai quelqu'un pour faire ça à ma place, mais c'est toujours moi qui décide ; et donc j'ai choisi le cochon noir avec la bande blanche au milieu, parce qu'il faut prendre le meilleur.

La porte s'ouvre à la volée, je sais que c'est Jericho. Avec ses longues quilles, il court quand les autres marchent ; moi, je me mets à clopiner vers lui, toute courbée, mais je me redresse pour l'accueillir dans mes bras. Il est rouge de peau, tout comme son père et comme mon mari, et sa tête aux cheveux coupés ras m'arrive à la taille.

"Tu sens le dehors, toi", je dis en examinant sa salopette bleue poussiéreuse.

Il y a un trou au genou, je vais avoir du raccommodage à faire ce soir.

"Je jouais, Grandma.

— C'est ça. En tout cas, ce soir t'auras droit à un bain."

Pas de réponse.

"Tu sais ce que je veux dire, pas vrai ?"

Il ne parle toujours pas. Puis :

"Et qu'est-ce qui se passerait si je voulais pas qu'ils se marient ?"

Je lui donne une légère tape, plutôt qu'une claque, en plein sur l'épaule.

"Seigneur, délivrez-moi ! Nous Vous rendons grâce pour Eliza, je dis comme si je récitais mon psaume du matin. Elle est gentille avec toi, elle sait lire et écrire, elle pourrait sans doute mieux t'apprendre que le professeur qu'on paie. Elle s'occupera bien de Major et de toi aussi."

Il s'assoit, ôte son chapeau à larges bords et tambourine des doigts sur la table en pacanier. Au centre, une cruche avec un bouquet de lys pousse son parfum jusqu'à moi. Je me lève instinctivement et verse à Jericho un verre de limonade fraîche. Je suis toujours reconnaissante au ciel de m'avoir mise en possession de cette maison ; avec des planches en pin qui se chevauchent pour empêcher les rongeurs d'entrer ; ou des fenêtres qui s'ouvrent en grand, sans forcer. Il y a trois chambres à coucher, dont l'une est tellement grande que je peux y loger deux lits côte à côte ; j'ai une glacière au lieu de simples jarres en céramique ; jamais je ne manquerai de sacs de farine, ni de confiture de framboises ou de conserves de tomates sur mes étagères, même si je vis encore dix ans, ce qui risque pas de m'arriver. Je regarde Jericho boire comme si ses lèvres étaient un miracle pour les yeux. Sûrement que mes enfants buvaient de la limonade ; sûrement qu'ils entraient en courant et m'appelaient pour en avoir encore, mais j'en ai pas le souvenir. Du tout.

"Tu crois vraiment qu'elle va s'occuper de moi ? il demande en posant son verre. Je suis pas son enfant. Et bientôt elle va se mettre à en avoir à elle, et je commencerai à sentir le putois frit.

— Qu'est-ce que t'y connais, toi, aux putois frits ?"

Je lève les yeux au ciel mais je comprends à quoi il fait allusion.

"C'est toi qui m'en as parlé, il réplique, quand tu me disais comment tu t'étais échappée et que tu t'étais cachée dans les marais.

— Nan, on mangeait pas de putois ; des lapins, des ratons laveurs, des écureuils, du ragoût d'opossum avec des patates douces, mais pas de putois, jeune homme. Et maintenant, ça suffit comme ça."

C'est une chose de plonger dans le passé, mais qu'on vous traîne de force et qu'on vous y balance, faut pas me lancer là-dessus. Autrement, je sais pas quoi lui dire.

"Tu pries comme je t'ai montré ?

— Oui, m'dame.

— Ajoute tes craintes sur la liste. Mais je vais te dire une chose : j'ai prié pour que ton père trouve quelqu'un qui vous aimerait tous les deux, et qui me remplacerait quand je serais plus de ce monde.

— Fais pas ça.

— Fais pas quoi ? La seule chose sur laquelle on peut compter, c'est le cycle de la vie. En tout cas, Eliza est arrivée, et je crois bien que c'est Dieu qui l'a voulu.

— Qu'est-ce que t'en sais ?"

Je marque un temps de silence.

"J'en sais rien. Sauf que la veille qu'il l'a ramenée chez nous, j'ai rêvé d'une femme tout en jaune qui avançait dans un tunnel en faisant signe, et quand Eliza est entrée, elle avait bien une jonquille dans les cheveux, pas vrai ?

— Je m'en souviens pas.

— Et pourtant si. Alors souris un peu. Et surtout, va te laver derrière la maison ; je dois faire des gâteaux ; si tu m'obéis, j'en fourrerai un avec la confiture de myrtilles que t'aimes tant."

Il s'exécute, mais je sens bien quand mes paroles ne prennent pas. Tant pis, je vais voir mon potager, avec ses tomates, ses haricots verts et ses okras, les lignes de betteraves, de patates douces et de choux, et les rangs de pois à vache, mélangés au maïs. Dans la basse-cour, les poulets se promènent un peu partout à la recherche de graines et d'insectes. Je passe le fumoir, le puits, puis le parc à bestiaux, avec sa clôture en zigzag. Le meilleur porc a beau me jeter des regards suppliants, je pointe sur lui mon doigt noueux.

L'église est pleine à craquer et les fidèles s'entassent jusque devant le porche. Bien sûr je vais m'asseoir au premier rang. Jericho entre à ma suite, et il tient la tête bien droite ; son costume bleu marine fait ressortir sa carnation cuivrée ; il se glisse furtivement à côté de moi. Après lui, c'est une petite fille dont le père travaille aux champs ; elle se penche sur un panier et étale des gardénias à ses pieds.

Dès que l'organiste presse les pédales, tout le monde se lève. C'est comme si Eliza arrivait du fond de l'église sur la pointe des pieds. Sa peau dorée est satinée, et elle porte une couronne de jonquilles tressées dans son chignon bouclé. Je pourrais la cueillir d'une seule main tant elle semble légère, et elle vogue plus qu'elle ne descend l'allée centrale. L'assistance pousse des "ooh" et des "aah" d'admiration, et c'est pas du chiqué. C'est peut-être la mariée la plus jolie qu'ils aient jamais vue, et si ça se trouve qu'ils verront jamais.

Je tends le cou pour regarder de son côté de la nef. Jericho, qui a vu la famille d'Eliza s'avancer, a lancé sans réfléchir : "Mama, ces gens sont sacrément dignes !" C'est le moins qu'on puisse dire. Sa mère, Cyrile, est institutrice à la West Alexander Colored Convent School, une des premières écoles pour Noirs de la paroisse. Elle est assise à côté de son fils Louis, le frère d'Eliza. On m'a dit qu'il était impulsif, et ça se sent : il a un teint pâle qui vire facilement au rouge, et il gigote, il se triture même les doigts lorsque les mains de sa sœur et de Major se joignent. Pourtant son costume est si savamment ourlé qu'on voit à peine le bord de ses chaussettes. J'aime pas comparer les gens, c'est comme reprocher à Dieu d'avoir créé des pétunias *et* des roses. J'oublie pas pour autant que je suis née esclave. Je sais lire un peu et j'ai veillé à ce que Major termine la quatrième année d'école primaire. Mais maintenant c'est lui qui fait tourner la ferme, et la famille d'Eliza vit au croisement de General et de Christie Roads. Elle est du même monde que les Doucet et les Chevalier. Des gens libres depuis aussi longtemps qu'ils veulent bien se le rappeler.

Je me souviens alors que j'ai fait faire une robe exprès pour l'occasion, en crêpe de soie jaune pastel avec une taille basse, et un ruban noué autour du cou qui vient d'un magasin tellement chic que j'ai dû payer une Blanche pour aller l'acheter. Pour une femme de mon gabarit – même à mon âge je sens les coutures de cette robe qui tirent sur les côtés –, j'ai toujours fière allure. Une fois que je quittais la réunion de prière du ministère pour les malades et les confinés, j'ai entendu un jeunot qui disait : "Cette Josephine, ça a beau être une daronne, on dirait plutôt une frangine !"

Et voilà la vieille institutrice de maternelle de Jericho qui s'avance vers le pupitre ; elle s'éclaircit la gorge puis glisse un regard à l'organiste, qui se met à jouer. Elle se lance d'une voix mal assurée :

Three gates in the east
Three gates in the west
Three gates in the north
Three gates in the south
That makes twelve gates to the city, Hallelujah

Bientôt, le chant semble jaillir de ses entrailles :

Oh, what a beautiful city
Oh, what a beautiful city
Oh, what a beautiful city

C'est comme si j'étais à côté d'elle, à battre la mesure sur ma hanche :

There's twelve gates to the city, Hallelujah
Walk right in, you're welcome to the city
Step right up welcome to the city
Walk right through those gates to the city
*There are twelve gates to the city, Hallelujah**

Dès que les applaudissements sont retombés, le prêtre quitte la chaire pour s'avancer vers nous et attaque d'une voix de tonnerre :

* "Trois portes à l'est / Trois portes à l'ouest / Trois portes au nord / Trois portes au sud / Cela fait douze portes pour entrer dans la ville, alléluia / Oh, quelle ville splendide / Il y a douze portes pour entrer dans la ville, alléluia / Entrez sans hésiter, vous êtes bienvenus dans la ville / Avancez sans hésiter, bienvenue dans la ville / Franchissez sans hésiter ces portes de la ville / Il y a douze portes pour entrer dans la ville, alléluia."
La "ville" est ici la Jérusalem céleste décrite dans l'Apocalypse, au chap. XXI.

"Mes frères, mes sœurs… combien faut être pour se marier ?

— Deux, on répond au quart de tour.

— Hein ? brame-t-il, la main en cornet derrière l'oreille comme s'il entendait pas. Vous dites quoi ? Trois, en comptant maman ? Non, non ! Quatre, en comptant frérot et sœurette qui sont encore à la maison ? Non, eux non plus, mes frères, mes sœurs : c'est juste entre vous deux. Et puis Dieu – que ce soit Lui votre seul conseiller, votre pierre de touche. Tu racontes les secrets de ta femme à Janie et à Paul, et puis tu rentres chez toi, tu mets la tête sur l'oreiller et t'oublies tout ça comme un mauvais rêve, mais Janie, elle a pas oublié, et chaque fois qu'y a ta femme qui passe, Paul se repré-sente vos misères intimes, et il y met son grain de sel, son souffle de vie. Non, mes frères, mes sœurs, nooooon…"

Il laisse traîner le dernier mot, entre le soupir et la plainte.

"Noooon… « Et qui peut se flatter de trouver une femme vertueuse ? Car son prix est bien au-delà des rubis*… » Et on n'achète pas la vertu, pas vrai ? Soit vous l'avez reçue avec l'esprit que le Seigneur a greffé en vous à la naissance, soit vous passez toute votre vie à la chercher."

Essuyant son front en sueur, il se tourne vers mon fils :

"Major, je crois que tu l'as ; je crois que tu pour-rais bien être un des rares bienheureux au monde à l'avoir trouvée."

* Proverbes, XXXI, 10.

Le dernier mot est presque chanté ; il lève bien haut les pieds pour descendre cérémonieusement les marches jusqu'au couple.

"Je pense que tu l'as. Et quand on l'a… faut s'y accrocher de toutes ses foooorces !"

La dernière phrase est tellement proche du chant qu'une femme d'ordinaire plutôt tranquille, qui est soprano dans le chœur, se met à frapper dans ses mains et à taper des pieds en criant "Oui !", d'abord lentement, puis de plus en plus vite. Le prêtre entremêle sa parole aux cris de la femme, puis fait signe à l'organiste, et tout le monde se joint à lui, même les enfants, pour entonner :

Let Jesus lead you
Let Jesus lead you
Let Jesus lead you
All the way
All the way
Earth to Heaven
Let Jesus lead you, all the way

Je me lève moi aussi. J'entends ma voix, profonde mais claire, qui brille au-dessus du chœur. Je bats la mesure en me balançant d'un pied sur l'autre avec, quand je peux, une ondulation du corps – tout en continuant à chanter. Derrière moi, des fidèles font résonner crécelles et tambourins, et descendent l'allée centrale en vociférant.

He's a mighty good leader
He's a mighty good leader
He's a mighty good leader
All the way

All the way from
Earth to Heaven
Let Jesus lead you all the way

Les uns sont à genoux entre les bancs et balancent la tête d'avant en arrière, les autres piétinent en cercle autour de la chaire, et leurs paroles jaillissent en langues parmi le chœur.

Let Him lead you
Let Him lead you
Let Him lead you
Let Him lead you
Let Him lead you
All down the highway
Let Him lead you
Just like He lead my mother
Lead my father
Let Him lead you
*Let Him lead you**

Peu à peu, tout le monde finit par se calmer. Déjà qu'avant la danse, il faisait plus chaud à l'intérieur de l'église que dehors, là on doit s'asseoir et éventer nos fronts luisants de sueur. Je soulève le tissu collé à ma peau. Le prêtre se penche sur Major,

* "Laissez Jésus vous guider / Tout le long du chemin / Tout le long du chemin qui va / De la terre au ciel / Laissez Jésus vous guider tout le long du chemin / Il est un guide incroyablement bon / Tout le long du chemin / Tout le long du chemin qui va / De la terre au ciel / Laissez Jésus vous guider tout le long du chemin / Laissez-Le vous guider / Jusqu'au bout de la grande route / Laissez-Le vous guider / Comme Il a guidé ma mère / Guidé mon père / Laissez-Le vous guider."

s'éclaircit la gorge. Il lui demande de s'engager à aimer Eliza jusqu'à ce que la mort les sépare. Lors des rares mariages qu'on a eus dans les plantations du voisinage, le prêtre faisait jurer les promis de se dévouer l'un à l'autre jusqu'à ce que la distance ou les Blancs s'en mêlent ; c'était différent par d'autres aspects aussi. Le marié portait des pantalons rapiécés ou encore des jeans du Kentucky. Major, lui, porte le vieux costume de son père. Avec les gants blancs et le haut-de-forme en castor, il pourrait passer pour mon défunt mari. Même peau couleur orange brûlée, même boucles serrées rousses, mêmes yeux noir charbon – je suis obligée de détourner le regard.

C'est le moment de sauter à reculons par-dessus le balai, que le prêtre tient à trente centimètres du sol. Eliza réussit sans difficulté, mais Major se prend les pieds dedans, et on sait tous ce que ça veut dire. La foule rit : "C'est elle le chef maintenant !" "Vaudrait mieux que tu lui prêtes ce pantalon, mon gars !" J'entends ces réactions tout en remontant l'allée centrale, et j'essaie de pas faire la grimace.

Depuis l'église, je sens toutes les bonnes odeurs qui remontent jusqu'à moi : le porc frit grésillant et les tartes à la crème, les légumes verts, la salade de pommes de terre et les patates douces, les épices que j'ai ajoutées à la viande et au riz pour le boudin. Je m'approche de la table la plus imposante, et je suis à peine installée que Jericho m'apporte une assiette. Je goûte une bouchée. Je suis dure avec moi-même en général et avec ma cuisine en particulier : je trouve qu'elle est jamais aussi bonne que celle de maman, mais aujourd'hui, on dirait qu'elle m'a tenu la main pour agiter la salière, et, plutôt que le Seigneur, c'est elle que je remercie tout bas. Des gens viennent me saluer pendant que je mange. Des métayers de mon propre champ ; des hommes et des femmes que j'ai accouchés et déposés dans les bras de leur mère ; des instituteurs qui ont fait la classe à Major, et dont certains travaillent aujourd'hui avec Eliza ; Link, qui après la guerre a permis à d'anciens esclaves de se retrouver – pendant des années, je l'ai poussée à chercher maman. Elle a parcouru tout l'État de la Louisiane, elle s'est renseignée dans des églises et des agences de Blancs aussi, mais en vain.

Elle pose son assiette contre la mienne. Elle porte une jupe et un corsage tout simples, un bob. Je la complimente. Elle a les dents de devant très écartées ; elle est aussi longue que je suis large, mais sa peau est du même brun foncé que la mienne, et quand nos bras se touchent, on dirait qu'ils appartiennent au même corps. Le soleil se couche, et la chaleur est assez fine pour que le vent la transperce. Les gens ont sorti les banjos, les violons et les tambours pour danser le *buzzard lope* et le cake-walk*. Link et moi, on les regarde un bon moment, sans même avoir besoin de dire un mot pour lire les pensées de l'autre.

"J'ai rêvé d'Henry hier soir.

— Ah ?"

J'ai levé les yeux. C'est comme si la douceur du jour avait fait sortir la douleur secrète de Link.

---

* Le *buzzard lope* serait une réminiscence de la danse de la buse en Afrique de l'Ouest : le danseur a les bras étendus comme des ailes et le pas tantôt traînant tantôt sautillant ; le cake-walk était autrefois dansé par les Noirs des plantations ; lors de concours, les meilleurs danseurs étaient récompensés par un gâteau (*cake*).

"Il était juste à côté de moi ; on sirotait de la limonade sur le porche. Mais j'avais le cœur tellement lourd. Je pense pas qu'il va revenir."

Je secoue la tête : non. Qu'est-ce qu'on peut répondre à ça ?

"Qu'il revienne ou pas, vaut mieux s'attendre au pire, pour être prête", je dis.

Elle hoche la tête. Elle comprend, mais c'est son fils.

"Tu crois que la maman d'Eliza a apprécié le petit numéro du prêtre ?" demande Link.

Je vois bien qu'elle essaie de se remettre dans l'ambiance, de s'autoriser à profiter de ce jour.

"J'avais vue sur la famille au premier rang, poursuit-elle, ils faisaient une gueule comme s'ils buvaient de la limonade sans sucre.

— Que ça leur plaise ou non, pas question que je laisse une cérémonie de mariage se terminer sans tout ça.

— Je sais bien, mais eux ? Leur truc, à ces gens-là, c'est plutôt la prière silencieuse.

— La quoi ?"

Là-dessus, Link lève les épaules, gonfle la poitrine et commence à remuer les lèvres mais aucun son n'en sort, et on peut plus s'arrêter de rigoler… Passe la famille d'Eliza – je la boucle aussi sec, et je prends un air absorbé. N'empêche qu'ils se rendent bien compte qu'ils nous ont coupées dans notre élan.

"C'était sacrément réussi, comme cérémonie, je lance en souriant.

— Très ! Encore mieux que ce que j'espérais, réplique la mère, Cyrile, la figure encore toute crispée comme si son petit-déjeuner avait du mal à passer. Et ce dîner… Il faut qu'on y aille, mais à l'odeur, on sent que vous êtes un vrai cordon-bleu."

C'est sûrement censé être un compliment, mais au pli de sa bouche, on comprend que ça veut plutôt dire : "Frangine, tu les as fait mijoter dans les chiottes, ces haricots."

"Tu loupes vraiment quelque chose, maman !"

Louis a déjà englouti la moitié de son assiette avant même de s'asseoir. Il a une petite tache de sauce barbecue juste sous le menton et j'ai une envie irrésistible de la lui essuyer comme je le ferais pour Major, mais je me retiens. De toute façon, sa mère le fait pour moi.

"Bon, ben, faut y aller, maintenant", elle lance sèchement dès qu'il a fini.

Il boit cul sec une tasse de limonade. Ses cheveux décrêpés sont tout doux ; il se penche pour m'embrasser sur la joue avant de s'éloigner en se frottant le ventre.

"Dis donc, elle se barre déjà ? observe Link.

— Il y a de la route pour rentrer dans le Nord.

— D'accord, mais c'est quand même le mariage de sa fille ! Ce serait moi, je serais la dernière couchée.

— Ces gens-là, je comprends rien à leurs manières, tu sais bien."

Je bois une autre gorgée de thé ; tout le monde est pas aussi raisonnable : eau de fraise au sucre de canne et au whisky. Faut voir ce que ça va donner d'ici une heure : les hommes les plus posés vont emballer des femmes déjà prises ; les dames les plus effacées vont s'emporter contre leur propre sœur. Je me demande tout à coup où est Jericho ; il est en train de danser la ronde avec les enfants sur le bon vieil air de *Little Sally Walker*. C'est tout juste si on le distingue des autres, mais je vois ses yeux – manifestement, il est ailleurs.

Mon fils et sa jeune épouse font le tour des tables pour saluer les invités.

"Ils sont bien assortis, dit Link.

— Qui ça ?

— À ton avis ? Les mariés. Et qu'est-ce qu'elle est mignonne !

— Faut croire.

— Et heureuse avec ça. C'est ça, le truc. Y en a qui sautent par-dessus le balai alors qu'ils peuvent à peine se regarder dans les yeux. C'est juste parce qu'y a déjà un gosse dont il faut bien s'occuper, ou une maman qui trouve qu'il est grand temps de se ranger. Mais pas eux. C'était vraiment leur idée, ça se voit.

— Ah, ça c'est sûr !" je soupire.

On rit comme des copines tellement complices qu'elles devinent ce que l'autre va dire, d'un rire franc, qui vient de très loin, mais léger aussi, parce qu'elle a vu venir mon commentaire.

Et c'est vrai qu'ils ont l'air heureux. C'est déjà dur de les regarder tout court, mais c'est encore pire sans Isaiah à mes côtés. La plupart du temps, j'arrive à me raconter qu'il est aux champs ; il y passait tout son temps, on peut pas lui retirer ça. Les premières années, c'était le coton. Isaiah allait sur les parcelles cueillir les fibres sur les capsules sèches, il en remplissait un sac qu'il portait jusqu'au chariot et pesait avant de l'y vider soigneusement ; certains jours, il disait ramasser plus de deux cent cinquante kilos. N'empêche qu'au moment de faire les comptes, ça changeait rien : Mr Dennis en avait plein la bouche, du prix des semences, des outils, des vêtements, des engrais ; mon mari était pas assez instruit pour faire les comptes, et même s'il avait pu, aucun Blanc n'aurait réussi à les relire ; bien souvent, il ne nous laissait que cinquante cents pour finir le mois. Ces "trois sous", il les balançait sur la table – mais je vous prie de croire que je les faisais durer ! Je vendais des œufs, je raccommodais des vêtements, Isaiah réparait horloges et fusils… On les faisait durer, les sous, et une fois rentrés, on parlait plus de Mr Dennis. On y pensait pas non plus. Du coup, le plus dur, c'est les nuits ; les nuits, et les occasions comme celles-ci…

"Tu commences à te faire à elle ?" demande Link.

Je la regarde. On est arrivées ici au même moment après la guerre civile. Pas de la même plantation, mais toutes les deux sans mère, et on coupait à travers champ pour faire le chemin ensemble jusqu'à la ville. Les gens disent que je me suis mise à lui ressembler, à moins que ce soit l'inverse, et ça vient pas seulement de notre façon de rire en basculant la tête en arrière et en secouant les épaules, ou parce qu'on prononce de la même voix rauque "Ça va ?" au lieu de "Bonjour" quand quelqu'un nous salue. Non, notre nez a épaissi, nos yeux se sont rapprochés, la peau de notre cou s'est relâchée, et plus d'une fois j'ai dû informer une jeune personne qu'on était pas sœurs de sang. Si je raconte ça, c'est pour dire que je suis incapable de lui mentir.

Je secoue la tête.

"Tu verras, ça se tassera avec le temps. Et avec les bébés.

— Que Dieu t'entende", je réponds.

Pourtant je suis presque inquiète en pensant à leur future famille – je pense à Jericho, bien sûr, mais à moi aussi. J'avais pas prévu de vivre aussi longtemps. La plupart des gens avec qui je parle ont la moitié de mon âge ; Link a du diabète, elle a perdu trois orteils au pied gauche. Mon fils et sa jeune épouse ne sont pas encore arrivés jusqu'à ma table, et même si le porc est magistral, j'ai comme un goût de suie au fond de la gorge. Quand ils parviennent enfin jusqu'à moi, on dirait que le seul moyen pour éliminer ce goût métallique, c'est de me lancer.

Avant que j'aie seulement pu dire "Félicitations", c'est parti :

"Eliza, je peux te prendre à part un petit moment ?"

Elle me suit dans un coin de la cour où la musique ne couvre pas tout ce qu'on dit.

"C'était une cérémonie magnifique, commence-t-elle. Et le repas, j'y ai pas encore goûté, mais tout le monde nous fait des compliments. J'ai dit que tout était…"

Je l'interromps :

"Jericho James a un droit sur Major. Autant que toi. C'est son fils.

— Je sais bien", elle dit, ou plutôt elle couine, comme toujours ; et pour la première fois, j'ai envie de lui donner une bonne fessée comme je ferais avec mes propres filles. Elles ne vivent pas avec moi : l'une a suivi son mari dans le Nord et l'autre a suivi l'espoir dans la même direction, mais j'hésiterais pas à lever la main sur elles si elles avaient pas appris depuis le temps qu'il y a des moments où il vaut mieux parler normalement.

Les mots restent collés dans ma gorge. Je m'attendais pas à ce qu'Eliza se dégonfle tout de suite.

"Eh ben, si tu le sais, tu sais aussi qu'il va se mettre à coucher là-bas comme chez lui. Au début, c'était pas indiqué : un petit garçon, il lui faut une maman quand la sienne a filé ; il fallait que je le fasse manger, que je lui apprenne les toilettes, la propreté… Mais maintenant il est grand, et puis je serai pas toujours là.

— Je sais bien.

— Ah, tu sais bien ? Eh ben, débrouille-toi pour le faire dormir chez vous dès ce soir. C'est cette première nuit qui va donner le ton pour la suite. Il te verra d'un autre œil si tu lui montres tout de suite qu'il fait partie de la famille.

— Mais il en fait partie ! Et j'ai pas besoin de jouer la comédie pour lui montrer, parce que c'est la vérité. Écoutez, miss Josephine, quand j'ai prêté serment devant le prêtre et devant vous tous, j'ai pas juste juré d'épouser Major, je vous ai pris avec, Jericho James et vous.

— Alors d'accord."

Je hoche la tête. Ça m'arrive pas souvent d'être à court de mots. Je me dis que ça vient du fait qu'Eliza sait lire et écrire, qu'elle ne l'a pas appris de la fille du propriétaire d'esclaves elle-même tout juste âgée de neuf ans, mais d'un vrai professeur – du fait qu'elle a été formée par une Blanche. La première fois que Major me l'a dit, j'étais fière, mais avec le temps, ça s'est mis à me tracasser. Je m'étais représenté le monde d'une certaine façon, mais le tableau avait changé, et je découvrais des pays dont j'avais ignoré jusqu'à l'existence.

"D'accord, je répète. Bon, en tout cas c'était une rudement belle cérémonie."

Là-dessus, je m'éloigne en rajustant mon chapeau. Je glisse en retournant m'asseoir et plus d'un jeunot me rattrape par le bras, mais je retrouve mon équilibre ; même sans eux, je m'en serais très bien tirée.

En rentrant, on jette un coup d'œil du côté des nouveaux voisins, les Blancs d'en face. Ils vivent même pas à un jet de pierre de chez moi, sur la seule propriété dans mon champ de vision qui ne m'appartient pas. C'était dans cette petite ferme que vivait le contremaître, et dès que mes yeux se posent dessus, j'ai envie de cracher. Maintenant il y a ces gens, qui font des céréales – du maïs –, et j'ai remarqué qu'ils cueillaient des petits pois et repiquaient des patates douces. Ça fait quelques mois qu'ils ont emménagé – ils viennent tout juste de finir de poser la clôture de fil de fer pour protéger les poules des sangliers –, mais je me suis pas risquée à leur adresser trois mots. Aujourd'hui, malgré mes appréhensions, je me sens comme si rien ne pouvait m'atteindre.

"Ça va ?", je dis en hochant la tête et en touchant mon chapeau.

Un jeune couple, encore sans enfant. C'est toujours l'homme qui parle ; je l'aperçois certains matins qui vend du poisson dans une glacière. La fille se contente de traîner derrière lui comme un chien boiteux. Pendant qu'on discute, des invités de la noce passent à dos de mule sur l'allée de gravier. Le chemin bordé de chênes est tout juste assez large pour une bête à la fois. Je connais le nom et le prénom de tous ces gens. Ils me font signe, puis jettent un bref coup d'œil aux voisins et pressent le pas.

"Excusez le dérangement, mais on a entendu du bruit. C'est la fête, on dirait ?"

C'est l'homme qui a parlé, évidemment.

"C'est mon fils qui se marie.

— Ah, il se marie ? Félicitations, alors. Et qui est l'heureuse élue ?"

Je tourne la tête en indiquant derrière moi, même si je sais qu'ils peuvent rien voir à cette distance.

"La fille en blanc…

— Ah, parfait. À propos, on a pas fait les présentations : je m'appelle Vern ; et voici ma femme, Charlotte.

— Très heureuse."

Ils me tendent la main, mais je me garde bien de la prendre. En général, les gens comme eux habitent plus près de la ville, et c'est bien pour ça qu'on reste à notre place. Le neveu de Link rembourre des matelas et tresse des paniers ; les cousins d'Isaiah vendent du charbon de bois et des pièges ; on a nos propres moulins à mélasse, et pour débourrer nos chevaux, débiter le bois de nos tables ou nous couper les cheveux, on se débrouille entre nous ; et à part pour vendre le coton ou faire des courses au magasin, notre chemin ne croise pas celui des Blancs.

"Bon, la journée a été longue, je dis. Je rentre chez moi.

— Bien sûr, bien sûr. On aura l'occasion de se croiser. Dites, ma femme aurait besoin d'un peu de compagnie dans la journée. J'ai remarqué que vous étiez chez vous…"

Je fais volte-face. Je suis plus stupéfaite que si Jésus venait frapper à ma porte pour me demander une tasse de sucre. Il n'y a même pas trente mètres entre nos deux maisons, mais ce Blanc a son puits et moi j'ai le mien. Oui, nos cordes à linge se touchent presque, mais dès que mes affaires sont sèches je les range dans mon tiroir. Les sous-vêtements qui se balancent dans la brise du soir, ce sont ceux des Blancs.

"Écoutez, j'ai des enfants et des petits-enfants qui ont besoin de moi. Des clientes aussi." Je ne fais pas autant d'accouchements que dans ma jeunesse, mais il y a encore des mères qui me demandent. "Je cuisine matin, midi et soir et je prends aussi du linge à laver."

Je lève les bras au ciel, surprise de voir les mots jaillir de mes lèvres comme s'ils n'attendaient que l'arrivée de cet homme.

"Je me demande toujours quand le Seigneur va rajouter des heures à la journée, mais d'ici qu'Il m'entende…"

Je me tais enfin. Ils rigolent à la blague, je ferme la porte et je fais claquer le verrou derrière moi.

En général, je ne reste pas cloîtrée. Le plus souvent, le soir, on peut me trouver sur la véranda, où je me balance sur le rocking-chair jusqu'à ce que le vent commence à transpercer mon châle. Le Klan est bien moins implanté ici que dans le quartier de la sœur de Link. Et c'est pas tout : j'en reviens toujours pas du changement ! Là-bas, dans la vallée, les maisons étaient tellement près des marais qu'on était dévorés par les moustiques matin, midi et soir ; c'était ça, ou fermer les fenêtres et crever de chaud. Ici, à la fraîche, on croirait presque que Dieu est là tout près, à chuchoter Ses secrets ; du coup je me surprends à contempler comme au septième jour les pieds de haricots et de moutarde du lopin que mon mari avait défriché.

Aujourd'hui, c'est différent. Pas à cause de la noce, bien sûr – qui était plutôt un moment de réjouissances –, mais des voisins : ils ont un je ne sais quoi de gluant dont ils essayaient de se décharger, de presser à l'intérieur de moi, et le besoin de protection se fait plus sentir qu'à l'habitude. Je m'effondre sur mon lit sans même enlever mes chaussures.

Je sais pas combien de temps j'ai dormi, mais quand j'entends les coups à la porte, c'est clair qu'on frappe depuis un moment. Je me redresse d'un bond et j'allume la lampe à kérosène. Comme je disais, on a pas le Klan ici, du moins pas encore, mais Link les a décrits comme des êtres surnaturels, une armée de fantômes à cheval criblés de balles. Et c'est pas tout : il y a eu des incendies, des pillages... des lynchages aussi. L'hiver dernier, j'ai dû héberger un parent de Link pendant deux semaines quand ces démons ont tué un homme qui était passé devant une Blanche dans la queue à l'épicerie. Avec toutes ces histoires qui me trottent dans la tête, avant de répondre je regarde par le trou que mon fils a percé à travers la porte. Ah. C'est Jericho, tout va bien.

J'ouvre vite, je mets une casserole de lait à chauffer sur le poêle à bois. Il y a toujours des arachides grillées et il en ramasse une poignée, qu'il engloutit, la tête basculée en arrière.

Il s'assoit à la table. J'ai entendu Eliza dire à Link que ce jour était le plus beau de sa vie, qu'elle l'oublierait jamais – Jericho a pas l'air d'être prêt à l'oublier non plus, mais pour la raison inverse...

"Qu'est-ce qui t'arrive ? On dirait que t'as vu un fantôme."

Je rallume le feu de cheminée, j'y ajoute quelques morceaux de bois de charpente.

Il secoue la tête mais ne dit pas un mot.

"Qu'est-ce qu'il y a ? Je croyais que tu dormais chez eux cette nuit ?"

Il secoue à nouveau la tête.

Je me relève d'un coup, et le plancher de pin semble ployer sous mon poids. La tristesse est trop dure à supporter. Je n'ai rencontré sa mère qu'à de rares occasions, mais j'ai été choquée quand elle a filé en me laissant un bébé de trois mois sur les bras. Un enfant jusque-là nourri au sein – je devais lui verser du lait de mes vaches sur la langue avec un goutte-à-goutte médical. Je frémis chaque fois que je me rappelle les nuits : il se réveillait en gargouillant dès que ma respiration ralentissait, et c'était reparti ; ce hurlement, je l'emporterai dans la tombe. Même si la vie m'a pas gâtée, j'ai bien été forcée de reconnaître – moi qui croyais avoir tout vu, à l'âge que j'avais – que ce hurlement était la chose la plus dure que j'aie jamais eue à supporter.

J'attrape mon manteau.

"Où elle est ? Je lui ai dit que t'étais chez toi ! J'ai pas tourné autour du pot : je lui ai dit que si elle voulait pas de toi, on voulait pas d'elle."

Je m'entends haleter. J'ai toujours eu la colère facile ; ceux qui me connaissent savent que je fais pas mystère de mes émotions ; mais maintenant, ça ressort autrement : j'ai même plus besoin de me regarder dans la glace pour savoir que j'ai l'air triste. J'ai tendance à vite perdre pied, ces temps-ci.

"Elle m'a dit que je pouvais rester, Mama", il répond en tendant la main vers moi.

Je suis tellement énervée que je mets un petit moment à comprendre.

"Comment ça ? Mais qu'est-ce que tu fais là, alors ?

— C'est moi qui ai voulu revenir, Mama. C'est ici que je veux être.

— Ah."

Je m'assois. Le lait bout, mais je vais l'éteindre dans une seconde. "Ah", je répète, avant d'ajouter : "Bon, ben ça va, alors."

Ça va même très bien, puisqu'il reste.

"Il y a des lèvres de porc. Je t'en garde pour demain matin", je dis.

Il acquiesce :

"Tout à l'heure, j'avais pas trop faim…

— Ça se comprend."

Malgré ses douze ans, on dort toujours tous les deux dans la même chambre ; après la vaisselle, je m'allonge sur le lit en face du sien. Je ferme les yeux, emportée vers cet autre monde aux visages indéfinissables et aux noms qui frémissent déjà dans mon esprit, quand il me tapote le bras.

"Mama ?

— Oui, fiston ?

— Raconte-moi encore l'histoire…

— Non, il est tard."

Je me rappelle pas ce à quoi j'ai été arrachée, mais je sais que c'était doux – bien plus doux que ce qui fait ma vie, même en cherchant bien.

"S'il te plaît", il chuchote.

Je me cale sur un bras. Peut-être que je le gâte trop.

Major m'a reprise là-dessus : "Il est né noir dans ce monde. Tu l'habitues à la douceur alors que la vie va être dure." Et chaque fois je gueule : "Faut bien que quelqu'un le fasse ! Elle sera pas plus dure parce qu'il aura connu la douceur ! Au contraire, ça compense." Je dis ça, mais j'en sais rien.

Évidemment que Major ne cherche pas seulement à protéger Jericho. En fait, il m'en veut. J'ai jamais raconté d'histoires à mes propres enfants, j'avais pas le temps, et quand j'avais le temps, j'avais plus la force, bien sûr. Quand on m'a arrachée à cette plantation, j'étais encore qu'une gamine qui bricolait des cordes à sauter avec des lianes, et il m'a fallu arriver à l'âge adulte pour voir clair à nouveau, être présente à moi-même quand je tirais la charrue, que j'enfonçais des clous dans la palissade, plantais le coton, coupais les oignons, faisais épaissir le roux, me pressais dans les rues avec la puanteur des vêtements sales des Blancs flottant au-dessus de ma tête, ramenais l'eau des puits, lavais et faisais bouillir le linge… J'utilisais de la soude pour fabriquer du savon, et du son de blé pour faire de l'empois. Je mettais chemises et culottes à sécher sur des buissons de pruniers. Puis je chauffais le fer sur le poêle, je le couvrais de cire d'abeille, l'essuyais, et mouillais les vêtements et passais le fer d'avant en arrière. Au moins une fois par mois, y avait une cloche qui sonnait pour m'envoyer, avec mon sassafras et mon huile de ricin, chez une Blanche hurlante dont il fallait réduire le temps entre les contractions. Je faisais tremper les haricots, je tressais les cheveux et je cousais des habits pour mes enfants, mais je prenais pas la peine de leur dire que je les aimais.

"Bon, je finis par dire. Tu veux quelle histoire ?
— Celle où t'es morte et où tu reviens à la vie."

Je hoche la tête. C'est sa préférée, et autant que je me souvienne, elle est anodine. Pour gagner du temps, je demande :

"T'en as toujours pas marre, de celle-là ?"

Il secoue la tête.

"Eh ben, c'est parti."

Je m'éclaircis la gorge et pose la tête sur l'oreiller. C'est dur de regarder en arrière. Même si près de la mort, je préfère encore regarder devant moi.

JOSEPHINE

1855

Ma mère a fait deux enfants avant moi. Une fille et un garçon, mais je les ai pas connus. Maman disait qu'ils avaient été plus malins que moi, parce qu'il leur avait suffi de renifler le monde pour comprendre qu'y avait rien de bon pour eux. Du coup, à ma naissance, elle était bien contente que je continue à respirer, moi. Elle a tout de même gardé ses distances – des fois que je finisse par piger, moi aussi, et que je tire ma révérence sans crier gare, mais non, je me suis accrochée. Je me suis mise à lever le nez, à m'asseoir, à me tenir debout, à manger toute seule de petits morceaux de lapin des marais et de poisson, à parler. À courir. Elle, elle m'essuyait la bouche et cousait mes ourlets ; elle m'a appris à faire des grabats d'herbe sèche et à parler aux Blancs d'une voix monotone et les yeux baissés. Mais elle n'ouvrait pas son cœur pour autant ; elle ne se laissait pas guider par lui.

Puis, un matin qu'elle faisait bouillir le linge à l'extérieur des cabanes, Vera lui a hurlé : "Viens vite !" Maman a lâché une chemise mouillée sur son pied et elle a même pas tressailli sous la brûlure. Elle s'est précipitée à la cabane où Vera s'occupait des bébés trop petits pour tenir la tête droite. Maman s'est alors rendu compte qu'elle s'était trompée – tous les espoirs qu'elle croyait avoir enterrés avec ses autres enfants n'avaient jamais cessé de l'habiter. Elle a voulu me retenir, mais trop tard, j'étais partie.

Vera a fermé les yeux, elle a serré fort ma mère contre elle et l'a laissée pleurer.

Mais ça n'a servi à rien. Vera a averti Tom et Madame, et ils ont dit à papa de tailler un cercueil en pin, et maman a dit que le pire, c'est qu'elle s'était encore fait avoir.

On ne l'a laissée veiller le corps qu'une seule nuit. Obligée de brûler de la sauge pour tenir à distance les moucherons et les guêpes, et elle a fait la seule chose qu'elle pouvait faire : elle a dormi près de moi sur un grabat à même le sol de terre battue. Un peu avant le lever du jour, elle s'est réveillée. Elle s'est mise debout, mais elle racontait qu'elle avait pas vraiment les pieds sur terre à ce moment-là. Alourdis par la corne et l'âge, c'étaient des pieds de femme qui avaient travaillé aux champs. Elle a dit aussi qu'elle sentait un poids inhabituel sur ses épaules, et que le simple fait de se lever de son grabat l'avait épuisée. Mais le plus grand changement était intérieur : elle avait l'esprit vide et comme fermé – et c'était un soulagement. Elle savait qu'il fallait gagner les marais en toute hâte. Elle entendait la voix de sa mère qui conseillait : "Et rentre avant le lever du soleil", comme quand elle lui avait appris à coudre des mocassins ou à couper une pastèque pour se rafraîchir la figure avec l'écorce. C'était une voix douce mais ferme – pas comme la sienne, qui était grave comme celle d'un homme, à ce qu'on disait, et elle savait que c'était vrai.

Elle est rentrée juste au moment où la nuit pâlissait. Sur le chemin du retour, un pigeon l'avait suivie. Comme elle n'avait plus besoin de courir, elle a allumé un feu, et avec les baies vertes qu'elle transportait dans sa jupe, elle a préparé une infusion. Je ne respirais toujours pas, mais elle m'a incliné la tête et elle a regardé le liquide me dégouliner sur le menton. "Appelez les choses qui ne sont pas comme si elles existaient*." Elle entendait la voix de sa mère, mais c'étaient ses doigts tremblants à elle qui soulevaient la bouilloire et inclinaient la tasse. C'est seulement quand Vera est entrée que je me suis assise et que j'ai demandé de l'eau. Elles ne m'en ont pas donné beaucoup ; elles étaient nerveuses au début, mais après avoir fini de boire, j'ai voulu du gruau de maïs ; elles en ont fait bouillir sur le feu, m'en ont servi une louche avec du lard, et m'ont laissée en prendre plusieurs bols.

Après, au dîner, Vera m'a donné le plus gros morceau de jambon. Au lieu d'aller aux champs, je jouais toute la journée avec Miss Sally ; c'est elle qui m'a appris à lire. J'ai commencé à voir une femme, aussi, longue et fine comme une liane brune. Elle venait d'un autre monde, elle était plus jeune de corps et d'esprit, mais elle me faisait penser à moi ; en tout cas, quand elle parlait, c'était comme si les mots sortaient de mon esprit. Mais le plus important, c'est que j'ai pu me joindre aux Visionnaires : je chantais avec eux, priais avec eux. Pressentais avec eux.

---

* Épître de Paul aux Romains IV, 17.

AVA

2017

Le lendemain, je dois faire les courses de dernière minute, retourner chercher la vieille photo de Mama Josephine, appeler la compagnie d'électricité, payer le solde au garde-meuble, et puis il y a quelque chose que j'ai tardé à faire depuis trop longtemps : rendre visite à ma mère. Ça m'a toujours stressée, et c'est pareil aujourd'hui. J'ai jamais habité à plus de vingt minutes de chez elle, et pourtant j'y vais qu'une fois tous les trois mois. Et encore, je le fais pas par envie mais par obligation. J'ai mis du temps à prendre mon indépendance. Mariée à un homme qui n'était pas le bon, diplômée dans un domaine qui n'était pas le mien. J'ai une licence de chimie, mais j'arrive pas à traduire ça par un boulot qui me rapporte plus de quarante mille dollars par an ; ça me paraissait énorme quand j'avais moins de trente ans et que j'étais encore mariée. Mais sitôt que j'avais le dos tourné, il y avait toujours une fille qui envoyait des textos à Byron, des filles simples qui écrivaient love *"luv"*, qui envoyaient des photos d'elles à moitié nues, avec des seins vertigineux. J'ai rassemblé assez de courage pour le mettre dehors, je m'aimais suffisamment pour prendre ce risque, mais trois mois après, j'avais mangé toutes mes économies. Et c'est très bien, j'imagine. J'ai arrêté de commander des plats à emporter de chez Martin's Wine Cellar et j'ai commencé à travailler le week-end chez Vincent. Dans le bureau de Mr Jeff, il y avait une balance à plateaux. Comme il ne remplissait que le gauche, elle penchait. Je me disais que c'était à l'image de ma vie : le plateau rempli, c'était la réalité, et le vide, c'étaient mes rêves – j'avais qu'à me faire une raison. Mais chaque fois que je dois aller voir ma mère, ce beau détachement en prend un coup.

Je me gare devant chez elle. Après l'ouragan Katrina, elle avait loué un appartement dans les quartiers résidentiels, puis, sitôt qu'elle a eu asséché les murs et remplacé le toit de son ancienne maison à Tremé, elle a insisté pour y retourner. "On n'est bien que chez soi", a-t-elle décrété, même si sa rue n'héberge plus que des Blancs, dont la plupart ne sont pas du coin. Il y a encore Miss Brown et Mr Davilier sur le trottoir d'en face, mais toutes les autres maisons sont des locations de courte durée, et même Miss Brown songe à vendre aux promoteurs immobiliers.

J'entends un gospel retentir de chez elle :

*Give me You, everything else can wait**

Comme elle ne ferme plus sa porte à clé, j'entre sans même frapper. Elle est en train de terminer une séance. Pendant vingt ans elle a eu son cabinet d'avocats, qu'elle dirigeait depuis le Poydras Center, et elle gagnait bien sa vie, essentiellement grâce

---

* "Donne-Toi à moi, tout le reste peut attendre."

aux divorces et aux accidents par négligence, mais quand j'ai quitté l'université, elle a fermé boutique et décidé de prendre des cours pour devenir doula. C'est à peu près à cette époque qu'elle a arrêté de mettre du jarret de porc et des saucisses dans ses haricots rouges et qu'elle s'est mise à méditer le matin. Ça n'a pas été une surprise pour moi : enfant, je me souviens d'avoir vu des gens venir des quatre coins de la ville pour la consulter. Un jour que je fouillais dans le tiroir du haut de sa commode, j'ai trouvé, entre les vieilles nécrologies et les pierres polies, de petits bouts de papier sur lesquels elle demandait qu'on m'attribue le rôle dans la pièce, ou que tel client obtienne la garde exclusive de ses enfants. Tout ça s'était produit, mais c'est seulement à ce moment-là que j'y ai vu son empreinte.

Elle m'a dit que travailler avec les filles avait changé sa vie, et parfois je vois de quoi elle parle. Elle est plus lente à la colère, je me confie davantage à elle, sur des choses que je garderais normalement pour moi, comme ma réaction quand les papiers du divorce me sont revenus signés. Quant à ses clientes – sept aujourd'hui –, elles font cercle autour d'elle, les yeux clos, les mains sur les cuisses, paumes tournées vers le haut. Ma mère ne me regarde pas, elle se contente de faire un signe de tête en direction du salon, et je la connais assez pour savoir ce que ça veut dire : assieds-toi et tais-toi – je m'exécute.

Les filles se mettent à entonner des litanies incohérentes, mais écouter l'ensemble, c'est comme si on goûtait à la salade de pommes de terre de maman – à l'ancienne, avec de la vraie mayonnaise. Je ferme les yeux à mon tour. Même si ça me touche de la voir comme ça, je regrette ce côté solide qu'elle avait, cette solidité qui a déteint sur moi à son contact pendant mon enfance. Elle m'accompagnait à l'école tous les matins, et sur le chemin, elle se servait de sa main dans la mienne pour me dire des choses : trois pressions, par exemple, ça voulait dire "Je t'aime". Elle m'a appris à visualiser une lumière blanche qui m'enveloppe et me protège du mal. "Aucun méchant ne peut traverser cette lumière, affirmait-elle. Pas un seul." Et les gens avaient beau essayer – les gosses qui trouvaient toujours à redire à la couleur de ma peau, mon père qui passait tous les trente-six du mois –, je passais toujours au travers. Ça ne me brisait pas, parce qu'il y avait au moins une petite chance que je porte en moi cette fameuse lumière blanche.

"On respire, dit-elle aux filles. On respire. Tout ce qui remonte par le souffle est bon à prendre. Pas besoin de s'en détourner ou de regarder ailleurs. Non, tout ça, laissez-le exister, accueillez-le, demandez-lui ce qu'il a à dire. Rappelez-vous que Yemaya*, la Vierge Marie et votre mère divine planent juste au-dessus de vous. Jamais elles ne vous quittent : elles se glissent dans votre cœur, elles se tissent à vos paroles, elles accompagnent tous vos gestes, elles sont là où que vous soyez, à vous tenir la main."

Ma mère se lève et traverse la pièce, elle s'avance entre des femmes au ventre énorme posé sur leurs cuisses. L'une d'elles, qui a des rajouts jaunes dans

---

* Déesse mère dans la mythologie yoruba, vénérée par les Africains arrachés à leur terre pour être esclaves aux Amériques. Mère universelle, déesse de la Mer et de tout ce qui y vit, elle est également la divinité protectrice des femmes, notamment lors des grossesses et des accouchements.

ses tresses, sanglote. Ma mère se penche et lui presse l'épaule.

"Demande-lui de le prendre, supplie-la de t'en débarrasser. Sans elle, tu pourras pas t'en défaire ; demande-lui d'arracher tout ce qu'il y a de jalousie, de douleur, de peine en toi." Elle promène son regard autour d'elle. "Il y a quelqu'un ici dont le chagrin est aussi grand que cette pièce ; demande-lui de l'écarter de toi tout de suite, et elle le fera. Demande-lui de l'ôter de ta poitrine. Tu n'en as plus besoin !" Sa voix devient un murmure : "Sens comme elle t'en délivre ! Elle t'aime, n'aie pas honte de le lui passer ; sa joie, c'est de le recevoir. Vois comme elle le câline, vois comme elle le berce dans son amour, et regarde-le qui se transforme en or. Regarde-le qui se transforme en or", elle répète.

Elle reste là un moment, silencieuse, puis elle retourne à l'avant de la pièce et se rassoit. Elle vient d'avoir cinquante-huit ans, mais elle est plus belle chaque année. Elle ne se maquille pas, n'en a pas besoin. Elle a des dreadlocks longues jusqu'à la taille qu'elle a enveloppées dans un foulard aux motifs bleu vif et roses, et elle porte une longue robe de coton noir qui glisse sur elle en dessinant ses courbes harmonieuses. Pourtant, elle a un cancer. Ça fait trois ans, et elle veut pas de chimio.

Elle dit que c'est du poison, alors elle se soigne par les plantes et passe sa vie au cabinet d'acupuncture sur Canal Street. Je ne manifeste jamais mon inquiétude, mais dans un coin de ma tête, je m'attends toujours à entendre le téléphone sonner.

Dans une dernière prière, elle donne congé aux filles, qui viennent à elle une par une pour lui dire au revoir.

En l'embrassant, elles lui chuchotent à l'oreille :
"Je t'aime, Gladys."

Ce sont des adolescentes, beaucoup ont deux boulots, aucune n'a de domicile fixe ; le père de leur enfant
est lui-même un gosse ; financièrement, elles ont la
tête sous l'eau – comme moi. Mais ma mère vient de
les tirer à un autre niveau, et c'est miraculeux à voir.

Quand on est plus que toutes les deux, elle essaie
de me prendre dans ses bras, et je la laisse faire une
minute, guère plus.

Comme je sais qu'elle va pas être contente que
je sois passée dans l'autre camp, je veux tout lui
déballer le plus tôt possible.

"Maman…"

J'ai à peine commencé qu'elle m'interrompt :

"La fille aux tresses jaunes, elle a perdu son bébé
la dernière fois. Elle a besoin de soutien. Beaucoup
de soutien."

Elle lève les yeux vers moi comme si elle sortait
d'une transe.

"Enfin. Je savais que t'allais passer aujourd'hui.
J'ai rêvé que j'étais en avion et qu'on faisait demi-
tour avant qu'il ait pris de l'altitude. J'ai su tout de
suite ce que ça voulait dire.

— Maman, quel rapport entre un avion et moi ?

— « Attends-toi à l'inattendu », voilà ce que ça
veut dire. C'est Lucille, ma grand-mère, elle commu-
nique avec moi par les moyens de transport. Passons.
T'as l'air en forme, radieuse même. Tu es en congé ?

— Plus ou moins.

— Ho ho. Plus ou moins… Viens avec moi dans
la cuisine. Je vais avoir besoin d'un thé pour ce
« plus ou moins ». « Attends-toi à l'inattendu »",
elle répète en quittant la pièce.

Ça fait plusieurs années déjà que la cuisine a été modernisée, mais elle a l'air encore neuve, avec son plan de travail comme un îlot de granit qui donne sur le salon, et la crédence en carrelage beige et café. Sur le plancher, des tapis persans ajoutent çà et là des touches de couleur, bleu et orange vif, et les murs sont ornés de masques africains rapportés d'un voyage au Zimbabwe, deux ans plus tôt. On y voit aussi, encadrées, les phrases qui l'inspirent le plus : *Dieu est tout ce qui est. Il est en moi et Il est moi.* Sur la cuisinière, une marmite de jambalaya. Sans saucisse ni crevette, bien sûr, mais on ne le devinerait pas à l'odeur ; c'est comme si j'avais à nouveau dix ans, à me demander si j'aurai droit à une boule de glace en dessert.

"Maman, j'ai déménagé."

Elle met de l'eau à bouillir puis se place à côté de moi.

Je sais ce qu'elle pense : "Encore !" J'attends qu'elle me le dise, mais non.

"Ça doit être bien, répond-elle en souriant. Tu as l'air contente, c'est que ça doit être bien."

On dirait presque qu'elle veut à tout prix croire dans ce qu'elle dit.

"Ça l'est, maman. Faut que tu voies ça. C'est vraiment bien.

— Alors, c'est où ?" elle demande.

J'entends la bouilloire qui s'éteint. Mais elle ne se lève pas pour aller verser l'eau. Elle me regarde.

"J'ai déménagé chez Grandma Martha", je dis.

Elle a capté. Je me rappelle quand King était bébé et que je voulais lui dire "non". Il ne réagissait pas forcément tout de suite ; des fois, il lui fallait trouver son chemin jusqu'au cri.

Je continue à parler pour combler le vide.

"Elle avait besoin d'une aide en plus, pour la nuit. Je venais d'être licenciée, et puis quand je travaillais, j'étais pas assez là pour King. Y avait des gamins qui lui en faisaient baver au collège. Je t'ai raconté la bagarre."

Elle hoche la tête.

"Elle me paie l'équivalent de mon ancien salaire. Le double, si tu tiens compte du fait que je suis logée gratis. T'imagines, tout ce que je peux faire avec cet argent ? Pas de loyer à payer. D'ici la fin de l'année, je pensais mettre assez de côté pour acheter." Je baisse la voix. J'ai peur rien qu'à le dire. "Une maison de ville ou quelque chose dans le genre, rien de très grand, mais…"

Elle sourit, et je me sens libérée d'un poids.

"Qu'est-ce que t'en penses ? J'aurais dû t'en parler avant, mais ça m'est venu d'un coup – une inspiration, comme tu dis toujours – et j'avais pas envie de demander la permission. J'ai trente-quatre ans, merde ! Je suis adulte, et j'ai plus besoin d'en passer d'abord par maman."

J'aimerais parler encore pour adoucir la gêne qui s'installe, mais il n'y a rien de plus à ajouter.

Elle ne répond pas tout de suite, elle continue de me regarder.

"T'as bien fait, elle finit par dire. L'impression que j'ai, c'est que t'as bien fait."

Elle hoche la tête en réfléchissant, comme quelqu'un qui goûte un plat en se demandant s'il faut rajouter du sel.

"Enfin… J'ai toujours pensé que tu ferais une merveilleuse doula. Si tu voulais tenter le coup maintenant, ça me paraît le moment idéal. Tu as une façon particulière d'être avec les gens qui vont pas bien… Quand t'étais petite, tu savais toujours quand j'avais besoin d'un peu plus de tendresse. Dans l'avion, il y avait des adultes qui allaient s'asseoir à côté de toi ; ils te confiaient leurs secrets, des histoires qu'ils ne racontaient à personne." Elle n'en dit pas plus. "T'en fais pas, ma fille, t'as bien fait. Je suis fière de toi."

D'un seul coup, c'est la femme chaleureuse et attentive qu'il m'a plus souvent été donné d'apercevoir avec ses clientes qu'avec moi ; n'empêche, je prends – surtout, je ne me pose jamais de questions sur ce qui se passe dans la tête de ma mère. Si elle le dit, c'est que c'est vrai.

"Merci, maman", je dis.

Elle va s'occuper du thé.

"King au collège, poursuit-elle. Et vous êtes plus proches." Elle hoche encore la tête en me tendant ma tasse. "Tout ça me semble aller dans le bon sens, ma chérie.

— Merci, maman. Je suis tellement soulagée de t'entendre dire ça."

Elle fait une pause pour boire.

"Je vais pas vivre éternellement."

Je repose ma tasse. Je déteste quand elle parle comme ça.

"Mais c'est la vérité ! Tu ferais bien de regarder la réalité en face – c'est la seule chose dont on puisse être sûr. Et quand je serai partie, il faut que tu sois autonome, ajoute-t-elle. Comme tu le fais maintenant."

Je vois la peau relâchée sur son cou. La mort, j'en ai eu ma dose pour cette semaine, alors quand ma mère propose d'aller travailler au potager derrière la maison, je la suis aussitôt.

Elle a des gestes rapides et précis. Je m'assois sur une chaise plantée là et je la regarde couper le pédoncule des okras juste au-dessus de la cosse. Tout en s'affairant, elle me parle de l'odeur de la terre à la ferme de sa grand-mère Lucille, le domaine de son arrière-arrière-grand-mère, qu'elle n'a jamais connue, et qui était née esclave – elle y pense de plus en plus ces derniers temps.

"Josephine, précise-t-elle – comme si elle me l'avait jamais dit. C'est pas mignon ? J'ai failli t'appeler comme elle, mais ton père…" Elle secoue la tête.

Je lui dis à quel point je suis heureuse depuis que j'ai déménagé, comme si toutes mes erreurs du passé avaient été réparées. Je lui parle du dîner de la veille, de ma bonne nuit de sommeil…

Je perds la notion du temps, assise là, et quand je regarde ma montre, il est plus de trois heures. Je dois aller chercher King.

"Embrasse-le pour moi, tu veux bien ?"

Elle remue les légumes dans le seau, s'apprête à dire quelque chose, se ravise, puis se lance enfin :

"Et cette dame, je sais que, là, elle est gentille avec toi. Et ça me fait très plaisir pour toi. Mais tu travailles pour elle, ne l'oublie pas. Et n'oublie pas non plus de quoi elle est capable. Tu es sa petite-fille, donc c'est pas pareil, mais je me sens obligée de te le dire : avec moi, elle a pas été gentille du tout. C'était une autre époque, mais j'ai jamais oublié."

Ça y est, ma vieille mère est de retour. Mais l'entendre me dire ça ne m'inquiète pas vraiment. Au contraire, je serais plutôt rassurée ; avec tous ces chamboulements, ça fait du bien de se retrouver en terrain connu…

"Ne te laisse pas autant impressionner par le quartier. Rappelle-toi qui tu es. Qu'est-ce que je t'ai toujours dit ? Tu es une fille brillante, magnifique. Tu as la force de tes ancêtres qui coule dans tes veines."

C'est vrai, je pourrais l'avoir et je l'ai eue… jusqu'à ce que je rencontre le père de King, et que douze mois plus tard j'abandonne les études pour aller nettoyer la sauce à la moutarde et au miel dans un Burger King sur Bullard Avenue. Quand King a eu deux ans, je suis retournée à la fac, j'ai même terminé mon cursus, mais entre-temps, les gosses qui avaient été à Ben Franklin* avec moi avaient une bonne longueur d'avance.

Je prends maintenant l'autoroute 10 direction ouest, je sors à Claiborne, tourne à gauche sur Napoleon Avenue et rejoins St Charles. Dans leurs shorts minuscules, les filles de la fac de Tulane vont et viennent le long des rails ; bercée par le doux grondement des tramways qui s'éloignent peu à peu et le clignotement des lampes à gaz des demeures coloniales, je les ignore.

* La Benjamin Franklin High School est un lycée fondé en 1957 pour les enfants surdoués.

Les semaines suivantes, tout se passe sans problème. Au début je suis timide, en nouvelle venue qui demande où sont les serviettes le matin, qui tourne discrètement autour de Binh le soir pour verser le rhum dans le Dr No, comme mon barman de chez Cure* me l'a montré, mais au bout de trois jours je fais comme chez moi : j'appelle King d'en bas pour lui proposer des roulés à la cannelle, ou je réorganise le garde-manger pour mettre mon gruau de maïs au premier plan. King, lui, va farfouiller dans le frigo de sa propre initiative pour se préparer des doubles sandwiches à la viande, et il joue à Fortnite vautré sur le canapé. Évidemment qu'il se fait des copains, mais c'est pas pareil. Ce sont surtout des filles, des minettes blanches maigrichonnes aux cheveux blonds attachés avec des chouchous – c'est revenu à la mode, j'imagine. Ses meilleures copines ont pour nom Harper et Claire ; vêtues de pantalons de yoga étroits et de t-shirts fluos, elles lui tiennent compagnie pendant que je me gare ; puis elles le suivent jusqu'à la voiture, en lui glissant

* Grand bar à cocktails réputé de Freret Street, à La Nouvelle-Orléans.

des petits mots gentils et en le serrant dans leurs bras – la totale : "J't'aime, King."

Et là, c'est le choc. Horrifiée, je l'entends répondre : "J't'aime aussi."

"« J't'aime ? »" Je me tourne vers le siège arrière en déboîtant. "Mais bon sang, c'est quoi, cette histoire ?"

Il rigole.

"Maman, elles m'aiment pas pour de vrai, c'est juste leur façon de dire « à bientôt ».

— Elles feraient mieux de dire « à bientôt », alors ! Ça me plaît pas du tout.

— T'énerve pas, maman, elles sont gentilles. C'est toi qui voulais que je me sente à l'aise.

— Je pensais pas aussi à l'aise", je marmonne, mais j'ai compris.

C'est bon de le voir se détendre. Avant, il rentrait tout seul en bus, et il devait se débrouiller avec les rogatons du frigo. Ici, je réchauffe les plats exotiques qui restent du dîner de la veille, et je m'assois avec lui pendant qu'il se met à ses devoirs. C'est étrange au début. Chaque fois que je fais mine de passer l'aspirateur ou de couper des oignons, Grandma me rappelle qu'il y a quelqu'un ici pour le faire à ma place, mais je commence à m'habituer à la tranquillité. J'ignorais à quel point j'étais épuisée avant d'avoir cette occasion de me poser.

D'un autre côté, j'ai parfois envie d'un lieu à moi. Il ne s'est rien produit de franchement désagréable. Mais la maison a beau être grande, la partager avec Grandma finit par donner une impression d'exiguïté. J'ai droit à toutes sortes de bruits : éternuements, raclements de gorge, sans compter le groupe de femmes qui envahit la table de la salle à

manger pour tricoter des *pussyhats* personnalisés*
et se lamenter sur Trump. Elle fait la sieste à midi,
affalée sur le canapé, la mâchoire qui pend, bouche
grande ouverte. En général elle s'habille comme
autrefois, mais il lui arrive d'apparaître au salon
dans un genre qui détonne, un coup sans son den-
tier, un coup avec à chaque doigt d'énormes bagues
en or que je ne lui connais pas. Je n'ai plus senti la
terrible odeur de l'autre fois, mais je suis toujours
sur le qui-vive. Et j'ai beau l'aimer, j'ai pas non
plus grandi avec elle, et l'intimité de son déclin a
quelque chose de trop brutal.

En plus de ça j'ai des insomnies, et quand je
trouve enfin le sommeil, je me réveille peu après.
J'ouvre les yeux et je regarde fixement par la fenêtre.
Je fais le même genre de rêves que la première nuit,
des rêves horribles qui font naître un sentiment de
malaise que j'arrive pas à situer. Je me lève en sursaut et j'ai du mal à me rappeler un détail concret,
sinon qu'une personne me poursuivait et qu'elle
m'avait presque rattrapée.

Aucune importance. Je vais pas me plaindre.
L'argent s'accumule dans le tiroir du haut, du liquide
parce que Grandma refuse que j'en lâche la moitié à l'État. Je vais pas me battre là-dessus, mais je
compte les billets tous les soirs pour me rassurer.
Et King est content. Chaque jour il me raconte un

---

* Pour protester contre l'investiture de Donald Trump, et à la
suite de la révélation de propos à caractère sexuel qu'il avait
tenus en 2005, des centaines de milliers de personnes ont par-
ticipé à la marche des femmes sur Washington le 21 janvier 2017
coiffées de bonnets roses avec des oreilles de chat, les *pussyhats* (littéralement "bonnets de chatte"), confectionnés par des
supporters.

truc nouveau qu'il vient d'apprendre : programmation, écriture théâtrale, montage de films… Pour un projet de mi-semestre, lui et les filles ont mis au point un clip pour *24K Magic* de Bruno Mars. La caméra bouge tellement qu'elle me donne la nausée, et pour ce qui est de la danse, on va dire que c'est du grand n'importe quoi – mais si mignon à regarder… Je suis contente de voir la curiosité de King ainsi éveillée et de le savoir en sécurité – c'est tout ce qui compte.

Elles ont des mères, les petites Blanches qu'il fréquente. Un jour que j'attends King devant ma voiture, je les vois se précipiter vers moi, s'arrêtant de temps en temps pour chuchoter entre elles avant de repartir. De les voir si pressées, ça me met sur mes gardes, mais en même temps elles ont l'air plutôt euphoriques. C'est deux blondes décolorées avec des racines brunes qui reviennent faire coucou, mais l'une est en mode rouge à lèvres, bottes montantes et leggings, alors que l'autre est juste en survêt et chignon.

"Vous êtes bien la maman de King ?" demande la plus sapée.

Elle est déjà tout sourire, genre c'est plus fort que moi.

Je hoche la tête.

"Je suis la maman de Claire", dit-elle.

Elle me tend la main.

"Et moi celle d'Harper", enchaîne l'autre.

Je sens déjà venir l'embrouille : elles vont me sortir un truc de dingue sur le fait que King traîne avec leurs filles. Je prépare ma riposte. Honnêtement, elle est déjà toute prête. Je vais leur dire que

King a un charme bien à lui, qu'il attire des gens de tous horizons, et que ça a toujours été comme ça ; que c'est leurs filles qui arrêtent pas de l'appeler tous les soirs et qui le relancent par texto – j'ai vérifié sur son téléphone. Et puis je leur dirai qu'en plus c'est pas bien méchant, que ça fait que causer de Bruno Mars, The Weeknd ou Janelle Monáe ; bon, des fois il leur apprend un peu d'argot de son ancien collège, mais jamais de gros mots – j'ai bien vérifié. Si elles veulent que ça se termine, elles ont qu'à dire à leurs filles de le laisser tranquille – King est pas à ça près. En même temps, elles n'arrêtent pas de sourire.

"On trouve ça génial que les filles aient tellement bien accroché avec lui ! s'exclame la plus sophistiquée.

— Aaah ?"

La sportive poursuit :

"Oui, je veux dire, elles ont toujours été inséparables. Nous, on était ensemble à Loyola*, et les filles avaient la même nourrice, alors c'est vraiment super de les voir s'ouvrir au monde.

— Je vois bien que Claire a pris de l'assurance, renchérit l'élégante. Le professeur dit qu'elle lève la main plus souvent, elle qui était toujours affreusement timide, sauf avec Harper."

Elle a l'air au bord des larmes.

"On leur a même donné un surnom…

— *Three is a crowd*, déclare la sportive.

— *Three is a crowd*, répète l'élégante.

— Je sais que c'est cucul, concède la sportive, mais on trouve ça trop mignon !

* Université privée tenue par les jésuites à La Nouvelle-Orléans.

— Vous avez déjà regardé la série* ? demande l'élégante. Vous devez être trop jeune ! Vous avez l'air bien plus jeune que nous. Nous, on s'y est mises sur le tard.

— Et moi, j'ai dû faire une FIV", place la sportive.

L'élégante se met à fredonner le générique de la série, bientôt reprise par sa copine. Et voilà-t-y pas le joyeux trio qui sort du collège bras dessus bras dessous, avec King au milieu ! Les mamans chantent et accompagnent le refrain de pas de danse du même tonneau que le clip de leurs filles. Ma tension inconsciente s'envole d'un coup. Pour un peu, je reprendrais le refrain avec elles.

Au lieu de ça, on se dit au revoir avec des grands gestes et on remonte en voiture. Comme Grandma faisait la sieste quand je suis partie, j'emmène King au terrain de skate d'Audubon Park, puis à mon stand préféré de granités : un moyen noix de coco bleu pour moi et un grand cheese-cake framboise pour lui. On descend Magazine Street en faisant les vitrines d'antiquaires pas du tout dans mes prix. Jusque-là, ça me soûlait plutôt, mais vu qu'il y a du nouveau qui se profile à l'horizon, je lorgne les dessertes et les armoires à la française avec un intérêt enfin justifié – comme si ça rimait à quelque chose… Pas moyen de me sortir ce refrain de la tête pendant tout le reste de la promenade. C'est vrai que j'étais trop petite pour regarder la série à sa sortie, mais l'été Grandma Martha mettait les redifs.

* Diffusée sur ABC de 1977 à 1984, la sitcom *Three's Company* (*Vivre à trois* au Canada francophone) raconte l'amitié platonique entre deux femmes et un homme habitant le même immeuble.

Come and dance on our floor
Take a step that is new
We've a lovable space that needs your face
Three's company too*

Quand on rentre, il est l'heure de dîner. Pendant que King se change, je pars à la recherche de Grandma Martha. Elle n'est ni en bas, ni dans sa chambre. Je vais voir dans la bibliothèque aux murs couverts de rayonnages – Jane Austen, Ernest Hemingway, et une première édition de *Ne tirez pas sur l'oiseau moqueur*, que Grandma Martha dit relire chaque année. Elle n'est pas là non plus, ni dans le bureau, ni dans le garage, pas même dans le jardin avec la fontaine. Je finis par me souvenir de la buanderie. Je pousse jusque-là, en passant par les anciens quartiers des domestiques. La voilà, toute recroquevillée devant la machine à laver ; elle se frotte le creux du cou. Elle porte un sweat d'un rose audacieux et un pantalon slack rouge. Qu'elle ait choisi une de ces couleurs est déjà insolite en soi, mais les avoir associées est plutôt alarmant.

"Grandma Martha, je dis en m'approchant d'elle. Tout va bien ?

— Je t'ai cherchée partout, ma fille", elle répond sèchement.

Il y a de la colère dans ses yeux. Elle ne m'a jamais parlé sur ce ton, mais je suis plus troublée que vexée.

"Ça va ?" je répète

Elle éclate en sanglots.

* "Rejoignez-nous sur la piste / Pour une danse toute nouvelle / Il ne manque que toi dans notre nid d'amour / À trois c'est bien aussi."

"Non, je peux à peine bouger le cou, se plaint-elle, et toi, tu étais censée être ici !"

Vu qu'elle ne va pas se lever, je m'assois à côté d'elle. Je lui tends les bras et elle vient s'y blottir. Son visage est mouillé contre ma poitrine. En baissant les yeux, je vois un mince filet de sang qui lui coule le long de la tempe.

"Grandma, qu'est-ce qui s'est passé ?" je dis encore, plus fort cette fois.

Je cherche un kleenex dans mon sac. Elle dit que ce n'est rien, qu'elle n'avait pas remarqué que l'armoire à pharmacie de la salle de bains était ouverte. Je me rends compte que le sang a déjà arrêté de couler. Tandis qu'elle s'explique, son alerte médicale se déclenche.

"Neuf, un, un, quelle est votre urgence ?"

Elle répond que c'est une erreur et que tout va bien. L'autre raccroche.

"Arrange-moi ça, ordonne-t-elle en me tournant le dos. Arrange-moi ça !

— Je vais te chercher un pansement, je dis en me levant.

— Non, ça, c'est rien du tout ! Je parle de la douleur."

Elle montre la base de sa nuque, et elle continue à crier jusqu'à ce que j'enroule mes mains sur ses épaules et que je me mette à l'œuvre. Elle ferme les yeux et gémit. Je détourne le regard. Ça paraît trop intime de voir tout ce plaisir, et d'en être à l'origine. Je suis pas sûre de ce que ça éveille en moi. Pour penser à autre chose, je lui demande :

"Quand est-ce que tu t'es mise à avoir mal ?

— Je dirais un mois, à peu près. Quand je t'ai appelée. C'est terrible de vieillir, Ava, gémit-elle dans un sanglot. D'un jour à l'autre, tu ne sais jamais à quoi t'attendre. Ça n'arrête pas de changer ; tout ce sur quoi tu pensais pouvoir t'appuyer, on te le retire d'un coup, morceau après morceau et dans le désordre, sans rime ni raison."

Je suis encore en train de malaxer la zone sensible, cette fois avec le dos de la main.

"Aucune raison d'avoir peur, je dis en continuant à masser. Je suis là maintenant, et King aussi.

— Pour le moment, oui, mais vous allez partir. Comme aujourd'hui : je t'ai cherchée partout, mais tu avais disparu !

— On va pas bouger, Grandma. On reste ici."

Elle se tait.

"Donc tout va bien se passer ?" reprend-elle avec une voix de petite fille qui me donne envie de la rassurer, mais aussi de la relever en lui rappelant son âge.

Je suis trop embarrassée pour ne pas répondre.

"Mieux que ça encore, je dis.

— T'es sûre, Ava ?"

Tout à coup elle grimace.

"Je t'ai fait mal ?"

Je me rends compte que, malgré son air fragile et sans défense, elle m'effraie un peu.

"Non, au contraire, tu y es !" Elle balance la tête d'avant en arrière. "Parfait", elle dit.

Après avoir avalé son dîner en vitesse, King me demande la permission de sortir de table. Depuis la cuisine, je l'entends téléphoner avec les filles en mode conversation à trois. Je prends mon temps pour débarrasser, puis je prépare mon cocktail préféré : je mesure le Cocchi Americano, le vermouth sucré, sans oublier de tailler l'écorce du citron en spirale. Je retarde le moment d'aller voir Grandma Martha. L'infirmière vient surveiller son bain presque tous les soirs, mais depuis mon arrivée, c'est moi qui la borde. Sauf que ce soir, après sa crise – qui me poursuit toujours –, je me demande ce qui va me tomber dessus.

Une fois à son étage, je suis soulagée de voir qu'elle dort déjà. Je me replie vers ma chambre et commence à déballer. La photo de mon arrière-arrière-arrière-grand-mère n'a pas quitté son carton depuis notre première semaine ici. Je l'examine longuement. Chaque fois que je la regarde, j'y découvre quelque chose de nouveau ; aujourd'hui, c'est la peur dans les yeux de mon aïeule. Non seulement elle était seule, mais elle avait peur, livrée à elle-même dans un monde où elle avait tout juste commencé à s'en sortir, avec son mari à ses côtés. J'entends une série de craquements au-dessus, des bruits de pas. Grandma a dû se réveiller. Si jamais elle a besoin de quelque chose, l'infirmière est là-haut. Je me lave la figure, j'enlève mes boucles d'oreilles, les pose sur la commode, puis je m'assois sur le lit. Je vais pour m'allonger quand j'entends un bruit de verre brisé, aussi net que si c'était le miroir de ma chambre. Je me précipite en bas et je vérifie toutes les fenêtres – elles n'ont rien. J'ouvre la porte d'entrée et, là, un garçon noir à peine plus âgé que King est accroupi dans l'allée des voisins et plonge le bras dans leur Lexus SUV neuve. Il lève les yeux vers moi, nos regards se croisent, puis il s'enfuit. Maintenant les voisins sont sortis. Ils veulent des explications et me toisent avec mépris, comme si c'était ma faute à moi. Après avoir examiné la voiture, ils appellent la police. Les agents ne tardent pas à arriver et se mettent à rédiger un rapport. L'un d'eux me demande si j'ai aperçu un visage, quelque signe particulier, mais je secoue la tête. "Rien", je dis, et je fais demi-tour pour rentrer.

Le jour suivant, j'amène King chez son copain de notre ancien quartier. Central City a souffert, ça se voit aux parkings vides et aux fenêtres barricadées, sauf que partout sur O. C. Haley Boulevard, boutiques et restaurants ont fleuri, et bien sûr il y a nos QG : l'Ashé Cultural Arts Center, où on allait, King et moi, pour les scènes ouvertes et les ateliers percussions ; le Café Reconcile, où je me faisais plaisir le lundi en commandant des haricots rouges et du pain perdu à la banane flambé au rhum. J'avais beau être mûre pour quitter ce quartier, c'est une sorte de soulagement de revenir, de voir les vieilles femmes qui équeutent des haricots verts assises sur les porches de *shotguns** éclatantes, les jeunes gars à genoux sur leurs pelouses qui ressuscitent d'antiques tacots. On arrive aux immeubles et j'ai presque envie de me garer à côté de mon ancien chez-moi. En traversant la pelouse devant la porte

---

* Construites entre les années 1850 et 1920 et destinées aux ouvriers et/ou aux Noirs américains, les *shotguns* sont des maisons sans étage très répandues dans le Sud des États-Unis, notamment à La Nouvelle-Orléans. Rectangulaires, elles sont très étroites (3,5 m de largeur) et composées de pièces en enfilade sans couloir, avec une porte à chaque extrémité.

d'entrée de Senait, on doit éviter des sachets tout aplatis de chips Lay's et des canettes de coca vides. Je sais que c'est pas Senait qui les a jetés là. Je me rappelle que je devais me réveiller plus tôt le matin pour trier les déchets qu'un rôdeur avait abandonnés la veille sur mon perron.

Quand on entre, c'est exactement comme au bon vieux temps. King attrape un soda rouge et des Cheetos dans la cuisine de Senait, et il les emporte à l'arrière de la maison pour regarder des vidéos sur YouTube avec les gamins. Je m'assois à la table pendant que mon amie coupe un poulet en lamelles pour le dîner. Elle me passe des chips au sel et au vinaigre et un bocal de pickles ; et pour quelque raison obscure, lui dire que je suis pas censée manger ce genre de choses me fait me sentir plus à l'aise pour ouvrir le sachet, glisser mes doigts dans le jus. Tout en ôtant le gras du poulet, elle me donne les dernières nouvelles.

"La copine du fils de Sandra a eu son bébé, une petite fille, ils l'ont appelée Aubrey. C'est le portrait craché de son père. Et le papa de Destiny est sorti la semaine dernière. Ils ont fait une petite sauterie pour fêter ça, mais je bossais.

— Et t'as pas pris ta journée ? Même pour son beau petit cul ?

— J'ai essayé, ma chérie, tu peux me croire, mais je fais déjà que quatre jours par semaine… Je vais tout de même pas perdre ma place pour lui, il en vaut pas la peine." Elle fronce les sourcils, comme si elle réfléchissait. "Enfin je crois pas."

On rigole.

"Tu me manques, je dis.

— Arrête, t'as la bonne, le majordome et le cuistot !

— Franchement, c'est vrai que Binh pourrait te donner des leçons côté poulet frit. Et même à ta maman. Je t'ai apporté un peu de son *yaka mein**", je dis en tapotant le Tupperware dans mon cabas. Puis, après un silence, j'ajoute : "N'empêche, je sais pas trop… Bon, d'accord, ma grand-mère, c'est la famille et tout, mais ça fait bizarre de vivre chez quelqu'un. Et puis King est le seul gamin noir de sa classe. J'ai pas envie que ça devienne un bounty.

— Un bounty ? Où est-ce que t'es allée chercher ça !

— Tu te souviens, Carlton dans *Le Prince de Bel-Air*** ?"

Je me lève et je me mets à claquer des doigts en roulant des hanches. Elle s'esclaffe.

"Non mais, blague à part, ça pourrait affecter son estime de soi, je dis en me rasseyant.

— Son estime de soi ? Si t'en es à l'estime de soi, c'est que ça va. T'as vu les infos ?"

Je fais signe que oui. L'autre soir, deux garçons de l'âge de King se sont fait tirer dessus au coin de la rue. L'un des deux y est resté et l'autre est entre la vie et la mort à l'Ochsner Hospital.

"Le pire, elle continue, c'est qu'il va s'en sortir. Ils lui ont mis une balle dans la cervelle. Il pourra même plus s'habiller tout seul. Enfin, ils l'ont pas

---

* Version *soul food* (la *soul food* désigne un type de cuisine du Sud des États-Unis qui mêle traditions culinaires africaines et indiennes-américaines) d'une soupe de nouilles chinoise au bœuf ; spécialité de La Nouvelle-Orléans.
** Dans la série *Le Prince de Bel-Air*, Carlton est un jeune Noir instruit qui a épousé les valeurs et les attitudes de l'Amérique blanche – un bounty (noir dehors, blanc dedans) en argot français. Sa façon de danser est un des ressorts comiques du personnage.

tué." Elle secoue la tête. "C'est pas mon genre d'être négative, tu le sais ; ce que j'en dis, c'est juste pour te rappeler que t'as du bol d'avoir pu sortir King de là."

Je le sais bien. "J'en suis consciente", je dis. J'en oublie presque d'ajouter le reste. Ça paraît fou, mais je suis pas aussi à l'aise que prévu, en tout cas pas comme le premier soir.

Je me tais un moment, puis je reprends :

"Et puis il est toujours fourré avec ces deux petites Blanches."

Ça lui fait lever le nez de sa cuisine.

"Non…

— Si, des Blanches. Claire et Harper.

— Aïe."

Elle trempe le poulet dans le jaune d'œuf, puis dans la farine. L'huile siffle et crépite quand les morceaux tombent dans la poêle.

"Ben t'as intérêt à faire gaffe de ce côté-là, elle dit.

— Je sais bien. C'est pour ça que j'en parle : je fais gaffe.

— D'ici à ce qu'elles fassent style il les harcèle, ou autre…"

Je secoue la tête.

"En même temps, leurs mamans sont vraiment gentilles. L'autre jour, elles se sont pointées pour se présenter. Elles ont même chanté et…"

Elle me coupe :

"Ouais, aujourd'hui elles sont gentilles, à chanter comme des casseroles et tout, mais t'inquiète qu'elles sont au taquet, et pour peu qu'il serre les petites d'un peu trop près…

— Ça se peut.

— Non, c'est sûr."

Je vois la peau du poulet qui commence à dorer.

"Fais vraiment attention, ma chérie. Ce serait bête de fuir un danger pour tomber sur un autre."

King entre dans la cuisine ; il s'assoit à table à côté de moi et sort son portable.

"T'es pas censé jouer avec Nathan ? je lui demande.

— On appelle pas ça *jouer*, maman", corrige-t-il, mais il ne bronche pas non plus. Tout le temps que je suis là, il ne me quitte pas, et au moment de partir il se contente de faire un signe de tête à son ami.

Sur le chemin du retour, j'essaie d'en savoir plus – c'est lui qui m'a suppliée d'aller chez Senait – mais comme il ne m'offre qu'un silence pudique de collégien, je laisse couler.

Au moment où on arrive à la maison, ma mère appelle. Elle est de bonne humeur, m'explique qu'elle sort d'un rendez-vous avec un médecin des environs et veut passer pour voir comment on est installés.

"Bien sûr", je dis.

En temps normal, je freinerais des quatre fers, mais ces jours-ci j'étais toute seule avec Grandma, et j'aurais bien besoin de voir du monde, même si c'est ma mère. Je tiens compagnie à Grandma jusqu'à l'heure de sa sieste, puis je redresse les coussins du canapé, je fais la poussière, je passe l'aspirateur sur le tapis même s'il n'y a rien à aspirer. Pourtant je suis mal à l'aise à l'idée de ce que va voir ma mère : ces portraits de Blancs sur tous les murs, avec leur regard sévère et implacable. Pour la première fois, je me demande ce qu'ils diraient en me voyant manger dans leur service en porcelaine. Je me rappelle la photo encadrée de mon arrière-arrière-arrière-grand-mère à l'étage et je cours la chercher. Pas facile de lui trouver une place ; je choisis une table basse dans le coin. Il faut bien la chercher, mais une fois qu'on l'a repérée, on ne risque pas de la perdre de vue.

Quand j'ouvre la porte, ma mère est tout sourire. Je la fais entrer et elle parcourt le salon d'un bout à l'autre. Elle est déjà venue et n'a pas l'air aussi impressionnée que King. Elle découvre tout de suite la photo de Josephine et avance la main pour la toucher, puis la retire comme si quelque chose risquait de la mordre.

King arrive en descendant l'escalier quatre à quatre.

"Mais c'est mon garçon !" elle s'écrie. Elle le serre dans ses bras, puis sort de son sac une boîte en métal. Des pralines. "Je viens de les faire, elle ajoute, très fière. Mais je pense qu'elles ont eu le temps de refroidir."

On s'assoit sur le canapé, puis il choisit le plus gros morceau et mord dedans.

"Mmmh." Il ferme les yeux. "Mmmh, Maw Maw, c'est juste extraterrestre ! Encore meilleur que chez le marchand qui les vend un dollar pièce devant mon ancienne école. Tu sais que tu pourrais faire pareil avec les tiennes ?"

Elle hoche la tête.

"Je sais. Et en plus, sans ces cochonneries de produits laitiers.

— On sent pas que ça manque", fait remarquer King en prenant une autre praline.

Elle gigote sur son siège et continue de regarder autour d'elle.

"Et donc, je savais pas que c'était férié aujourd'hui ?

— Journée parents-professeurs, je réponds.

— Mmh, on dirait que plus l'école est cotée, moins on y passe de temps."

King éclate de rire avec moi.

"Tu t'y plais, quand même, King ?

— Oui, m'dame.

— T'es pas obligé de dire ça parce que ta maman est là, insiste-t-elle, tout en souriant. Faut que tu dises la vérité à mamie, tu sais bien. Est-ce que tes copains d'avant te manquent ?

— On revient de chez Senait, je dis.

— T'étais content de voir Nathan, je suis sûre", ajoute ma mère.

King hausse les épaules.

"Il avait presque rien à me dire."

Il est sur le point d'ajouter quelque chose quand j'entends Grandma qui s'approche en traînant les pieds. Je me retourne.

"Grandma ! Je t'avais pas entendue te lever.

— On ne mange pas dans cette partie de la maison !" réplique-t-elle sèchement.

Sa voix est dure et stridente. King repose le couvercle de la boîte.

Elle regarde autour d'elle, paniquée. Je me rends compte qu'elle a du mal à s'orienter. Puis son attention se fixe sur quelque chose. En suivant son regard, je m'aperçois que c'est la photo que je viens de poser dans le coin, celle de Josephine.

"Grandma, tu te souviens de ma mère. Elle avait juste envie de voir où on habitait."

Ma mère se lève pour la saluer.

Grandma n'a toujours pas l'air de capter, mais elle se concentre sur le visage de ma mère et ça y est, ça lui revient.

"Gladys ! Mais tu as découvert le secret de l'éternelle jeunesse !" s'exclame-t-elle après un petit temps de retard.

Ma mère sourit, mais c'est pas son sourire habituel.

"Vous de même, répond-elle.

— Oh, pas la peine de mentir, enchaîne Grandma. Alors c'est quoi, ton secret ? Allez, dis-moi tout, chuchote-t-elle en se penchant.

— Rien que de l'eau et de l'huile de coco. Et surtout, je m'occupe de mes oignons", rétorque ma mère.

Elle affiche toujours ce demi-sourire. Je l'ai déjà vu, quand elle parlait aux professeurs blancs de mon école qui disaient que je faisais de mon mieux alors que je n'avais récolté qu'un C. Ou à l'épicerie, quand une caissière faisait passer quelqu'un devant elle. C'était son sourire quand elle s'apprêtait à bondir. J'interviens :

"Disons qu'elle *essaie* de s'occuper de ses oignons."

La tension semble se relâcher. Même ma mère se met à rire.

"Va lui préparer du thé."

Grandma hoche la tête dans ma direction, et je me lève pour mettre l'eau à bouillir. Quand je reviens, Grandma et maman sont assises côte à côte sur le canapé, et elles papotent comme de vieilles amies. King est monté dans sa chambre. En tendant une tasse à ma mère, je vois qu'elle a l'air plus à l'aise ; elle reconnaît que sa vie a changé depuis qu'elle a décidé de devenir doula. Elle se réveille, dit-elle, en pensant à ses "filles". Elle va se coucher en pensant à elles. Elles lui donnent un but.

"Oh oui ! s'exclame Grandma. Je connais bien ça. Quand le père d'Ava est allé à l'école, je me suis mise à donner des cours de soutien à des gamins du voisinage. C'était seulement à quelques rues d'ici, mais la vie y était tellement différente ! J'en ai vu qui ne savaient même pas à quel son correspondaient les lettres, ou qui n'arrivaient pas à compter jusqu'à dix. Tu imagines ? À cinq ans ? Alors j'ai pris une ardoise et un morceau de craie, comme ma mère le faisait avec moi, et au bout de quelques mois ils lisaient *La Petite Maison dans la prairie*.

— Quel exploit… dit ma mère.

— C'est vrai !" claironne Grandma.

Quand Binh vient annoncer que le dîner est prêt, Grandma lui demande d'ajouter un couvert. Ma mère me regarde, je hoche la tête. J'appelle King, et nous passons à table. Comme toujours, elle est décorée en son centre d'une composition automnale orange et or. Les sets sont repassés de frais et les couverts noués ensemble par un ruban de tissu. Je regarde ma mère avec inquiétude – je ne me rappelle pas qu'elle ait jamais mangé avec ma grand-mère – mais elle n'a pas l'air dépaysée.

Grandma Martha n'arrête pas de parler pendant le dîner – toujours les mêmes vieilles histoires.

"Quand j'étais petite fille, mais vraiment toute petite, les garçons passaient à cheval devant notre porche pour marquer leur territoire. Papa nous appelait les *Dufrene girls*, et nous étions la coqueluche de la contrée, je vous prie de le croire. Sitôt qu'on a eu treize ans, ils voulaient voir sous nos jupons – et le plus drôle, c'est que des fois on leur montrait."

Habitué à ces rengaines, King se contente de saucer sa soupe aux poissons et au maïs avec un petit pain au levain. Tout au long du monologue, je jette des coups d'œil vers ma mère, et je remarque qu'au lieu de manger elle pousse les aliments au bord de son assiette. Au début, elle relance par de polis "mmh-mmh" et "oh, vraiment ?", mais au bout d'un instant, toute conversation même superficielle a disparu. Plus Grandma palabre, plus ma mère a l'air fatiguée, et à la fin je dois l'aider à se lever de son siège.

Après dîner, on retourne au petit salon. King se joint à nous. Au moment où on va raccompagner ma mère, le téléphone de mon fils sonne. C'est un appel FaceTime. Le visage d'Harper apparaît sur l'écran une minute, puis il raccroche. Avant qu'on ait eu le temps de se lever, Grandma intervient :

"King, à côté de qui tu étais assis ?"

Je me tourne vers mon fils. Il est seul sur le canapé. Je regarde ma mère.

"Le petit ange blond, là ! Un peu jeune, mais quelle beauté ! poursuit Grandma. Tu es sûr de pouvoir lui parler à une heure pareille ? demande-t-elle d'une voix inquiète.

— Il est pas si tard, Grandma, je dis.

— Oui, mais qu'est-ce que dirait son père ? Un grand garçon comme toi qui parle à cette charmante créature. Tu devrais te demander de quoi ça a l'air…

— Grandma, ça suffit !" Puis, après un silence : "Tu dois être fatiguée."

Je m'éloigne. Quand on arrive à sa chambre, Juanita est déjà en train de faire couler le bain ; je lui explique que Grandma a eu une longue journée.

Je suis très gênée par sa réaction. En redescendant, je prépare des excuses, mais ma mère est déjà à la porte. Elle se dirige vers sa voiture d'un pas chancelant. Je lui propose de la raccompagner, elle refuse. Elle ne fait pas allusion à la crise de Grandma.

Je lui fais promettre de m'appeler une fois chez elle. Elle m'embrasse sur la joue.

En rentrant, j'entends Grandma siffloter *Amazing Grace* depuis la cuisine. Je me demande comment elle a fait pour redescendre si vite. En plus de ça, elle est debout en train de déplacer la vaisselle du comptoir à l'évier avec une rapidité que je ne lui ai jamais vue depuis que je suis là. J'essaie de l'arrêter mais elle lève la main devant mon visage.

"Non, non, dit-elle. Laisse-moi faire ; c'est fou, mais ça fait tellement de bien de retrouver mon ancien moi. Je crois que j'ai besoin de voir plus souvent mes amis. Ce moment passé avec ta mère m'a toute ragaillardie ! Avant, j'organisais des fêtes, je jouais au bridge un dimanche sur deux. Je préparais un vrai festin : de la salade de poulet, des croissants, des petits fours, et j'en passe."

La voilà qui fredonne aussi. Quand la vaisselle est rangée, elle se met à essuyer le comptoir avec de la javel jusqu'à ce que ça brille. Elle veut monter seule et je la laisse faire. Je revérifie quand même qu'elle a pas allumé par erreur les feux de la gazinière et qu'il reste rien à manger qui traîne. Mais non, tout est en ordre. Ma mère m'envoie un texto. Elle est rentrée. Elle était fatiguée parce qu'elle avait donné son sang plus tôt, c'est tout.

Je retourne au salon et j'essaie de voir la pièce avec ses yeux à elle. Y a pas de doute, c'est impressionnant, mais c'est pas à moi. Et puis les remarques que Grandma Martha a faites à King ! Si ç'avait été quelqu'un d'autre, je l'aurais carrément insultée. Mais c'est Grandma, et bien sûr elle n'avait pas d'arrière-pensée. C'est ce que j'aurais dit à ma mère si elle était restée. Je me demande si au moins elle a capté la photo. Je me dirige vers le coin où je l'ai laissée, mais elle a disparu. Je regarde partout dans le salon, je demande à King, il ne l'a pas vue non plus. Je m'apprête à aller déranger Grandma Martha, mais quelque chose me dit d'aller vérifier d'abord dans ma chambre. La voilà, sur mon lit. C'est forcément moi qui l'ai déplacée sans m'en rendre compte, même si je suis persuadée que non.

JOSEPHINE

1924

La plupart des garçons de l'âge de Jericho travaillent encore aux champs ; à l'automne, ils vont à l'école, après la récolte du coton, mais dès le printemps, à la saison des semailles, ils sont de nouveau dehors. Leurs parents font autant d'enfants qu'ils peuvent – ils les appellent des "bras", parce que c'est une paire en plus par gosse. Moi, je veille à ce que Jericho aille en cours toute l'année. Son père râle, tout en étant très fier que le garçon puisse lire tout seul le Livre des Psaumes.

Quand Jericho est parti, et que j'ai mangé mon gruau et mon bacon du matin, je me mets au boulot. Ça fait pas mal d'années que je travaille comme sage-femme seulement de temps à autre, ou que j'ai pas allaité de bébé de Blanche, mais je continue à laver le linge, à porter l'eau, entretenir le feu, changer les draps, faire la poussière, cuisiner, mettre en conserve... Au début, je voulais prendre mon déjeuner avec les ouvriers, mais je me sens inutile, assise là, sachant qu'ils vont tenir leur sandwich dans une main et de l'autre traiter les pucerons sur les feuilles du verger. Il y a aussi une table, que j'ai installée pour faire revenir ma mère quand j'ai emménagé ici, un autel que j'ai recouvert de son tissu bleu préféré, avec la sauge qu'elle brûlait et les pierres qu'elle avait toujours avec elle. J'ai eu beau m'y pencher, prier et prier encore, psalmodier et chanter, elle est jamais revenue.

Je me lève de ma sieste du matin quand j'entends frapper.

Je me dis que c'est Theron, l'ouvrier agricole. Au début, Isaiah travaillait les terres de Mr Dennis, comme les autres. On vivait dans une cabane au bout de la rangée, et chaque mois on recevait notre part moins le remboursement des dettes. Puis Mr Dennis s'est mis à boire, puis à jouer – ça va avec ; un jour qu'il n'avait plus un sou pour finir le mois, il a proposé à tous les métayers de leur vendre une partie de ses terres, cinquante dollars l'hectare. Quelques années plus tôt, mon mari avait eu la chance de mettre la main sur une charrue tournante, et il faisait plus de récoltes qu'il n'en devait. J'allais les vendre au marché, si bien qu'il était le seul à avoir l'argent. Cet hectare a été multiplié par deux, puis par quatre, puis par six, et au bout de cinq ans Mr Dennis était sous terre et mon Isaiah possédait la sienne. Depuis la mort d'Isaiah, Theron a pris la suite : il passe pour voir si les plants de maïs ont des épis trop petits ou si les légumes se sont flétris. Je regarde par le trou minuscule percé dans la porte ; c'est pas lui. Non, c'est la Blanche d'hier – Sarah ou Scarlett, je sais plus et je m'en fiche.

J'entrouvre la porte juste assez pour jeter un œil.

"Bonjour. C'est pour quoi ?

— Oui, bonjour, je passais vous proposer un pot de confiture que j'ai faite la semaine dernière. J'essaie d'avoir un bébé, vous savez, et maman m'a écrit que si je fais tout bien comme une mère, le Bon

Dieu va bien finir par comprendre… alors je taille, je fais les conserves, la lessive et le repassage comme si la maison était pleine de gosses, mais comme y a que mon mari et moi, tout ça c'est perdu."

Elle marque un temps et lève pour la première fois la tête pour me regarder dans les yeux. Les siens sont gros comme des soucoupes – et bleus. Y en a qui trouvent ça charmant, je le sais. Mais il y a comme une odeur. C'est sûrement voulu ; ça fait comme si elle se vaporisait de l'eau de rose entre les jambes, mais que les fleurs étaient crevées. Je fais un pas en arrière.

"Je vous ai vue avec votre petit garçon l'autre jour, c'est pour ça. Je me suis dit que ça pourrait bien l'intéresser."

Alors là, je peux pas m'empêcher de rigoler ; je hurle de rire, même. Les gens font la queue pour avoir de ma confiture ; ils se disputent, à qui me rapportera le plus de fruits de saison ; ils me dégotent les plus gros bocaux pour que leur commande passe en premier ; j'ai pas plus tôt terminé qu'ils ouvrent le pot sur ma table – ils attendent même pas d'être à la maison, tellement ils en ont rêvé : les sucres qui corrigent l'acidité du fruit, le jus onctueux ; ils plantent les doigts dedans, trop impatients pour attendre que le pain soit coupé ; et ils l'étalent pas seulement sur le pain, ils en mettent de bonnes cuillerées sur les haricots, le riz ou la salade de pommes de terre, parce que quand c'est bon, c'est bon. Du coup je me lâche, la tête basculée en arrière, je laisse le rire secouer ma mâchoire et tout mon corps – j'en tire la langue !

"Qu'est-ce qu'il y a de drôle ?" elle demande.

Je hausse les épaules. Elle a qu'à chercher un peu.

"J'essayais juste de me comporter en bonne voisine."

Voilà qu'elle a l'air mal à l'aise, maintenant ; du coup, peut-être que je me sens un peu coupable. À peine.

"Entrez donc !" je dis.

Elle étouffe un soupir, mais reste plantée là.

"Bon, c'est vous qui voyez."

Je lâche la porte, qui commence à se refermer, mais elle la rattrape et fait un pas à l'intérieur.

"Ce que c'est propre ici !"

Elle me lâche pas d'une semelle, comme si elle avait peur de se perdre.

"Ouais, c'est comme ça que je tiens ma maison, je dis.

— Et ce que ça sent bon ! Comme si vous faisiez cuire du pain.

— J'en ai toujours un au four.

— Y a plus qu'à mettre ça dessus."

Elle tapote le bocal qu'elle tient au creux du bras ; je lève les yeux au ciel.

"Un café, ça vous dit ?

— Du thé, plutôt."

Je lui sers une tasse et on s'assoit.

"Donc vous et votre mari, vous voulez fonder une famille."

C'est pas une question, plutôt un constat.

Elle hoche la tête. Elle-même, c'est encore presque une gamine avec ses cheveux filasse et ses dents du bonheur ; elle est toute maigre, comme si elle buvait pas assez de lait. Moi, j'ai mes cinq vaches derrière la maison ; alors tous les matins, on a de la crème pour mettre dans nos œufs. Si c'était ma fille, je lui ferais une petite brouillade.

"J'ai eu trois enfants, deux filles et un garçon. Y en a qu'un qui est resté avec moi. Et croyez-moi : plus on a de filles, mieux c'est ! Quand j'attendais la première, maman m'a visitée en rêve, et elle m'a dit : « Cette fille que tu portes en toi, ce sera ton amie. » Et c'est ce qui s'est passé. À trois ans, elle m'expliquait déjà comment je devais faire avec son père. Je l'oublierai jamais : elle m'a dit que je devais communiquer, lui dire ce que je ressentais, sinon il pouvait pas deviner. C'était simple – simple comme un enfant –, mais ça a tout changé, je vous le garantis !"

Je lève les yeux. Je sais pas ce qui m'a pris de déballer tout ça.

"Et elle est où maintenant ? elle demande.

— Qui ça ?

— Votre fille aînée.

— Oh, elle a suivi son mari dans le Nord. Il avait de la famille là-bas, et de grandes espérances, aussi ! Ça a toujours été un rêveur. À la pêche, il fallait forcément qu'il ferre une truite ; en carriole, il arrêtait pas de gamberger au bout de ficelle qu'il fallait pour réparer la Ford T. C'est que je l'ai vu naître, vous savez ! C'est un fils de l'autre métayer. À la mamelle, ils s'adoraient déjà. J'allais lui dire quoi ? Reste là ? Il se passe pas un jour sans qu'elle me manque, mais je suis contente qu'elle se soit pas installée ici."

Elle pousse la confiture vers moi.

"Allez, goûtez-la !"

Elle en est tellement fière que je peux pas faire autrement que d'ouvrir le pot. Je me lève pour sortir mon pain du four ; je le pose sur la table, je le coupe pendant qu'il est encore fumant, je lui en donne une tranche et je la regarde étaler sa mixture sur la pâte cuite. J'ai pas besoin de goûter pour savoir que sa contribution ne vaut pas grand-chose : liquide là où elle devrait être dense, chiche là où elle devrait être riche.

La première bouchée lui coupe le souffle.

"Ce pain, il est divin, il est magique ! On en oublie la confiture !"

Ben voilà, c'est elle qui l'a dit. Je mange tout autour de la matière rougeâtre. Il est bon, ce pain ; c'est même un de mes meilleurs. Je laisse échapper des "ooh" et des "aah" de bonheur – sans préciser ce qui suscite une telle approbation. Elle voit pas que je jette l'essentiel de son machin gluant dans le seau aux cochons. De son côté, elle mange sa part jusqu'à la dernière miette.

Je soulève délicatement le rideau blanc qui protège la fenêtre de ma cuisine et j'aperçois Major. Il se dirige vers la maison avec Aristide Taylor. Depuis qu'il a rencontré Eliza, il s'est mis à être plus coquet : aujourd'hui il porte un chapeau, un gilet, un veston et des pantalons à bretelles – alors qu'il travaille aux champs… Aristide est un ancien métayer ; il possède la ferme qui est à l'ouest de la nôtre. Juste un lopin de terre, mais c'est mieux que rien. Je sais pas pourquoi ils viennent ici, mais il faudrait que Carla, ou je-sais-plus-qui, s'en aille. Je m'avance vers la porte.

"Un grand merci pour la confiture, je dis.

— Pas de quoi."

Elle a pas l'air de vouloir bouger.

"La confiture a tellement meilleur goût quand on peut la partager ! Ça vaut pour tout ce qui se mange, vous me direz. Je comptais faire des pains briochés demain. Je pourrais passer vous en apporter une douzaine ? Si je les ai réussis, bien sûr. J'ai jamais fait cette recette seule ; d'habitude, maman se tient exactement là, debout derrière moi, à côté du four, des fois qu'ils voudraient pas monter.

— D'accord, je dis pour la faire taire. Ce serait vraiment gentil.

— Le rendez-vous est pris, alors."

En se levant, elle fait tomber des miettes de sa jupe.

"Oh, je suis vraiment désolée !"

Elle se met à genoux pour les ramasser.

"Vous en faites pas pour ça."

Je m'apprête à lui serrer la main, mais tout bien réfléchi je me contente d'un petit geste de salut, puis d'un autre vers la porte, en espérant qu'elle va faire le rapport entre les deux et trouver la sortie.

Les hommes entrent juste au moment où j'ouvre la porte. Leurs épaules ont beau se toucher, ils ont l'air à couteaux tirés.

Le regard de la femme blanche passe plusieurs fois de moi à eux, mais elle ne bronche toujours pas.

"Major, mon fils, et Aristide Taylor… et je m'arrête là parce que j'ai toujours pas pris la peine de me rappeler son prénom.

— Charlotte, dit-elle en tendant la main.

— C'est la voisine. Elle allait justement s'en aller."

Je lui ferme quasiment la porte au nez. Puis je me retourne pour offrir de la limonade aux hommes, mais ils ne m'entendent même pas. Aristide est en train de crier :

"Tu sais que j'avais du respect pour ton père, mais ce coton que tu comptes vendre, il a été cueilli sur ma propriété !"

C'est un homme de grande taille, et quand il parle il place ses mains sur le sommet de son ventre. Major l'interrompt :

"On a déjà vu tout ça, Aristide.

— Je sais ce qui s'est passé la dernière fois, et je suis vraiment désolé, mais tu ferais mieux de revérifier. Cette fois, je suis sûr et certain."

Dès que j'ai compris que, tout ça, c'est une histoire de terre, je me lève pour aller chercher l'acte de propriété. Des disputes de ce genre, ça se produit de temps en temps, et Isaiah m'a appris qu'il vaut mieux laisser parler le papier à la place des gens. Je le parcours rapidement avant de le prendre. Major me voit arriver avec, et il me l'arrache des mains avant même que je puisse dire ce que ça raconte.

Mais il suffit de voir son visage défait pour deviner. Il est humilié d'avoir tort, humilié parce que son père avait toujours raison.

"Ah, d'accord. Y en a une partie qui vient de chez vous, je reconnais.

— Je te l'avais bien dit, c'est moi qui ai raison ! s'écrie Aristide.

— Très bien, je vous donnerai la moitié de ma recette, alors.

— C'est pas la moitié de ta recette que je veux, c'est la récolte.

— Bon Dieu non, vous aurez pas la récolte !

— Jure pas, Major ! je dis.

— La moitié de la recette, un point c'est tout !" il répète.

Aristide hésite avant de lâcher :

"Ton père, il aurait jamais agi comme ça."

C'était la pire des choses à dire à Major, et mon fils a beau être en tort, je trouve qu'Aristide aurait pas dû.

Major a perdu tous ses moyens ; il lui faut un moment pour se ressaisir.

"Il se fait tard, Aristide. Pourquoi on discuterait pas de tout ça un autre jour ? je dis en le raccompagnant à la porte.

— Très bien, Josephine, vous savez l'estime que j'ai pour vous et que j'avais pour votre mari, mais votre garçon, là, il se trompe !

— Je comprends bien, Aristide, on en parlera plus tranquillement demain."

Il remet ça encore deux ou trois fois avant que j'arrive à fermer la porte.

Je me tourne vers Major. Assis à la table, il se tient la tête entre les mains.

"Tu trouves que j'ai tort, maman ? Tu peux le dire, si c'est ça."

Je m'assois en face de lui.

"C'est compliqué, fils. Ton père suivait toujours son instinct. Il disait que c'était comme suivre son cœur, et son cœur lui conseillait toujours de traiter les Noirs encore mieux qu'il aurait voulu être traité lui-même. « Il y a la règle d'or, et puis y a la règle d'Isaiah », tu te souviens ?

— Oui, je me souviens, il répond en riant, mais son visage se durcit d'un coup. Le problème, c'est qu'Aristide me respecte pas, et les autres non plus, et si je tape pas du poing sur la table, là maintenant, ils me respecteront jamais."

Je me tais. De mes trois enfants, Major était celui qui prenait toujours les choses trop au pied de la lettre. Pour une tâche toute simple, il fallait lui donner des consignes à n'en plus finir. À mes filles, je pouvais dire "Va te préparer pour la journée", et elles allaient se laver la figure, se brosser les dents, enfiler leur jupe, faire leur lit, mais pour Major je devais tout décomposer étape par étape : aller dans la chambre, ouvrir l'armoire, en sortir une chemise... Autre chose : il est influençable. C'est pour le protéger que je l'ai appelé Major. Comme ça, pour parler de lui, les Blancs sont obligés de lui marquer un certain respect, qu'ils le veuillent ou non, du simple fait de prononcer son nom. Ça l'a pas empêché de me ramener pas mal de problèmes quand il était petit, avec sa tendance à se laisser expliquer comment on devient un homme par des garçons qui ont pas encore de poil au menton ! Avant la mort de son père, c'était déjà pas facile, mais Isaiah parti, j'ai eu double charge de travail. Presque tous les soirs, j'oubliais mon deuil, je me couchais le cœur plein d'angoisse, tellement je me faisais du souci pour Major. Encore aujourd'hui, ce serait une de mes filles – surtout l'aînée –, j'aurais qu'à dire : "Confonds pas force et faiblesse. Si tu veux que quelqu'un fasse quelque chose pour toi, commence par te mettre en quatre pour lui." C'est ça, le respect. Mais ça, Major, ça le dépasse, alors je me contente de lui masser le dos, et je sens que ça tressaute sous ma paume. Il pleure pas comme quand il était petit garçon, mais il en est pas loin...

Ce soir-là, il reste à dîner ; et comme Jericho et Theron débarquent, je propose une partie de cartes, histoire d'oublier un peu Aristide et son coton. Au beau milieu d'une partie, je commence à chambrer.

"Je pensais descendre dans le Sud le mois prochain pour voir mon frère, je dis à Major.

— Arrête de tricher, Josephine, t'as pas de frère ! coupe Theron.

— Mais frangin, c'est pas de la triche ! Je dis juste que mon frère, il est fragile du cœur. Son cœur, il est tellement faiblard qu'y va falloir que j'y aille.

— Arrête ça tout de suite, je te dis", fait Theron, mais en vrai, il rigole.

C'est un homme fluet, et si effacé que même quand il sourit, c'est du bout des lèvres. Il fait son annonce – cinq plis* –, appelle à pique, et je hausse un sourcil – avec ce que j'ai en main, je suis loin du compte.

Major et moi, on annonce respectivement trois et quatre plis ; Theron entame à pique.

"Bien la peine de faire tout ce cirque avec ton frère tout à l'heure !" grommelle Theron.

Il plante le doigt dans sa grosse part de gâteau à la noix de coco, fait sauter un bout du glaçage et se l'envoie derrière la cravate.

"Comme si on avait besoin de la parlante… Arrête, on vous met la misère depuis qu'on fait équipe ! Rien que la semaine dernière, on a fait un Boston.

— Contre qui ?"

Jericho pose un pique et Major en fait autant.

"Je te dis qu'on en a fait un."

Je pose un as, et c'est moi qui prends la main.

"Pas contre nous, en tout cas : on est à égalité."

J'ouvre à l'atout, avec un as, et Major pose un joker juste derrière.

---

* Le *bid whist* est une variante du whist qui fonctionne par annonces *(bids)*. Le chiffre annoncé (entre 3 et 7) indique le nombre de plis au-delà du sixième que l'équipe de l'annonceur s'engage à faire (par exemple, annoncer un cinq implique de faire au moins onze plis). Annoncer un sept, c'est prétendre faire tous les plis de la partie, qui en compte treize – ce qu'on appelle faire un Boston.

Alors là, j'appelle à carreau, vu que je sais que Theron en a pas. Il essaie d'avertir Jericho en sacrifiant un dix de trèfle, mais Jericho a encore beaucoup à apprendre ; il continue à fournir à carreau et Theron pose sa dernière figure à trèfle.

Cette fois, c'est Major qui ouvre à carreau : il pose l'as en me faisant un clin d'œil. Je joue mon joker. Theron se lève d'un bond :

"Y a de la triche, il s'énerve. Vous vous êtes mis d'accord !"

Le pire, c'est qu'on arrête pas de se marrer pendant toute l'engueulade ! Comme au bon vieux temps, tout pareil. Les hommes boivent du whisky, le cake a déjà diminué de moitié, et y a pas de doute qu'on va le finir dans la soirée. Je commence à distribuer les cartes pour la partie suivante, mais avant même que j'aie vu mon jeu, Major annonce qu'il doit rentrer.

"Eliza m'attend, c'est pour ça. J'y vais, histoire de voir comment elle va."

Il se lève. Je regarde Jericho lécher consciencieusement sa fourchette, puis se tailler directement dans le plat une dernière lichette, qu'il fait couler avec un verre de lait. Je m'attends à le voir aller dans ma chambre se changer pour la nuit, mais au lieu de ça, il se dirige vers la porte d'entrée sur les talons de son père.

J'ai même pas la présence d'esprit de cacher ma peine. "Tu t'en vas ? Bon, très bien", je fais, comme si j'avais trente ans ; je répète : "Bon, très bien", et puis je les accompagne à la porte et je les regarde partir en leur faisant de grands signes jusqu'à ce que je les voie plus. Je fais la vaisselle sans me presser, vu qu'après, y a rien d'autre qui m'attend. J'avais

110

préparé une assiette pour Eliza – des montagnes de pommes de terre et d'okras – et je le regrette, maintenant. Y a des gens à qui on donne tout.

Le lendemain, la Blanche remet ça. Je la reconnais à sa façon de frapper timidement, comme si elle avait peur de s'être trompée de maison. Vu qu'elle a encore trouvé le moyen de me tomber dessus juste après ma sieste, je suis tout ébouriffée, alors je mets un foulard avant de me dépêcher pour lui ouvrir.

"C'est pour quoi ? je lui demande, collée au battant de la porte comme pour me cacher.

— Vous avez oublié notre rendez-vous ? elle demande.

— Quel rendez-vous ?"

Elle rit, enfin elle glousse, et son petit gargouillis a quelque chose d'idiot qui me fait rejeter les épaules en arrière.

"Je sais bien que c'est pas le mot… c'était pour rire ! Vous vous souvenez, hier, quand je vous ai dit que j'apporterais des pains briochés s'ils étaient réussis ? Eh ben, ils le sont ! Rien à voir avec votre pain, évidemment, mais ils sont meilleurs que ceux de maman. Ça a jamais été un cordon-bleu – et pourtant elle était toujours à cuisiner ! Chaque fois que je pense à elle, je la vois au fourneau. C'est triste, non ? Les seuls souvenirs que j'ai de ma mère, c'est de la voir le dos tourné, le nez dans sa cuisine. Moi, je trouve ça triste", elle conclut, voyant que je dis rien.

Elle arrête pas de gigoter tout en parlant. Elle arrive pas à tenir en place – ni à tenir sa langue. C'est pas qu'y ait quoi que ce soit de bizarre dans ce qu'elle dit, mais y en a trop, comme si on lui avait pas appris les bonnes manières.

"Fallait qu'elle s'occupe de vous tous, je lâche en entrouvrant un peu plus la porte.

— Je bavarde, je bavarde, reprend-elle, et je vous en propose même pas. Vous voulez goûter ?

— Volontiers."

Je relâche le battant, juste assez pour la laisser se glisser à l'intérieur. D'un côté, je veux pas d'elle chez moi. C'était bien d'avoir de la compagnie hier, mais je suis pas idiote. Je sais qui elle est, je sais où est ma place.

Elle s'assoit. Je sors les assiettes comme la veille et, tout comme la veille, je suis mortifiée à l'idée d'avoir à goûter sa cuisine.

"Y avait l'air d'y avoir un problème, hier, elle continue. Ça s'est arrangé ?

— Ça va s'arranger.

— Des histoires de terres, hein ? C'est fou ce que les gens peuvent s'énerver pour ça. La terre, ça vit pas, ça respire pas, et pourtant, ce que les gens peuvent lui donner d'importance !"

Je hausse les épaules. C'est sûr que, pour nous, c'était important d'obtenir de la terre.

Elle continue :

"C'est pas dur pour vous de pas avoir de but, de devoir trouver quelque chose à faire, jour après jour ? Si j'avais un enfant, ça m'occuperait. Mais en ce moment, je fais que traîner d'une pièce à l'autre. Des fois, quand mon mari s'en va, j'aimerais pouvoir me glisser dans la poche de son manteau, le supplier de m'emmener avec lui."

Si elle m'avait balancé ça dix ans plus tôt, ou même cinq, ces mots auraient été incompréhensibles pour moi, rien que des boniments de Blancs. J'aurais hoché la tête et souri en me disant : "Pauvre fille !" C'est pas qu'aujourd'hui je trouve ça mieux. Mais je compatis. Vieillir a été le plus gros choc de ma vie. J'ai aucun modèle qui me permettrait de le vivre comme il faut. Ma mère m'a appris à me laver entre les jambes, à cuire le poisson à feu doux.

Mais personne m'a appris à ne rien faire.

Je tranche un petit pain pour elle, puis un pour moi, rien qu'une moitié parce que je mange pas la cuisine des Blancs. J'en ai jamais eu l'occasion et c'est pas maintenant que je vais m'y mettre, mais les manières sont les manières et faut ce qui faut. Les petits pains sont bien dorés, je dois reconnaître, et aériens à l'intérieur. J'en prends une bouchée et la pose sur ma langue. Un grognement de surprise s'échappe de ma gorge.

"C'est la recette de votre maman, vous disiez ?

— Oui, m'dame. J'ai fait comme il fallait ? Ça m'arrive d'oublier des petites choses, comme la vanille ; y a même une fois où j'ai confondu le sel et le sucre, et je m'en suis rendu compte qu'après y avoir goûté." Elle glousse à nouveau. "Qu'est-ce que j'ai raté cette fois ?"

Je reprends une bouchée. J'ai presque fini ma part. Si c'étaient les mêmes petits pains, mais ceux de Link, j'en aurais déjà dévoré une demi-douzaine.

"Pas mal", je lâche.

Elle baisse le nez comme un enfant qui espérait une orange et qui reçoit un citron.

"Pas mal du tout, même, j'ajoute. En fait, c'est les meilleurs petits pains que j'aie jamais mangés de ma vie."

Elle s'illumine – on dirait tout à la fois un matin de Noël et un gâteau d'anniversaire.

"Je voulais vous demander quelque chose.

— Quoi ?"

Elle m'a prise au dépourvu. Enfin, j'irais pas jusqu'à dire que je m'y attendais pas. Une Blanche qui traîne dans la cuisine d'une Noire, elle a vite fait de repérer ce qui lui fait envie – ce qu'il lui faut.

"Y a un bruit qui court sur votre compte, c'est mon mari qui m'en a parlé ; à ce qu'il dit, vous seriez un peu magicienne. Il dit que tout le monde est au courant par ici, et que c'est pour ça qu'il y a tout ce va-et-vient chez vous."

Je garde le silence. C'est tellement étrange – impossible de prévoir les moments où mes filles vont me manquer. J'étais proche des deux, mais je pensais que l'aînée serait toujours mon bébé. La première fois qu'elle est allée aux toilettes derrière la maison, j'ai dû serrer son petit corps contre le mien – elle avait tellement peur de tout ce qui était nouveau ! Elle a appris à battre les vêtements des Blanches, à les plier, puis à les porter dans une brouette quand elle avait trois ans, parce qu'elle voulait pas me quitter d'une semelle. Après la mort de son père, elle dormait toujours avec moi. Elle serait bien restée, mais son mari voulait à tout prix échapper aux lois Jim Crow*, et son frère s'installait à Philadelphie. Qu'est-ce que j'allais dire ? Elle m'écrit toutes les semaines, et elle est heureuse avec ses

---

* En 1877, les lois dites "Jim Crow" mettent fin aux droits accordés aux Africains-Américains après la guerre de Sécession et rétablissent la ségrégation raciale dans les écoles, transports en commun, restaurants et autres lieux publics des anciens États confédérés.

deux enfants. J'aurais aimé les tenir au moins une fois dans mes bras, mais qu'est-ce que je peux lui souhaiter de plus ?

"Mouais. Si on mettait bout à bout les sornettes que les gens racontent, y en aurait jusqu'à la lune, je dis.

— Ce serait pas la première fois que mon mari comprend quelque chose de travers. Dites-lui surtout pas que je vous ai dit ça !

— Motus et bouche cousue", je promets, et on éclate de rire.

"Mais si c'était vrai, je vous demanderais bien, pour le bébé. Si vous pouviez m'en faire avoir un."

Nous y voilà.

Sans répondre, je la dévisage à mon tour, histoire de renvoyer un peu du malaise qu'elle a fait naître en moi. C'est vrai que je l'ai fait ; il fut un temps où j'aurais pu dire oui. En arrivant ici, pour établir un contact entre ma mère et moi, j'ai déplié une photo d'elle que j'avais dans ma poche de poitrine et je l'ai posée sur ma table de prière à côté de son peigne en nacre. J'ai brûlé de la sauge et j'ai oint une bougie bleue. Mais c'est pas tout : les gens venaient de partout pour que je les décharge de ce qu'ils avaient sur le cœur. La plupart du temps, je disais pas un mot, je restais juste là à les écouter pleurer une fille arrachée à eux juste avant la guerre et dont ils n'arrivaient même plus à se souvenir à quoi elle ressemblait... ou dire leur culpabilité – et plus ils se sentaient coupables, plus ils faisaient des horreurs pour le cacher. Pendant ce temps-là, moi, j'écrivais des prières pour leur salut au-dessus d'une marmite de ragoût de gésiers – le plat préféré de ma mère ; chaque matin, je l'invoquais en égrenant les lettres de son nom comme les perles d'un collier, mais comme Link revenait toujours sans nouvelles, la toute dernière fois que je l'ai envoyée à sa recherche en vain, j'ai brûlé la sauge, le tissu, le peigne, tout. Je n'ai pas pu me résoudre à détruire sa photo ; maintenant, elle a glissé derrière la commode et je suis trop vermoulue pour aller la repêcher.

"Mais si vous me dites que vous faites pas ce genre de chose…, répète la femme blanche à elle-même.

— Non, du tout", je dis, et je m'en tiens là.

On reste assises comme ça un petit moment, elle qui lève les yeux puis les baisse sur ses genoux, et moi qui la regarde fixement comme si j'étais au cinéma, et je me marre bien en me demandant combien de temps ce silence va durer.

"Ooh, je dois préparer le souper !" je finis par dire.

Mais elle s'en va toujours pas. Tant qu'à faire, je lui passe le saladier de haricots verts et je les lui donne à équeuter. Un bon moyen pour aller plus vite.

Tout en faisant ça, elle me raconte des choses, des choses que je n'aurais confiées qu'à une amie : qu'elle connaissait pas son mari si bien que ça quand ils se sont rencontrés, mais que sa maman a dit qu'il portait de belles chaussures et que sa mère à lui avait encore toutes ses dents. Pour le mariage, y a eu qu'une moitié de cérémonie, avec un tout petit gâteau. Son papa a fait un discours devant une poignée d'invités – la famille de son mari était peu nombreuse et ses parents à elle avaient tout juste de quoi payer une salade de pommes de terre et un poulet.

"Je peux pas dire que j'ai eu de mauvais parents, dit-elle, on se débrouillait toujours pour s'en sortir. On se débrouillait, mais c'était pas comme ici. C'était maïs, patates douces et choux à volonté !

Maman vient me voir, et j'attends ses visites avec impatience, mais en même temps, ça me fait mal ; elle remarque tout ce qui va bien dans ma vie, mais je me rends bien compte que ça la rabaisse. Je pensais qu'elle serait fière de moi, mais j'ai remarqué qu'il y avait de la honte aussi.

— Non, ma fille, je dis en pensant à mes enfants. Y a pas de quoi avoir honte. Tuer un homme, voler un enfant, ça oui, c'est la honte. Elle est fière de vous, votre maman ; elle en voudrait un peu plus pour elle, c'est tout."

On peut tout avoir. L'un n'empêche pas l'autre.

Ça a l'air de lui faire de l'effet, et elle reste un bon moment à gamberger.

"Et vous ? demande-t-elle. Vous êtes restée proche de vos filles maintenant qu'elles sont parties ?

— Très, je dis sans réfléchir. C'est comme si elles étaient là. Elles m'écrivent si souvent que des fois j'ai l'impression d'être à côté d'elles dans la pièce. Et puis elles m'envoient des photos. J'ai des petits-enfants : déjà trois, et un quatrième en route. Y en a une qui porte mon nom : Josephyne – avec un *y* au lieu du *i*, mais c'est à cause de moi.

— Elles doivent quand même vous manquer, vu qu'elles sont pas avec vous ?"

Il y a des matins où j'ai tellement la tremblote que j'arrive même plus à tenir ma cuillère, et le fait qu'elle en parle suffit à remuer le couteau dans la plaie, mais je ne bronche pas.

"Des fois", je lâche tout en équeutant les haricots.

Quand j'ai fini et qu'y a plus rien pour m'occuper les mains, je les pose sur la table ; l'une sur l'autre, pour qu'elles se tiennent tranquilles. Je peux pas m'empêcher de dire :

"Des fois, c'est trop pour moi."

L'ennui, c'est que vous avez beau être vieille, vous les imaginez toujours comme vos bébés. Je vois encore l'aînée, cinq minutes après sa naissance, qui tendait les lèvres vers moi. Elle savait pas dans quel monde elle avait atterri ni comment elle était arrivée là, ou le rôle qu'elle y tiendrait, non ; ce qu'elle savait, c'est qu'elle avait besoin de manger, et que celle qui pouvait la nourrir, c'était moi. Je lève alors les yeux. Je sens que j'ai la joue mouillée, juste un peu.

"Vous verrez", je dis.

Elle hausse les épaules.

"Je commence à perdre espoir.

— Ça fait combien de temps ?

— Deux ans."

Je m'applique à ne pas faire grise mine. En fait, j'ai vu pire.

"Et vous avez eu des rapports réguliers tout ce temps ?

— Presque tous les jours. À ce stade, on peut plus compter que sur un miracle, elle conclut dans un éclat de rire.

— Eh bien alors, ne tournez pas le dos à un miracle ; le miracle, c'est plus quotidien que ce qu'on croit. On y voit, mais les yeux, est-ce qu'on sait comment ça fonctionne ? Est-ce qu'on sait ce qui se passe dans la tête le matin pour nous sortir du lit et nous mettre en marche, et les jambes suivent le mouvement ?"

Elle hausse les épaules. Je continue :

"Moi, j'en sais rien. C'est quoi, un miracle ? Une chose inexplicable, mais qui advient ; une chose insensée, mais qui existe tout de même. Chaque jour, c'est miracle sur miracle ! Et il suffit d'en voir un premier pour remarquer les autres. De l'intérieur ; alors on est gagné par leur chaleur, par leur activité perpétuelle. On tend la main vers un objet banal et on le voit éclore, devenir autre chose d'imprévu. L'étoffe dont on fait les miracles, elle est en vous, et tout autour de vous… Reste plus qu'à la voir et à l'attraper.

— Ce que c'est beau ! elle dit.

— Ouais."

Elle regarde par la fenêtre.

"En voilà un", dit-elle en montrant ce qu'elle a vu.

C'est un merlebleu perché juste derrière la fenêtre de ma cuisine, et elle sourit comme une idiote.

"Bien sûr", je dis.

Mais le moment est passé. Je crois à tout ce que je viens de dire – et ma mission, c'est de le transmettre –, mais j'ai l'impression d'avoir perdu quelque chose en le partageant avec elle. Cette vérité avait un coût, ses bourgeons ne s'étaient pas formés avant que je m'enfuie de Wildwood, et si j'avais pas rencontré Isaiah, Dieu sait ce qui me serait arrivé. Avant que je le voie de l'autre côté d'un champ de planteur, j'étais tapie tout au fond de moi-même, et des blocs de mots s'imposaient à mon esprit : "Plus dure la récolte, plus robuste le fruit." Le matin, juste avant l'aube, les paupières encore lourdes, je voyais cette femme qui s'avançait vers moi, jeune et alerte. J'arrivais pas à comprendre ce qu'elle disait, mais voir son visage, c'était comme sentir la main de ma mère sur mon cœur. Je me réveillais consciente que quoi que me réserve cette journée, je l'avais déjà traversé.

Il y avait d'autres choses, et maintenant moins j'en dis, plus ma vie est florissante, plus elle est verte et luxuriante. Abandonner ma récolte à cette femme blanche, c'est comme la prendre à mon Créateur – le contraire de la gratitude –, et c'est le meilleur moyen de brouiller la Source.

La Blanche en est à parler du soleil et du vent quand son visage se durcit.

"Seigneur, c'est Vern. Faut que j'y aille !"

Elle se lève si vite qu'elle manque trébucher. Aucune importance. Les haricots sont équeutés. Je vais faire sauter quelques patates, et le temps que j'aie fini, peut-être que Jericho arrivera pour le dîner. Mais le temps passe, lentement, et il ne vient pas. Et plus je reste assise là, plus j'ai l'impression d'avoir été dépouillée de tout ce que j'ai de décent en moi, et qu'il y a qu'un endroit où aller pour être à nouveau remplie.

Link habite là où vivaient les métayers, à trois cents mètres en contrebas, juste le temps qu'il me faut pour oublier le vide que j'ai ressenti assise là avec cette femme blanche. Il fait encore jour, et je suis tout environnée de soleil. Le long du chemin, je vois des petites grappes de maisons aux murs bruts, avec des charpentes en bois et des fenêtres à battants, des enclos à cochons et des potagers protégés par du grillage. En arrivant chez Link, je sens l'humidité sous les manches de ma robe, et je dois sortir mon mouchoir pour essuyer les gouttes de sueur sur mon front.

Elle est dehors à guetter devant son porche comme si elle m'attendait. Par la porte ouverte derrière elle, j'aperçois deux photos de son fils bébé sur le mur le plus proche, et tout autour, du papier journal pour boucher les fentes entre les planches grossièrement taillées.

"Salut, toi !" elle me lance.

Je lui fais un geste de la main.

"T'as quelque chose en train ?

— Je pensais me faire des taies d'oreiller, mais j'ai plus de tissu.

— On pourrait aller voir chez la femme du pasteur", je dis.

Elle se lève, s'agrippe aux rampes de chaque côté, puis, plus lentement que moi à cause de ses orteils amputés, elle descend les quatre marches. Alors on se met en route vers l'église. Sur notre droite, deux garçons s'agenouillent pour réparer une voiture. Quelques mètres devant nous, mon ancien voisin conduit un chariot tiré par une mule sur lequel s'entassent des sacs de coton. Il se retourne et nous fait signe.

"Bonjour, Josephine et Link !

— Ça va ?" on lui répond d'une même voix.

Link me parle de ses récoltes.

"Le maïs a pas bien marché : huit cents kilos par hectare ! L'an dernier, c'était plus d'une tonne. Pas facile de se débarrasser des limaces ces temps-ci, mais j'ai des tomates à plus savoir qu'en faire. Si j'arrive à les vendre, je m'en sortirai.

— Parfait", je dis, ou peut-être que je le dis pas – si ça se trouve, je l'ai seulement pensé.

À ce moment-là, on entend la cloche, et on presse le pas. On n'échange pas un mot de tout le trajet. Le glas nous a prises au dépourvu, ce qui est rare. D'habitude, le bruit court qu'il y a un malade qui doit garder la chambre, et quelques semaines plus tard, les coups sonnés au modeste clocher de l'église viennent comme une confirmation – mais dans l'intervalle, on a suivi l'histoire avec force platées de grillades, cruches de lait et paniers d'œufs. Cette fois-ci, la cloche continue à sonner, lugubre, et je ne sais pas à quoi m'attendre.

Je me précipite vers les marches du parvis, Link me suit de près. En voyant le fils d'Aristide, je hurle presque de soulagement.

"Paul, t'es de retour ?" je m'exclame.

Je le regarde attentivement. Il est bien plus petit qu'au moment où il est parti et il s'appuie sur une canne pour ne pas tomber.

Link est sur mes talons, et quand elle le voit, elle l'agrippe par l'épaule, mais il lui renvoie un regard hébété.

"Depuis quand t'es de retour ?" elle demande.

Il ne répond pas ; elle répète :

"Depuis quand t'es de retour ?

— Ça fait un petit moment déjà. Mais c'est encore tout frais."

Les yeux de Link brillent d'un feu que je ne leur ai pas vu depuis bien longtemps. Les sourcils froncés, je les regarde tour à tour, Paul et elle… et puis d'un seul coup, ça me revient : le fiston d'Aristide, le boiteux, était entré dans une bande à peu près au même moment qu'Henry. Je vois que Link se demande comment amener, sans être malpolie, la question suivante qui lui brûle les lèvres, mais à la fin elle n'y tient plus :

"Et Henry ? Tu l'as vu ?"

Paul secoue la tête et détourne les yeux comme pour chasser un mauvais souvenir.

"Juste au début, après je me suis démerdé", il répond en regardant de nouveau ailleurs.

Elle met la main sur sa bouche et je la vois qui vacille. Je la rattrape par le bras.

Je fixe Paul, lui demande du regard s'il en sait un peu plus – qu'il me le dise, à moi ; mais je ne vois qu'une épave.

"Tout va bien, Link, je dis, tout va bien. Ça va pour toi, mon gars ?"

Il hoche la tête.

"Tu manges à ta faim, t'as des sous ?"

Il baisse la tête. Ses cheveux sont emmêlés en grosses touffes, et il a des plaques de boutons au ras du cuir chevelu.

Aristide s'approche.

"Miss Josephine, j'allais justement passer chez vous pour demander si y aurait pas un lopin de terre à travailler pour Paul. J'allais faire les choses en règle, mais puisque je vous vois ici – vous avez quelque chose pour lui ? Peut-être que ça lui remettrait les idées d'aplomb ?"

On a tous les bras qu'il faut. Major, qui dirige la ferme désormais, est très strict sur la répartition du travail. De plus, ce garçon a l'air vraiment diminué après ce que cette bande l'a obligé à faire, et ce qu'il en reste ne nous sera pas d'un grand secours. C'est peut-être une raison de plus pour le prendre. Je regarde Link. Dans deux secondes, elle va s'effondrer sur place.

"Bien sûr, fiston, passe me voir demain", je dis.

Puis je dis au revoir au jeune homme et je me tourne vers Link. On avait l'intention de trouver du tissu, mais c'est clair que c'est râpé. Elle ne dit pas un mot jusqu'à ce qu'on arrive près de chez moi. Au carrefour entre la route des baraquements des ouvriers et celle de la ville, il y a un grand chêne. Maman disait toujours qu'aux carrefours, notre monde et celui des esprits se rencontrent. C'est sous ce chêne que je viens quand j'ai besoin de me vider la tête ; et là, les pieds de maïs du chemin sont tellement agités qu'on dirait qu'ils m'attendent. Est-ce que ça apaise Link, est-ce que ça la stimule ? Elle tape du pied et balance les bras. De loin, on pourrait croire qu'elle danse.

"Si j'avais su que ça ferait mal comme ça, j'aurais jamais eu de gosse, gémit-elle.

— Ça va aller, d'une manière ou d'une autre, ça va aller", je lui dis tout en lui caressant le dos.

On reste comme ça un moment, elle qui sanglote dans ses mains et moi qui la soutiens.

"Tu crois vraiment ? elle demande après s'être essuyé la figure. Ça va aller, de souffrir comme ça ?

— Ça va faire mal pendant un moment."

Elle attend un peu avant de poser la question suivante :

"Y a rien que tu puisses faire pour chasser la douleur plus vite ?"

Je réfléchis deux secondes ; si c'était quelqu'un d'autre, je dirais : *Répandez du sel tout autour de la maison, laissez-le reposer une semaine, et puis ramassez-le, dites une prière par-dessus et jetez-le au feu.* En espérant que ça fasse quelque chose, et en priant pour ça aussi. Mais là, c'est Link et son fils Henry. Moi, j'y crois plus dans ces trucs-là. Ça marchait pour ma mère. Ça a marché pour moi. Mais même quand ça marche, le sel ne chasse pas vraiment la douleur, il la diffuse, jusqu'au bout des doigts jusqu'en plein cœur, jusqu'au creux de l'estomac, et on a beau être coriace, elle reste là, prête à se réveiller sous l'effet de l'alcool ou par une nuit d'insomnie. Il suffit d'un mot malheureux de la bouche d'un enfant ou du regard oblique d'un ami pour faire éclater une rage tenace, monstrueuse.

"Si tu veux, je reste avec toi ce soir", je dis.

Tout ce qu'elle ressent sera divisé par deux le temps que je passerai avec elle.

Elle enfouit son visage dans ses mains.

"Je peux pas te demander ça.

— C'est toi qui m'as aidée à m'en sortir.

— Pas vraiment, tu es forte, Josephine."

Après un silence, je répète :

"C'est grâce à ceux qui m'ont aidée à m'en sortir."

JOSEPHINE

1855

Les Visionnaires se réunissaient tous les dimanches après le marché ; on avait les pieds tout crevassés à force d'arpenter la digue pour faire du troc de volailles, de fers à cheval et de bols en bois. En passant devant certaines plantations, maman se contentait de saluer les esclaves de la tête ; devant d'autres, elle fredonnait un air sans chanter les paroles, mais je les connaissais.

> *It's true they cannot catch me.*
> *There is a schooner out at sea.*
> *It's true they cannot catch me*.*

Ce soir-là, à la nuit tombée, ceux pour qui elle avait chanté surgirent dans les marais à trois cents mètres de la dernière bicoque en face de la sucrerie. Nous fûmes bientôt dix-huit rassemblés dans la pénombre, et nous prîmes place autour d'un autel

---

* "Vrai, ils ne m'auront pas. / Il y a une goélette à la mer. / Vrai, ils ne m'auront pas." Paroles de *The Runaway Song*, chanson datant de la colonisation espagnole de La Nouvelle-Orléans, reprise pendant la guerre de Sécession (voir "African American song in New Orleans : the voice of the people", de Mary Ellison, in *Writing in America*, de Gavin Cologne-Brookes).

recouvert d'un tissu bleu encombré de lait, de sucre, de maïs, de jarres d'eau, d'un bocal de sauge, de graines de melon et des restes du porc qu'on avait volés au dîner. Maman tournait autour de nous dans le sens inverse des aiguilles d'une montre, pour guider nos prières et nos lamentations.

C'était : "Ils ont vendu mon bébé de l'autre côté du fleuve" ou "Mon mari est tombé malade et il en a plus pour longtemps" ou "Mon enfant a des ennuis et j'ai dû baisser les bras", jusqu'à ce que notre peine soit mûre pour la rédemption, et purifier ainsi nos cœurs avant de rendre grâce. Alors venait la célébration : de doux murmures entremêlés remerciaient pour la caresse du soleil sur nos visages, pour la bonne santé des bébés aux gencives brillantes, pour la providence. Le rythme s'accélérait peu à peu, des cris fusaient, et il était impossible de distinguer ces bénédictions inextricablement mêlées. On rendait grâce d'avoir eu parfois le ventre plein, pour une mère morte sans souffrir, pour un homme qui n'était pas parti, pour une femme qui avait dit oui, pour des Blancs aussi bons qu'on pouvait l'espérer… et s'ils montraient leur vrai visage, restait tout de même la providence. Maman se levait et se mettait à balancer les bras, à se déhancher et à taper des pieds, et tout le monde faisait la même chose autour d'elle. À ce moment-là, la terre était féconde, on pouvait engranger de riches récoltes par la seule force de l'esprit. Maman nous rappelait toutes les histoires qu'on avait entendues sur les femmes d'avant, qui faisaient souvent pleuvoir sans qu'il y ait un nuage dans le ciel. Les hommes du temps de nos pères n'avaient qu'à lever le petit doigt pour que le maïs pousse. Nous, on n'était pas là-dessus… mais à la fois, si. Maman avait gravé dix-huit pierres, dont une seule était ornée d'une étoile. À l'été, celui qui tirerait au sort l'étoile s'échapperait. Notre mission, c'était de faire en sorte qu'il y arrive.

Je me souviens encore de l'enfant que j'étais, toujours occupée à me concentrer de toutes mes forces. Maman disait que plus l'image était précise, plus la vision avait de chances de se produire. Alors je serrais bien fort les paupières et je m'imaginais bien protégée entre papa et maman. Je ne savais pas à quoi ressemblait "le Nord", à part que c'était à trente kilomètres à l'ouest de La Nouvelle-Orléans, mais j'imaginais qu'il y avait du soleil, une grosse boule ardente posée sur l'horizon, et même quand elle montait haut dans le ciel, je pouvais presque la toucher si je me mettais à courir.

JOSEPHINE

1924

En distribuant aux ouvriers des sandwiches au fromage de tête, je croise Major dans les champs. Il m'attrape par le bras quand je passe à côté de lui, mais je détourne le regard. Je dois être encore furieuse de la façon dont il m'a quittée l'autre soir, en emmenant Jericho. Je sais que j'ai tort ; ce garçon a le droit de vivre sa vie, mais j'arrive pas à dépasser mon amertume.

"Maman, tu vas quand même pas m'ignorer ?

— Je t'ignore pas, je suis juste occupée."

Une miette de pâté s'échappe sur mon bras ; je l'attrape et la balance par terre.

"Occupée... et en colère", il ajoute, en souriant comme souriait son père.

Je réponds pas.

"Ce soir, Jericho a une cérémonie à l'école. T'as pas oublié ?"

Je crois bien que si.

"Eliza prépare de quoi manger. Lui, il va lire un texte. Et la famille d'Eliza sera là aussi. Ça sera une bien belle fête !

— Une grande famille, heureuse et unie..." je dis en baissant les yeux.

Il soupire.

"Et c'est la réalité, non ? En tout cas, je prie pour que ça le soit."

Je passe le reste de la journée à ruminer sur la soirée qui s'annonce. Ils vont sans doute se liguer contre moi au sujet du vieil Aristide, vouloir me convaincre de le payer plutôt que d'amputer une partie de notre récolte. Je passe en revue toutes les répliques possibles, mais plus j'y pense, plus je perds mes moyens : je vais pas seulement devoir batailler contre Major, y aura aussi sa nouvelle famille, et je vais me retrouver piégée.

Naturellement, je passe prendre Link avant d'y aller. Elle est assise sur le porche, à se balancer, un pied en l'air sur une caisse. Elle m'offre un verre d'eau fraîche. Je secoue la tête.

"Je m'en vais voir Jericho, je dis.

— Toi ? Fut un temps, tu disais que, vivante, tu mettrais jamais les pieds chez Eliza. Que t'irais que pour la hanter.

— Oh, tais-toi, j'ai jamais dit un truc pareil ! De toute façon, la cérémonie a lieu à l'école, pas chez eux. Tu te sens d'attaque pour m'accompagner ?

— Si tu l'es toi-même, ma sœur."

Et nous voilà en chemin. Le boulot de la journée est pas fini, et on croise des hommes en salopette et bottes de travail qui tirent sur les pieds de maïs pour cueillir les épis. Une femme à peine plus jeune que moi se penche sur un sac de pois fourragers, qu'elle bat avec une lourde planche. Plus tard, quand il y aura du vent, elle versera les pois sur un édredon, et leurs cosses iront s'envoler ailleurs. Maintenant la chaleur est pesante, et je regrette de ne pas avoir accepté le verre d'eau de Link.

Plus on approche de l'école, plus je me sens nerveuse. Link a raison. C'est l'affaire de Major et d'Eliza maintenant. Si j'ai pas voulu les voir pendant tout ce temps, c'est peut-être parce que j'avais peur que ce soit Eliza qui veuille pas de moi. Sans oublier que sa famille est là – ils vont la soutenir dans tout ce qu'elle dit. Chaque fois que j'ai une montée de colère, je ferme les yeux et j'imagine les Visionnaires, alignés derrière moi. J'y puise de la force. Mais c'est pas évident de prolonger cette sensation ici, maintenant. J'ai beau m'y reprendre à plusieurs fois pour invoquer la vision, le contour de leurs visages reste flou.

C'est une bien pauvre école : deux petites salles derrière l'église qui accueillent des gamins de cinq à dix ans ; des livres tout déchirés, moitié moins de chaises que d'élèves, un tableau noir, une corbeille de badines, et des ardoises que les enfants tiennent sur les genoux. Mais on va pas se plaindre. L'école de la ville voisine a des fenêtres qui ferment même pas. Sa réserve de bois est déjà épuisée au milieu de l'hiver, et les enfants doivent empiler sur eux les manteaux de laine de toute leur famille, en gardant les poings serrés dans leurs poches.

Ce soir, on a installé à l'extérieur de l'église une estrade pour les élèves et, en face, des rangées de chaises pour l'assistance. Les gosses sont assis sur un long banc en bois, les filles d'un côté, les garçons de l'autre. Le temps qu'on arrive, le programme a pas encore commencé. Jericho bondit pour me faire signe ainsi qu'à Link. Il s'apprête à descendre pour nous dire bonjour, mais je lève une main pour l'arrêter. La famille d'Eliza se retourne pour voir ce qui le fait s'agiter comme ça. Link et moi, on salue de la tête et on se dirige vers la rangée derrière eux.

Le professeur présente le programme, appelle les élèves à venir plus nombreux en cours même si c'est les moissons, puis le prêtre prend sa place et bénit l'événement : "Oh Seigneur, préserve du mal la langue de Tes petits serviteurs, raffermis leur cœur et garde leur esprit droit." Jericho est presque le dernier de son groupe, et une douzaine d'enfants doivent passer sur l'estrade avant que ce soit son tour. Le soleil se couche au loin et le temps s'est assez rafraîchi pour que je m'enveloppe d'un châle. Entre la caresse du coton sur ma peau et le bourdonnement des voix fluettes qui se succèdent, impossible de rester attentive. À plusieurs reprises, Link doit me donner un coup de pied. Cyrile croise une fois mon regard juste au moment où je remonte la tête en me réveillant en sursaut. Enfin Jericho se lève, sa bible dans la main droite, et je me redresse prestement sur mon siège.

Il se place au centre de l'estrade, ouvre à la page qu'il a marquée, et sa voix jaillit comme la tête d'une tortue hors de sa carapace :

Femmes, soyez soumises à vos maris, comme au Seigneur ; car le mari est le chef de la femme, comme Christ est le chef de l'Église, et dont il est le sauveur. Or, de même que l'Église est soumise à Christ, les femmes aussi doivent l'être à leurs maris en toutes choses*.

* Épître de Paul aux Éphésiens v, 22-24.

Et c'est toujours un miracle pour moi de l'entendre lire ainsi, comme si c'était aussi naturel que de tenir sa tête ou d'avoir les dents qui poussent.

> Maris, aimez vos femmes, comme Christ a aimé l'Église, et s'est livré lui-même pour elle, afin de la sanctifier par la parole, après l'avoir purifiée par le baptême d'eau, afin de faire paraître devant lui cette Église glorieuse, sans tache, ni ride, ni rien de semblable, mais sainte et irrépréhensible*.

Il ne bute sur aucun mot. Une fois qu'il a terminé, on se lève tous d'un bond. Deux ou trois garçons lisent encore après lui, et je suis assez ragaillardie par la prestation de Jericho pour rester attentive. À la fin, Cyrile se retourne pour nous saluer. Elle porte un tailleur en laine avec une épingle à fleurs qui ferme sa veste ; son collier de perles lui arrive à la taille, et sous le chapeau à larges bords, elle a enroulé ses cheveux sur la nuque en un chignon lisse et dodu. Louis a l'air de se tenir voûté, il me regarde bien en face.

Je me tâte par réflexe. J'aurais dû trouver mieux que cette robe à la couleur indéfinissable que j'ai taillée dans des sacs de coton. Je ne dis rien, mais Louis se récrie, comme s'il m'avait entendue :

"N'importe quoi, vous êtes magnifique !"

Puis il m'attire à lui et me plante un baiser sur chaque joue. Il fait pareil avec Link. Je la vois qui tente de réprimer un rire.

"C'est bon de vous retrouver, miss Josephine", dit Cyrile en me serrant rapidement contre elle.

---

* Épître de Paul aux Éphésiens v, 25-27.

Eliza et Major font descendre Jericho de l'estrade ; le garçon est pas loin de me sauter dans les bras.

"Maman, je me demandais quand t'allais débarquer", dit Major.

Il fait un geste en direction de la longue table derrière nous, recouverte de plats que les familles ont apportés, enveloppés dans des serviettes ; même si la cérémonie a traîné en longueur, la plupart sont sans doute encore chauds.

"Eliza a fait du chou et des côtelettes de porc, annonce-t-il.

— Disons que... ça n'a pas grand-chose à voir avec votre chou et vos côtelettes, prévient Eliza.

— Ça c'est sûr !" laisse échapper Jericho en riant.

Il s'arrête net devant le regard assassin de Cyrile.

"Ah ! c'est que c'est plus si bon pour nous, tout ce jarret et ce lard, pas vrai ? minaude Cyrile.

— Au goût, on devinerait pas que c'en est", je dis, et Link et moi sommes les seules à sourire.

Chacun va se servir avant de retourner à sa place. J'ai Link d'un côté, Major et Jericho de l'autre. Eliza et sa famille sont assis à la rangée devant nous, mais ils tournent leurs chaises pour être presque face à nous. Louis bénit la nourriture, et puis on commence. Link est intarissable sur les derniers potins :

"À ce qu'il paraît, les fils Shelton se sont bagarrés près du ruisseau hier soir. Le plus jeune était si amoché qu'on a dû l'amener à l'hôpital. Et là, il a attendu, et il a attendu... au point que le temps qu'on l'appelle pour le soigner, ses bleus avaient déjà viré du noir au violet."

On a tous ri – Eliza et sa famille nettement moins.

"Oui, mais le pire, c'est le vieux Marty Johnson ! poursuit Link. La vieille Desiree a dû passer l'arme à gauche pendant qu'elle faisait la poussière dans le chœur. Le diacre l'a trouvée en allant dire la prière du lundi matin, mais c'était trop tard.

— Oh." Je pose ma fourchette, mais Link continue de s'empiffrer de chou et de riz. "Quelle tristesse… je dis.

— Oui, mais c'est pas fini ! Il paraît que le vieux Marty l'a entendue chez lui une semaine après les obsèques. On a demandé à Willow d'aller voir pourquoi elle venait le hanter. Figurez-vous que Marty avait payé une femme pour coucher avec lui l'après-midi même, après-le-repas-funéraire !" Elle martèle la fin de la phrase. "Faut vraiment rien avoir dans la tête !"

Voyant qu'Eliza est saisie d'un haut-le-cœur, j'interviens :

"C'est bon maintenant, Link."

Mais Link continue sur sa lancée :

"Et pas qu'une fois, mais…"

Alors je répète : "C'est bon, Link !"

Je lui mets un coup de pied. Elle lève les yeux en sursautant, puis elle se racle la gorge et retourne à son assiette. Le silence retombe. Inutile de préciser qu'il n'est pas dû aux plaisirs de la table.

"C'est la première fois qu'on est tous réunis depuis le mariage", dit Eliza avec son couinement bien à elle.

La mère hoche la tête, coupe sa viande avec une fourchette et un couteau. Je suis trop vieille pour apprendre à manger comme ça. Alors je pique la viande avec ma fourchette, je me penche et on se rencontre au milieu. J'aime penser que j'ai quand même l'air d'une dame.

"Et si on faisait ça plus souvent ? continue Eliza. Peut-être une fois tous les trois mois ? Je sais que ça te fait loin, maman, et pour Louis aussi, mais on est une famille maintenant, et dans pas longtemps y aura un petit.

— Bien sûr !" je dis après avoir fini de mâcher.

Louis est assis à côté de moi. Il a un sacré appétit : on en est à peine à la moitié de notre assiette qu'il retourne à la table pour se resservir de pommes de terre et de porc. De retour, il avale une grande gorgée de limonade avant de se concentrer sur Major. Il lui demande :

"Et alors, frère, comment ça se passe à la ferme ?"

Major lui fait face, en diagonale, et Louis le toise. Il est plus jeune que Major – ça se voit dans leurs comportements respectifs –, mais à la façon dont Louis vient de lui parler, on croirait qu'il est le père de Major. Je vois mon fils qui commence à bouillir, broyant la nourriture à grands coups de mâchoire, puis il se racle la gorge – plus pour se calmer que parce qu'il y a quelque chose de coincé.

"Tout va bien, frère, il répond en le regardant dans les yeux comme son père lui a appris. Vraiment bien. En fait, les nouvelles sont bonnes. Le père Aristide Taylor était à ma porte ce matin pour s'excuser. Il y a quelques jours, il a fait tout un foin comme quoi il avait droit à une partie de ma récolte, mais il s'est dégonflé, il m'a dit de laisser tomber, que j'avais raison. (Il se tourne vers moi.) T'entends, maman : il a dit que j'avais raison !"

Eliza hoche la tête en continu.

Quand j'entends ça, ça m'étonne, et puis d'un seul coup ça me revient : c'est parce que j'ai donné du boulot à son fils ! D'un côté, j'ai envie de le dire, mais en même temps, je veux pas contredire mon fils. Pas question de donner à cette famille une occasion de plus de le snober.

"Qu'est-ce qu'elle est tendre, cette côtelette, je mens.

— Eliza, tu t'es surpassée", renchérit Louis en se curant les dents.

Bon, là, on est en terrain connu. La discussion dérive sur le quatre-quarts – même si, après la côtelette, je m'attends pas à des miracles. N'empêche que je me détends de plus en plus – jusqu'à ce que Link y mette son grain de sel :

"Mais tu le sais, pourquoi Aristide a dit de laisser tomber pour le coton !"

Bon Dieu, faut toujours qu'elle la ramène ! Je vais pour lui remettre un coup de pied, mais c'est Cyrile qui prend, et elle tressaille, surprise.

"… Parce que Josephine a filé du boulot à son fils", continue Link.

Major me regarde d'un air las, et d'un seul coup, je revois le gamin qui attendait sur le perron qu'on vienne le chercher pour jouer, ce qui n'arrivait pas souvent.

"C'est vrai, maman ? Tu lui as donné du boulot sans m'en parler ? il demande d'une voix contenue.

— Depuis quand la queue doit demander à la tête ? je dis en essayant de le tourner à la rigolade.

— Depuis que tu m'as dit que je pouvais diriger la ferme ! réplique-t-il d'une voix plus forte.

— Vous auriez au moins pu nous le dire", intervient Eliza.

Elle, je l'ignore. Et ça vaut mieux pour elle.

Cyrile se lève et commence à ramasser les assiettes.

"Ton papa se retournerait dans sa tombe s'il savait que tu t'opposes à ce que je donne les moyens de gagner honnêtement sa vie à un homme qui vient de quitter une bande, je dis en essayant de garder mon calme.

— Allez, vas-y, raconte-moi une fois de plus ce que mon papa ferait ! Moi aussi je l'ai connu, tu sais. Il était pas qu'à toi ; il est en moi, dans mon sang. Je le vois tous les soirs avant de me coucher, et il me dit de pas faire comme lui. Il me dit que c'est peut-être de sa faute s'il a pas réussi à aller jusqu'au bout de ce que j'essaie de faire !"

Moi qui m'étais radoucie en entendant qu'il voyait son père lui apparaître, je bondis à ces derniers mots.

"Ton père, il est passé d'esclave à propriétaire de cent cinquante hectares, fiston !

— Et moi, j'essaie de passer à deux cents !"

Il se dresse devant moi, la main d'Eliza dans la sienne.

J'ai conscience que les autres familles se retournent sur nous, et je suis sûre que demain matin, ça va jaser tant et plus. Mais j'arrive pas à me retenir :

"Je vais pas te laisser anéantir l'héritage de ton père pour quelques dollars !"

Link est maintenant debout à côté de moi, appuyée contre la table.

Cyrile revient avec le gâteau, dont le glaçage dégouline sur les côtés. Rien qu'à le voir, je peux dire qu'il est trop sec.

"Taisez-vous, tout le monde ! elle dit tout bas – elle a pas l'habitude des scènes. Je t'ai dit de pas parler d'affaires à table, ajoute-t-elle à l'intention de son fils. Et voilà que tu recommences à faire des histoires !"

Louis s'excuse, mais il a les yeux qui pétillent. Il m'aide à me rasseoir.

Major et Eliza se rassoient aussi pendant que Cyrile coupe le gâteau et le sert. Je sens que je vais me mettre à pleurer, mais non. Je ne veux rien laisser paraître, alors j'engloutis des bouchées plus grosses que ma fourchette et je me concentre sur le sucré. J'ai fini avant même de m'en rendre compte. Malgré les protestations de Cyrile, je me lève pour l'aider à laver la vaisselle avec le seau d'eau à côté de l'estrade, puis je la range dans le panier. Je retourne à la table juste à temps pour entendre la voix de Louis s'éloigner.

"Première règle, dit-il à Major en lui donnant des petites tapes dans le dos : ne jamais discuter affaires avec les femmes."

Major part d'un gros rire bien lourd. Au moment de se quitter, j'évite de le regarder tellement je suis déçue. Cyrile me serre contre elle, comme pour compenser les vagues caresses que je reçois de mon propre enfant. Je commence à rentrer, puis je me retourne. L'école est encore à un jet de pierre. Peut-être que je cherche à attirer le regard de Major, pour lui donner une chance de croiser le mien, mais il est absorbé dans sa discussion avec Louis, et le voir aussi éloigné de moi me sidère.

JOSEPHINE

1855

"Un homme de plus ! j'ai dit à Madame le matin
où Jupiter est arrivé.

— Un esclave de plus", m'a-t-elle corrigée sans se
retourner.

C'était une grande et belle femme, avec un visage
rouge et de longs cheveux blonds qu'elle peignait à
peine, qu'elle lavait, parfois, et qu'elle portait lâchés.
Elle était sujette à des crises, et son rire rappelait le cri
strident d'un animal sauvage. Depuis les pièces voisines, on l'entendait toujours glapir quand elle riait.
Maman la traitait d'idiote parce qu'elle ne savait pas
contrôler ses émotions. Dès que celles-ci se mani-
festaient, elle s'y soumettait, tandis que maman sur-
veillait les siennes comme du lait sur le feu.

"... Un esclave qui m'a l'air d'un vaurien", a
ajouté Maîtresse.

J'acquiesçais, même si elle avait tort. Je sentais
déjà le pouvoir de Jupiter. Ce n'était pas tant sa
taille, imposante, ni sa couleur, du noir le plus profond que j'aie jamais vu. Non, il marchait comme
si ses pas étaient comptés, comme si Dieu lui avait
déjà soufflé à combien de respirations il avait droit
dans cette vie, et qu'il entendait s'y tenir.

Dix ans à Wildwood, et je me rappelais qu'un seul
enterrement. Il y en avait eu sûrement des dizaines.

Des bébés mouraient avant de naître, des femmes mouraient en les portant, des hommes mouraient dans les champs, des enfants qui toussaient un matin n'étaient plus là le jour suivant. Mais la seule histoire qui m'a marquée, c'est celle de cette femme, morte alors qu'elle faisait revenir du porc pour un jambalaya. Elle était debout dans la cuisine, en train de remuer la viande, et puis d'un coup, alors qu'elle n'était pas malade, elle s'est effondrée par terre. Maman a dit que trois minutes plus tard, un bébé était né dans une cabane à moins de dix mètres de là, pour faire savoir à tous que l'âme de cette femme avait trouvé la liberté.

On a quand même tous pleuré aux funérailles, et maman aussi. En menant la procession de nuit, entre le quartier des esclaves et la tombe éclairée par des torches en pin, elle n'a pas arrêté de chanter :

I've been praying this prayer a long time
I've been praying this prayer a long time
I've been praying this prayer a long time
And I ain't got weary yet*

Une fois la cérémonie terminée, on a repris le chemin des cabanes, à quinze cents mètres de là ; on est passés devant l'abreuvoir des mules et la maison du contremaître, la remise à selles et la grange, les champs de canne à sucre et le moulin en briques où, avant l'hiver, des enfants chargeaient les cannes dans le chariot. Jupiter se tenait devant notre porte, pieds nus, vêtu d'une chemise de lin maculé de terre

---

* "Ça fait longtemps que je dis cette prière / Et j'en ai toujours pas assez."

et d'un pantalon plein de poussière. On trouvait des pigeons partout à la plantation, toujours à survoler les champs en quête de vers et de graines, mais là y en avait un planté tout à côté du pied droit de Jupiter. Il n'avait presque pas de bec, ce qui donnait à sa tête gris acier l'aspect d'un galet poli. L'oiseau ne grattait pas le sol, ne battait pas des ailes non plus ; il restait là, tête haute, la poitrine bombée – comme un homme. Maman a considéré l'homme et l'oiseau sans tiquer ; elle s'est contentée de faire entrer Jupiter comme s'il était attendu. Elle m'a dit de me taire, et elle a mis des baies à bouillir pour préparer une infusion. Sans qu'elle ait à me le dire, je suis allée m'asseoir au milieu de la pièce sur le grabat d'herbe sèche, et j'ai tendu l'oreille pour entendre ce qui se disait. Maman avait un grand nez épaté aux narines ouvertes et des yeux scrutateurs qui ne vous quittaient plus une fois qu'elle les posait sur vous. Maintenant, ils étaient fixés sur lui. Elle lui a demandé ce qu'il voulait d'elle, et il a répondu que c'était à elle de vouloir. Elle a dit que, de toute sa vie, elle n'avait jamais rien voulu d'un homme. Ça m'a fait comme si elle trahissait mon père, qui avait sûrement mérité d'être désiré.

Ces deux-là m'avaient l'air de se comprendre aussi bien que les jumeaux qui habitaient trois cabanes plus loin. En dessous des mots que j'entendais, il y avait une autre conversation. Je sentais bien qu'il se passait quelque chose, mais j'arrivais pas à comprendre quoi.

Puis il s'est avancé derrière elle et il a commencé à pétrir la pâte qu'elle avait dans les mains – j'avais jamais vu un homme toucher la nourriture de maman. J'ai remarqué que leurs mains étaient presque de la même couleur. Moi, j'étais entre maman et papa, qui était presque blanc, vu que Tom était son père.

Jupiter a dit qu'il venait de la part de la grand-mère de ma mère. Puis il s'est mis à fredonner un air que j'avais encore jamais entendu. Les yeux écarquillés, maman s'est agrippée à la table ronde où elle travaillait. Elle a dit que sa grand-mère était morte depuis plus de vingt ans, et que personne connaissait cet air-là à part elle et sa maman, mais ses mots sortaient tout de travers.

Il a gardé le silence un moment, et quand il s'est remis à parler, ce n'était pas pour répondre.

"Je sais ce que vous fabriquez là-bas dans les marais. Je suis pas le seul à savoir. Et je suis pas non plus le seul à vouloir vous rejoindre."

La tête de maman était plongée entre ses mains, sa fière et lourde chevelure qu'elle tressait le soir en l'oignant d'huile. J'ai voulu lui dire ce qu'elle me disait toujours : ne baisse les yeux devant personne. Devant les Blancs, en surface, bien sûr, mais en toi, là où toi seule peux voir, domine-les, hisse-toi si haut qu'ils puissent pas t'atteindre.

Elle a eu un nouveau geste de refus. Il y avait des règles, elle a dit, et il était pas question que les gens reviennent dessus. Elle les laisserait pas faire, qu'ils le veuillent ou non.

Il lui a saisi le poignet et il a baissé la voix, mais je continuais d'entendre.

"Il y a toujours moyen de contourner les règles.

— Pas celles-là, a répliqué maman. Elles sont trop particulières, trop importantes. Si les gens se mettaient à négliger ces règles-là, ils en viendraient à négliger les autres. La seule chose qui se dresse entre le fouet et moi, ce sont ces règles."

Si papa avait été là, il leur aurait remis les idées en place. Il leur aurait dit que si on les attrapait, ce serait bien pire que le fouet. Je le savais parce que je l'écoutais parler à maman, tout comme j'écoutais maman et cet étranger. J'avais entendu maman rappeler à papa que le maître les laissait l'appeler Tom. "Il est coulant pour d'autres choses aussi", disait maman. Mais papa finissait toujours par lui rétorquer, cassant : "Je connais cet homme mieux que n'importe qui, parce que c'est son sang qui coule dans mes veines, et y a des jours où je me réveille avec une telle rage que je serais capable de tuer. Et ça, ça me vient de lui, de sa lignée. Alors je te le dis, aussi sûr que je peux dire mon nom : Tom ou pas Tom, il te briserait le cou sans hésiter – parce qu'il en a le pouvoir et que c'est dans sa nature."

La porte s'est ouverte. J'ai tout de suite reconnu les souliers en cuir de papa. Il travaillait comme domestique, debout derrière Tom pendant que Vera servait. C'était la saison de carnaval, et il voulait manger un morceau vite fait avant de retourner à la maison des maîtres pour conduire Tom et son frère jusqu'au bal du Roi*, sur la route de la digue. C'est pour ça que, même pendant les chaleurs annonciatrices de l'été, papa continuait à porter des gants blancs, et un gilet d'apparat sous sa veste de livrée ornée de brandebourgs et de dentelles. En le voyant à côté de Jupiter et de maman, j'ai eu honte de sa blancheur, de ses cheveux presque raides qui lui arrivaient aux épaules. Toute sa vie, il avait

* Célébration catholique qui avait lieu le jour de l'Épiphanie ou avant le carême, héritage de l'époque où la Louisiane appartenait aux Français.

lutté contre sa couleur de peau. À le voir entrer ce jour-là comme s'il était même pas chez lui, je me suis demandé s'il avait choisi maman parce qu'elle était la femme la plus noire de la plantation.

Il a posé son sac de jute sur le plan de travail.

"Qui t'es, toi ? il a demandé à l'homme, même si je savais qu'il savait – il savait, forcément.

— Jupiter.

— Moi c'est Domingo", a répondu papa en me prenant dans ses bras.

J'ai eu envie de lui détourner la tête des deux autres. Il avait beau être fort, je sentais qu'il avait besoin d'être protégé.

"Papa, j'ai sculpté une nouvelle poupée", j'ai dit.

Il m'a souri tout en gardant les yeux fixés sur eux. Après un long silence, il s'est assis. Il m'a posée sur ses genoux, et ses doigts se sont mis à tambouriner sur la table.

"Qu'est-ce que tu viens faire ici ? a-t-il fini par demander.

— Je fais que passer. On a de la famille qui vit au même endroit, c'est tout.

— Il a de la famille là où a vécu maman", a dit maman en même temps.

L'homme a reculé vers la porte. Je triomphais de le voir filer comme un moustique qu'on écarte d'un revers de main.

"Ça fait du bien de retrouver des gens du pays. Pas vrai, Winnie ?" a demandé l'homme une fois dehors.

J'ai vu le pigeon qui attendait à la porte.

Maman a hoché la tête, elle s'est remise à pétrir la pâte, elle a pris la poêle sur l'étagère au-dessus d'elle, et je me suis dit que la vie reprenait comme avant.

La semaine d'après, Madame était au plus mal. La mère de Tom allait venir mais au lieu de la réconforter, cette visite la terrifiait au point qu'on l'entendait glapir des ordres dès son réveil : elle courait d'une pièce à l'autre en désignant des taches imaginaires sur les plinthes ou des auréoles sur les draps. De larges couloirs desservaient des chambres de chaque côté, qu'il fallait épousseter une à une. Et cirer le plancher jusqu'à ce qu'il brille.

"Elle me regarde de haut parce que j'ai qu'un enfant ! elle se lamentait pendant qu'on briquait.

— Un, c'est déjà bien. C'est pas une compétition, lui assurait ma mère, mais l'autre enchaînait comme si de rien n'était.

— Elle, elle en a eu dix, et ça se voit ! Elle veut que je sois comme elle, large des hanches et plate comme une limande. Tu l'as déjà vue sans chemise ? T'as vu comme ça pendouille ?"

Ça faisait des heures que maman était là à lui caresser les cheveux, bien lissés en arrière, ou à lui masser les épaules pendant qu'elle pleurait.

"Peut-être que si mon mari n'allait pas voir ailleurs, les choses seraient différentes. C'est plus la maman de ton mari. Ce que j'ai pu me ronger à cause d'elle ! Mais il l'a quittée, comme il a fait avec moi. Il est même pas allé la voir sur son lit de mort !"

Le simple fait de mentionner ma grand-mère, que je n'avais pas connue, a plongé Madame dans une colère noire, et elle a fait une crise : sa poitrine se soulevait, secouée de violents sanglots, et puis elle a fini par s'endormir, avec de la morve qui lui coulait dans la bouche. Maman devait encore balayer après le déjeuner, puis laver et essuyer les assiettes et les couverts. Je lui ai proposé de l'aider mais elle m'a fait déguerpir.

"C'est pas un travail d'enfant, elle m'a dit, même si je voyais bien qu'elle était épuisée jusqu'à la moelle des os, comme elle disait. Assois-toi quelque part, tant que tu peux. Assois-toi quelque part pour moi."

La nuit était tombée depuis longtemps quand elle a terminé. On était plus qu'à quelques mètres de nos cabanes, et c'est là qu'on a commencé à distinguer le son. En tendant l'oreille, je percevais un air vague. Maman, pourtant si fatiguée avant de quitter la maison des maîtres, avait l'air remplie d'une énergie nouvelle. Je sais pas d'où la force lui en est venue – l'ondulation de l'herbe, l'éclat de la lune ? – mais elle m'a prise par la main et s'est mise à courir.

Quand on est arrivées aux marais, tout le monde était déjà en cercle. Maman a pris place au centre et, comme si elle avait été là depuis le début, elle a prononcé la prière :

> *We believe in one God*
> *Who is the Spirit of Life inside us*
> *We believe in the Soul that outlives*
> *The body and links us*
> *To all that came and all that follow*
> *We believe in the fulfillment of our destiny*
> *Through a cause beyond our imagination*
> *We believe that destiny is winding its way back to us*
> *Even now**

---

* "Nous croyons en un seul Dieu / C'est l'Esprit de vie en nous / Nous croyons que l'âme survit / Au corps et nous relie / À tous ceux qui sont passés et à tous ceux qui suivront / Nous croyons que notre destin doit s'accomplir / Par un moyen qui dépasse notre imagination / Nous croyons que le vent va tourner / Dès maintenant."

Puis les gens ont exprimé leurs doléances. Earl a dit que son genou lui faisait mal. Jessie, qu'il était épuisé. Luther, qui venait de perdre sa femme, a dit qu'il pleurait tous les jours à la même heure aux champs, et que d'autres hommes devaient lui remplir ses sacs. Quand son tour est venu, Fred est resté silencieux. Maman l'a d'abord ignoré, puis je l'ai surprise à regarder papa avant de lancer :

"Qu'est-ce qu'il y a, Fred ? Qu'est-ce qui va pas ?"

Il a secoué la tête.

"Allez, qu'est-ce qu'il y a ? Vaut mieux le dire maintenant, sinon ça va devenir tellement lourd que t'arriveras plus à le porter."

De nouveau il a secoué la tête, mais c'était clair que maman avait réussi à dénouer quelque chose au fond de lui.

"Allez, dis-le, Fred", a renchéri papa.

Fred a ouvert la bouche, puis il l'a refermée. À la seconde tentative, il a prononcé d'une voix froide et douce :

"À ce qu'il paraît, t'as pas l'intention de tirer au sort pour ce cycle."

Maman a ri mais sa bouche n'a pas bougé ; le son semblait glisser par la fente de ses lèvres.

"Comment t'as pu imaginer ça ? Pourquoi tu crois que je suis ici avant l'aube, si c'est pas pour tirer au sort ?

— L'an dernier à la même époque, on avait déjà un plan."

Il disait vrai. L'année précédente, maman avait décidé qu'on tirerait des pierres au sort. C'est papa qui avait tiré celle avec l'étoile, mais le frère de Tom était tombé malade, et papa avait dû conduire Tom à son chevet.

"Je t'ai pourtant dit qu'on devait attendre un peu pour cette fois, à cause du complot de Travis."

Quelques mois plus tôt, cinquante esclaves avaient projeté de mettre le feu à leur plantation, mais une semaine avant, on les avait arrêtés. On les avait pendus jusqu'au dernier. Puis on avait planté leurs têtes sur des piques au bord du Mississippi. Je les avais pas vus, mais d'après la rumeur, certains avaient les yeux fermés et d'autres non.

"Personne y pense plus, a objecté Fred.

— Tous les Blancs qui en ont entendu parler y penseront pour le restant de leurs jours", a décrété maman.

Silence. C'est toujours ce que faisait maman : imposer le silence.

Fred a eu l'air de partir sur autre chose.

"Ben, même si on tire au sort, j'ai pas la moindre chance. J'imagine que c'est encore ton mari ou toi que tu vas choisir."

Papa, qui n'était pas loin de Fred, a fait comme s'il allait le frapper, et Fred a reculé. Le reste du groupe a ri.

J'ai vu maman qui secouait la tête. Elle n'aimait pas les querelles ; à vrai dire, elles étaient même interdites en sa présence. Elle disait que c'était ce qu'ils voulaient, les Blancs : qu'on se tire dans les pattes entre nous. Déjà qu'on faisait tout le boulot pour eux aux champs et à la maison, il y avait trop de gens parmi nous qui en faisaient autant dans nos têtes.

"Tu y es pas, elle a répliqué ; c'est Dieu qui choisit, tu le sais aussi bien que moi. Si même ça, tu l'as oublié, tu ferais mieux de rentrer chez toi ; on a pas besoin de toi."

Après ça, Fred n'a plus rien dit. Son frère s'est avancé, il s'est interposé entre maman et lui. Puis, sans prévenir, Fred a basculé la tête en arrière et a hurlé :

My Lord calls me
He calls me by the thunder
The trumpet sound within my soul
*I ain't got long to stay here**

Alors, ce fut comme si une grande paix descendait sur nous, en nous et tout autour de nous. On s'est mis à entonner après Fred :

My Lord calls me
He calls me by the thunder
The trumpet sound within my soul
I ain't got long to stay here

Et ce fut comme ça toute la nuit. Quelqu'un criait les paroles d'un chant, et les autres reprenaient comme si tous chantaient d'une même voix. Combien de temps on a rendu gloire ainsi, je suis incapable de le dire ; tout ce que je sais, c'est que je me suis assoupie plusieurs fois. À chacun de mes réveils, une mélodie nouvelle ruisselait autour de moi, une prière nouvelle agitait les lèvres de maman. La dernière fois que j'ai ouvert l'œil, papa me portait, le pas si léger que je n'entendais pas ses pieds retomber sur l'herbe. Son cœur battait vite contre ma joue mais je n'avais pas peur.

* "Mon Seigneur m'appelle / Il m'appelle par le tonnerre / La trompette retentit à l'intérieur de mon âme / Je n'en ai pas pour longtemps à vivre ici."

Le jour allait bientôt se lever. Cette fois, je me suis réveillée en entendant parler. J'ai cru que c'était papa et maman, comme d'habitude, jusqu'à ce que je me relève et que je voie la tête de Jupiter de dos, avec les ribambelles de petits boutons qui lui couraient le long de sa nuque. Lui et maman étaient attablés ensemble comme les jumeaux dont j'ai parlé, comme s'ils avaient grandi autour d'une table exactement comme celle-ci, et qu'il avait suffi d'un bout de planche pour les réunir à nouveau. Il a dit qu'il était au courant pour Fred – "Fred J'y-vais-j'y-vais-pas". Avant même la nuit dernière, Fred avait été dire à tout le monde que l'année d'avant, c'était son tour ; que c'était le vieux Domingo qui avait tiré la pierre, mais qu'il avait laissé tomber. Maman s'est bien gardée de le contredire, ou même de le toiser.

"Qu'est-ce que je devrais faire, d'après toi ?" elle a demandé.

C'était la première fois que j'entendais maman demander conseil.

Jupiter s'est mis à fredonner ; c'était comme un grondement au fond de sa gorge, et les épaules de maman se sont détendues ; elle s'est penchée en arrière. C'était le chant qu'elle disait que sa mère était seule à connaître.

"Écoute, tu sais que nous autres…" il a dit quand il a eu fini.

Elle a hoché la tête.

Il a expliqué que, lui aussi, il était forgeron de mots ; qu'il savait entrelacer des mots qui ont pas l'air aller ensemble, mais quand on entendait le résultat on disait : "Aah, ceux-là, ils ont un air de famille !"

"Ce dont t'as besoin, c'est que je fasse ça avec Fred, il a continué. Le convaincre qu'il a pas envie d'être un fugitif, ou que peut-être vous êtes tous condamnés à échouer, ou encore que vous aviez prévu de le désigner lui, mais qu'il a juste besoin de patience. N'importe quoi, du moment qu'il y croie aussi dur qu'il s'appelle Fred. Laisse-moi arranger ça, avec lui ou n'importe qui d'autre qui a besoin d'un petit coup de pouce, tu verras.

— Mon gars, t'as intérêt à savoir ce que tu fais", a dit maman.

Alors il s'est remis à fredonner. Moi, ça me rappelait le chien qui avait eu une tumeur à la poitrine de la taille de mon poing, quelques années plus tôt, mais Madame avait pas voulu qu'on mette fin à ses souffrances. J'ai essayé d'entrer en moi-même, d'imaginer cette femme que je pouvais visiter en rêve depuis que j'étais revenue à la vie. Je la voyais plus distinctement que jamais : c'était une ombre quelque part entre ma mère et moi ; il y avait une femme à côté d'elle qui devait être sa fille, sa fille qui s'éloignait d'elle. Je voulais lui dire de revenir, mais ce bourdonnement faisait barrage à mes mots.

Je me suis levée, je me suis plantée devant la table. Ils ont tous les deux levé les yeux. Ceux de maman étaient durs, comme si elle dormait et que je l'avais réveillée en lui jetant une pierre sur le front. C'était plus violent que tout ce que j'avais connu, de voir que j'étais la brûlure et non le baume. Mais le fredonnement avait cessé.

AVA

2017

Au beau milieu de la nuit, je reçois l'appel d'un numéro inconnu. Je le rejette mais ça sonne à nouveau. C'est une infirmière d'Ochsner. Si je suis bien Ava Jackson ? Ma mère a été hospitalisée. Elle vomissait du sang, et la voisine a appelé une ambulance. Je m'habille en hâte et je saute dans la voiture. Ma mère est au huitième étage. Tout en cherchant, j'essaie de ne pas regarder les patients, yeux clos et bouche béante, quand je passe devant leur chambre.

"T'aurais pu m'appeler", je dis d'entrée de jeu en me frottant les mains avec le désinfectant dont je me suis aspergée dans le couloir. Je sais pourtant bien qu'en l'accusant, je ne fais que dresser un rempart contre ma tristesse, ma peur.

Sa voisine est juste à côté d'elle, dans un fauteuil qu'elle a rapproché du lit. Me voyant entrer, elle se lève.

"T'aurais pu m'appeler, je répète.

— Je voulais pas te déranger pour si peu, répond ma mère.

— C'est pas « si peu », maman."

Sa voisine me fait signe de la rejoindre dans le couloir. En sortant de la chambre, je reprends :

"Je suis contente que vous soyez là, mais elle aurait dû m'appeler.

— Elle a dit que vous étiez peut-être au travail", répond la voisine.

Puis, après une pause :

"Bref, vous pouvez rester un moment ?

— Bien sûr."

Elle semble sur le point d'ajouter quelque chose, mais elle retourne prendre son sac à main dans la chambre. Elle chuchote quelque chose à ma mère avant de se diriger vers l'ascenseur. Elle se ravise, revient vers moi.

"Elle avait pas toute sa tête, finit-elle par dire. Une fois à l'hôpital, je suis restée un moment parce qu'elle avait pas toute sa tête. Elle parlait normalement, elle avait l'air bien, mais on aurait dit qu'elle était secouée, comme si son corps était habité par quelqu'un d'autre. C'est ça qui m'a fait peur, plus que le sang."

Plus tard, le médecin arrive et m'explique que des vaisseaux sanguins dans l'œsophage de ma mère se sont dilatés et ont rompu ; le gastroentérologue doit les scléroser et les ligaturer pour arrêter l'hémorragie. On nous escorte au quatrième étage pour l'opération – ma mère est dans un brancard à roulettes. J'attends dans le couloir ; on me la ramène au bout de quelques heures. Je lui tiens la main jusqu'à l'ascenseur puis au huitième étage.

"Je suis là maintenant, maman, je dis. Je suis là maintenant, je te quitterai plus jamais."

De retour dans sa chambre, j'appelle l'infirmière de Grandma pour lui demander de passer plus tôt, et j'envoie un message à King pour qu'il se fasse déposer par une des filles.

Quand ma mère se réveille enfin, je suis penchée sur elle.

"Tout s'est très bien passé", je dis.

Ça prend un moment avant qu'elle puisse garder les yeux ouverts assez longtemps pour répondre.

Elle secoue la tête.

"Je t'assure, tu vas vite te remettre, j'insiste. Ils ont rafistolé les vaisseaux, et tu seras bientôt sur pied.

— C'est pas pour ça que je me fais du souci. C'est cette dame…

— Quelle dame ?

— C'est surtout pour toi que je m'inquiète, elle reprend, et elle fait traîner la phrase, en piquant du nez tous les deux ou trois mots. Et pour King.

— Je vais bien, maman. King aussi.

— Hmm."

On dirait qu'elle a les larmes aux yeux. Elle se tourne sur le côté.

"Non, c'est pas bon pour vous, poursuit-elle face au mur. Si t'avais tellement besoin d'argent, vous auriez pu tout simplement habiter chez moi.

— Non maman – je lui répète ce que je lui dis toujours. Je veux pas être un fardeau pour toi. Je veux pas me reposer sur toi. Il est temps pour moi…"

Elle m'interrompt :

"Ç'aurait pas été un fardeau. Tu es mon enfant. Ç'aurait pas été un fardeau, et ç'aurait été mieux que le guêpier dans lequel t'es allée te fourrer. Cette dame…, commence-t-elle avant de s'assoupir à nouveau.

— Vous vous entendiez si bien ! je réplique, mais en m'entendant le dire, je sais bien que c'est pas vrai.

— T'as toujours eu des problèmes de ce côté-là.

— Qu'est-ce que tu racontes ?"

Elle me regarde comme si ça se passait d'explications.

"Tu le sais très bien. Tu connais pas vraiment ton père. T'as toujours cherché à attirer son attention.

— Oui, mais j'ai dépassé ça, maintenant. J'en suis plus là !

— J'ai un mauvais pressentiment sur cette maison, ajoute-t-elle. Un très mauvais pressentiment. Et dire que t'as embarqué King là-dedans…

— C'est temporaire, maman. Et c'est pas si mal que ça.

— Si."

Des larmes lui coulent le long du visage.

"Si, ça l'est."

Le médecin entre. Ma mère essaie de lui sourire.

L'opération s'est bien passée, dit-il. On continue de surveiller sa formule sanguine. Elle peut espérer sortir d'ici quelques jours, tant que le taux d'hémoglobine est toujours en hausse.

"Au fait, qui est le président ? lui demande-t-il.

— Barack Obama."

Je sais qu'elle plaisante. Le médecin aussi.

"Ouh là ! il s'exclame en rigolant. Il se pourrait bien qu'on vous ouvre à nouveau !

— Alors c'est Michelle", réplique-t-elle sur le même ton.

Elle reprend son sérieux dès qu'on est à nouveau seules.

"J'ai quelque chose à te demander, mais t'as le droit de refuser, commence-t-elle. Je sais que tu es occupée.

— Tout ce que tu veux.

— C'est mes filles. J'étais censée les retrouver demain ; j'aurais bien annulé mais l'accouchement est pour bientôt, et des fois, elles deviennent nerveuses à l'approche du terme.

— C'est bon, maman, pas de problème."

Elle ferme à nouveau les yeux. Je reste à son chevet, et je pense à ce qu'elle a dit sur la maison, sur Grandma. Quand la voisine vient me relayer, je me penche pour embrasser ma mère. Elle marmonne dans son sommeil avec une expression de douleur sur le visage.

Je lui caresse le bras et elle se calme, mais elle ne se réveille pas.

Les filles veulent se retrouver chez Hazel, dans l'Est. Je traverse le High Rise Bridge comme si c'était hier, alors que ça fait des années que j'ai plus mis les pieds dans cette partie de la ville. J'y ai vécu petite, pas très longtemps, en face de l'école Resurrection of our Lord. À l'époque, c'était une banlieue en plein essor, et on pouvait trouver tout ce qu'il fallait sur Downman Road, Read et Crowder Boulevards, ou encore sur Bullard Avenue. Le vendredi, ma mère m'emmenait voir un film au Plaza. Le samedi, on faisait les courses chez Schwegmann, puis on filait chez Sam pour le gros et le détail. Les soirs de week-end, on mangeait des *po'boys* aux crevettes* chez Castnet ou des pois à vache chez Causey, et tous les dimanches après la messe, si le temps le permettait, on engloutissait des granités de chez Rodney avant même de quitter le parking.

Mais la valeur de l'immobilier s'est effondrée et l'ouragan Katrina a fait le reste : maintenant, près de la moitié de ces lieux ont disparu. Hazel occupe une maison en briques rouges ; la pelouse est à l'abandon

---

* À l'origine, sandwich aux huîtres ou aux crevettes panées (alors bon marché) inventé par des restaurateurs qui le distribuaient aux ouvriers en grève. Il est aujourd'hui plutôt garni de viande.

et les fenêtres et les portes sont barrées. Je me gare et remonte l'allée, je sonne à la porte. Elle répond ; elle a grossi depuis la dernière fois, elle est plus heureuse aussi. À l'intérieur, où elle m'accueille, tout est propre et simple : linoléum au sol, deux canapés de tweed brun face à face, et des photos sur les murs. L'une montre Hazel enceinte, à un stade bien plus avancé qu'aujourd'hui. Elle est aussi nettement plus jeune sur la photo, et porte de courtes dreadlocks.

Une douzaine de filles se trouvent déjà là. Les unes se frottent le ventre sur le canapé, l'air prêtes à éclater, d'autres sont au fond en train de manger. Je sens des odeurs de cuisine ; s'il y a un point commun entre ces filles et ma mère, c'est bien ce restau qui sert de la *soul food* végane, qu'elle adore – et sans mentir, leur barbefu est à tomber.

Je l'ai pas dit à ma mère, mais j'étais contente qu'elle me demande de venir. Elle me tanne depuis des années pour que je travaille avec elle, et j'ai résisté par principe, mais ce que j'ai pu voir de son suivi avec les filles m'a toujours parlé. Je me sentais faite pour ça, mais du coup j'aurais eu l'impression de tomber dans la facilité, et ça perdait tout son sens.

"Calme-les, c'est tout, m'a-t-elle conseillé au téléphone pendant que j'étais en chemin. Tu as une présence très apaisante. Je suis pas sûre que tu t'en rendes compte. Mais c'est pour ça que Martha te veut."

J'ai vite raccroché pour éviter de relancer le débat. Maintenant, Hazel me fait faire un tour rapide de la maison. Sa jupe large à imprimés africains virevolte, son ventre en forme de ballon de basket saille sous la taille. Quand on revient au salon, elle me serre fort dans ses bras. Elle sent la lotion Jergens et l'encens.

"Comment elle va ? Comment va Gladys ?"

Je hoche la tête.

"Elle va s'en remettre. Elle doit juste rester en observation quelques jours de plus."

Hazel éclate en sanglots.

"J'étais tellement inquiète quand j'ai appris ! Tu sais, elle est comme une maman pour moi. La maman que j'ai jamais eue. Je prie juste pour qu'elle sorte avant la naissance du bébé, tu sais. Parce que je peux pas m'en sortir sans elle. Je le sais bien."

Je ne la connais pas, mais j'ai le cœur serré pour elle.

"Elle sera là, je dis. Mais même si elle est pas là, c'est ton affaire à toi.

— Non, non, tu comprends pas. Elle m'a soutenue. J'avais des attaques de panique, à cause de ce qui m'est arrivé la dernière fois, et je suis tout simplement tétanisée. Je peux pas y arriver sans elle."

J'essaie de penser à ce que dirait ma mère. Tout ce qui me vient, c'est quelque chose comme "La situation est différente aujourd'hui, ma chérie". Ou peut-être seulement : "Cet enfant va vivre." Mais j'ai l'impression que ça sonne faux dans ma bouche. Je préfère lui demander :

"T'as déjà un prénom ?"

Elle hoche la tête.

"On en a choisi deux : un pour si c'est une fille, le deuxième pour si c'est un garçon.

— Tu les dis à haute voix ?

— Tous les jours, m'assure-t-elle.

— Bien, bien. Alors imagine le bébé. Imagine que tu le tiens dans tes bras. Que tu le vois qui te fixe du regard, pendant que tu prononces ce nom."

Elle éclate de nouveau en sanglots, mais elle hoche la tête.

"J'essaie de faire tout ça, de visualiser, mais ça me rend si triste des fois, de penser aux bonnes choses.

— C'est pas grave, c'est pas grave d'être triste. Tu vas te sentir triste."

Je lui caresse le bras. Elle pleure de plus belle.

"Miles pour le garçon, dit-elle. C'était le nom de mon grand-père, Miles. Et puis Ella pour une fille.

— C'est vraiment joli. Ce sont de beaux prénoms."

Elle lève les yeux sur moi, puis les baisse à nouveau.

"Tu lui ressembles tellement ! T'as de la chance, me lance-t-elle, presque sur le ton du reproche. Si Gladys était ma mère, je serais toute la journée sur ses genoux pendant qu'elle me nourrirait de soupe au poulet. T'as déjà fait ça ?"

Elle sourit. Elle a un espace entre les deux dents de devant. C'est une jolie fille à la peau brune ; en d'autres circonstances, je lui présenterais bien King dans quelques années.

"Elle est bonne, sa soupe, hein ?", je dis, et on éclate de rire.

Comme une autre fille s'approche, je quitte Hazel pour faire ma tournée. Je demande à toucher tous les ventres un par un, sens les bébés se tortiller sous ma main. Je leur lance des compliments et reçois les leurs en retour : elles aiment mes palpations et moi j'aime la légèreté qu'elles donnent à la grossesse.

"Quand j'attendais King, je raconte, on mettait des boubous et on allait se poser quelque part. Vous autres, on dirait que vous êtes prêtes pour un défilé de mode !"

Puis Hazel baisse le volume de la musique, et tout le monde s'assoit, les filles dont la grossesse est très avancée sur le sofa, les autres à leurs pieds.

Je me rends compte que je suis la dernière à rester plantée devant l'entrée et je m'installe à mon tour.

"Gladys aime commencer par un chant", explique Hazel.

Elle est assise avec les autres filles, mais c'est celle qui est la plus près de moi.

"Je peux commencer", propose-t-elle.

Elle ferme les yeux et ouvre la bouche. Je reconnais le son. C'est celui que j'entendais certains matins au réveil quand ma mère entrait en méditation, à mi-chemin entre "oh" et "you". La voix d'Hazel monte et descend, puis d'autres voix se joignent à elle. Au début, je me demande si ça va durer longtemps. J'ai mal dormi cette nuit – à cause des prémonitions de ma mère – et je me sens piquer du nez. Mais au bout d'un moment, je me mets à tanguer ; je me surprends même à chanter sans le son. Je commence à m'éloigner du monde réel quand, sans crier gare, les filles arrêtent.

J'ai pas envie d'ouvrir les yeux, et quand je m'y résous, je m'aperçois que je suis un peu sonnée. Chacune à son tour, les filles parlent de leur semaine : certaines se demandent si elles n'ont pas eu des pertes ; en découvrant d'importantes sécrétions dans sa culotte, l'une a cru que c'était du liquide amniotique. Elle est allée chez le médecin et on l'a surveillée pendant quatre heures avant de la renvoyer chez elle – elle s'est dit après coup qu'elle s'était fait un film.

"Mieux vaut prévenir que guérir", je dis.

Les filles m'approuvent.

"Pourtant je panique de plus en plus, raconte Hazel. Il me reste encore un peu de temps, mais mon mec se comporte de façon bizarre, il veut pas déménager comme il avait dit. C'est moi qui ai tout l'équipement : le siège auto, le berceau… Tout est ici, donc s'il veut voir le bébé…" Elle s'interrompt, avant d'ajouter : "Il me gâche tout et ça me rend dingue. C'est quand même censé être la plus belle période de ma vie !"

Je la comprends. Le mois qui a suivi la naissance de King, j'étais sur un petit nuage, mais c'était comme si le bébé faisait ressortir le pire chez son père. Tout d'un coup, il était incapable de rester à la maison. Au début, je me suis dit qu'il allait voir d'autres femmes, et puis un jour, par la fenêtre, je l'ai vu garé devant chez nous : il était là depuis des heures, assis dans sa voiture. J'avais oublié cet épisode, mais la position que j'occupe aujourd'hui m'y ramène. Je réagis :

"Ça peut être les deux. À la fois heureux et triste. Ce que je veux dire par là, c'est qu'on vit pas dans un conte de fées. Pour nous, c'est forcément les deux. De mon côté, j'ai pas mis longtemps à me rendre compte que, mon mari et moi, ça marcherait pas, et ça m'a mise en colère, crois-moi. Je pensais pas que ma vie allait ressembler à ça. Et puis j'ai eu cet enfant que mon mari et moi avions conçu, et je pouvais pas m'arrêter de le regarder ; m'occuper de lui m'a apporté une paix que j'aurais jamais cru pouvoir trouver. À la fin de la journée, ça s'équilibrait, j'en oubliais de me plaindre. Je me sentais pas en droit de le faire, tu sais. Dieu ne me devait rien, puisque j'avais un bébé dans les bras."

Hazel conduit un autre chant avant le départ.

Je reste encore un petit moment. Les filles mettent de la musique, et elles sont surprises qu'à mon âge je sache qui est Cardi B, et qu'en plus de ça, je sois capable de chanter *Bodak Yellow* du début à la fin.

Sur le chemin du retour, je me remémore à nouveau la période juste après la naissance de King. Je l'ai pas dit aux filles, mais c'est ma grand-mère qui m'a sauvée. Elle pliait les barboteuses et s'occupait du bébé, c'est sûr, mais surtout, elle m'a remis les idées en place, et elle y est pas allée par quatre chemins. "Ce bébé, là, elle m'a dit en me le montrant. Il a besoin de toi, d'accord ? Il a besoin de toi."

Je ne voulais pas me laisser faire, mais elle a quand même continué :

"C'est ton enfant. Il est à toi et à personne d'autre. Tu es la seule personne qui puisse s'occuper de lui comme il en a besoin. Moi, je peux pas. Son père non plus ; y a que toi qui peux le faire. Il te mérite, et tu le mérites."

J'avais occulté ce premier mois, j'avais oublié que c'était Grandma Martha qui m'avait tirée de là. J'aurais pu me tourner vers ma mère, j'imagine, mais elle n'était pas encore Yemaya, et rien ne me garantissait alors qu'elle n'allait pas me trouver minable. Et puis je sais pas ce qui se passe maintenant avec Grandma : les vêtements mal assortis, l'apparence négligée, les crises. Bien sûr, je me suis dit que ça pouvait être de la démence, mais je me raccroche à d'autres explications : le stress, la déshydratation, quelque chose qu'elle finira par surmonter. Quoi qu'il en soit, il est hors de question qu'elle se sente pas bien, et j'ai le devoir de l'aider à s'en sortir.

Quand je rentre, King est déjà couché. L'infirmière m'annonce que la soirée a été rude. Grandma est à cran, elle a passé presque toute la journée à me chercher.

Je m'attends au pire en montant à l'étage, mais elle est tout sourire en me voyant entrer. Je lui raconte Hazel et les filles, la visite, qui s'est si bien passée ; mais alors la raison qui m'envoie ici et non au chevet de ma mère me revient brusquement, et avec elle le ressentiment qui s'est construit peu à peu. Je m'assois sur le lit et je déballe tout.

"Elle va bien maintenant, mais ça aurait pu mal tourner. Avec tout ce qu'on a traversé ensemble, maman est la seule personne au monde qui ait toujours été là pour moi. Et si elle est plus là, j'ai plus personne.

— Tu m'as moi, répond-elle. Je suis sûre qu'elle va s'en sortir ; c'est une dame solide, mais tu m'as moi aussi."

Elle m'attire à elle pour me serrer dans ses bras.

"Je dirai une prière pour elle ce soir", ajoute-t-elle en me caressant le dos, et elle se décale dans le lit pour attraper son rosaire.

Sans surprise, en retournant à ma chambre, je l'entends psalmodier le Credo :

Je crois en Dieu, le Père tout-puissant,
créateur du ciel et de la terre,
Et en Jésus-Christ, son fils unique, Notre-Seigneur,
qui a été conçu du Saint-Esprit…

JOSEPHINE

1924

Après la lecture de Jericho, je raccompagne Link, je rentre chez moi et je prends un bain chaud. Je me sens encore anéantie par ma dispute avec Eliza et Major, même après m'être glissée sous les draps. Cette nuit-là, je dors mal, et le lendemain il me faut un bon moment pour sortir du lit. Je finis par me lever et m'habiller, parce que je sais que Charlotte va venir, et je veux pas qu'elle me voie en chemise de nuit. Comme on pouvait s'y attendre, elle est à ma porte juste après le déjeuner.

"C'est en train de devenir une habitude", je dis, comme si j'avais pas envie de la voir.

Mais la vérité, c'est que c'est ça qui m'a tirée du lit ce matin.

"J'espère que je dérange pas", elle dit, déjà assise à ma table.

Elle a apporté un autre pot de confiture, et elle me le tend comme si c'était le prix de la visite.

"Je sais que vous avez des tas de choses à faire, votre famille et tout le reste, mais moi, j'ai personne ici. Y a que Vern et moi. Et il est parti la moitié du temps, et même si je m'ennuie, au moins c'est mieux que… que d'être assise là avec lui. Maman disait qu'elle pouvait tout savoir d'un homme en voyant ses chaussures, mais je pense que c'est pas vrai. Je pense qu'on sait rien du tout avec ça."

Elle relève la tête et je vois la marque autour de son œil.

Ah, d'accord, il est comme ça... Mon gars, au contraire, il était toujours parfait alors qu'il aurait pu m'en vouloir, toujours aimant même s'il y avait matière. Mais des comme ça, j'en ai vu plein, surtout dans mes transes, quand j'avais devant moi des femmes qui me suppliaient de leur donner quelque chose pour qu'il arrête. Malheureusement, c'est sans remède ; c'est ce que je me tuais à leur répéter, mais elles m'écoutaient pas – et certaines y ont laissé la vie. Je me signe à cette pensée.

"Seigneur, délivrez-nous, je dis. Qu'est-ce qui vous est arrivé ?

— Oh, ça ? Non, c'est rien.

— On dirait pas rien, ma fille.

— Bah, ça lui arrive de s'énerver. Vous savez, il vient tout juste de commencer, les cultures poussent pas bien, et puis toute cette histoire avec le bébé... Apparemment, je suis pas capable d'en faire, et quand ça prend, j'arrive pas à les garder.

— Peut-être que c'est à cause de ça.

— Non, il me touche pas quand je suis enceinte."

Elle secoue la tête. Elle veut pas lâcher là-dessus, elle s'y accroche comme la moule à son rocher.

"Oui, mais la tension !"

Elle lève les yeux.

"Une fois que les cultures auront commencé à donner, ça ira mieux, explique-t-elle. Dites une prière pour moi, si vous y pensez. Ou pour le bébé. Ou plutôt, tant qu'à faire, priez d'abord pour le bébé, parce que quand il sera là, Vern se fera pas autant de mouron pour le reste. Depuis le temps qu'il croyait qu'on aurait un petit dans les bras, ou en route, et je lui ai même pas permis de garder espoir… Alors il est triste, et ça ressort par de la colère. Et maman qui disait qu'on pouvait tout savoir d'un homme à ses chaussures ! Si elle venait me voir, je lui dirais que c'est pas vrai. Maman a fait beaucoup de mauvais choix dans la vie, et de bien des façons c'est moi qui ai dû l'élever, mais là, je lui dirais que c'est pas vrai. Comme ça, si jamais elle doit se faire un avis sur un homme, faudra qu'elle trouve autre chose."

Comme je suis pas levée depuis longtemps, et que c'est pas rien de se retrouver avec ça au réveil, je n'ouvre pas la bouche. Des fois, y a des gens qui veulent que je dise quelque chose, que j'offre un mot en sacrifice pour arranger le problème, le camoufler, alors que la paix est fille de silence. Il me paraît important tout d'un coup que cette enfant trouve un peu de paix.

"Elle habite où, votre maman ?

— À soixante kilomètres à l'est.

— C'est pas si loin.

— Sans chariot ni cheval, c'est loin."

J'opine.

"C'est sûr.

— Et puis Vern est contre ce genre de voyages. Si j'y vais, il voudra m'accompagner, et il a pas le temps. Du coup, c'est elle qui doit venir ici. Je le lui ai dit, mais…"

Elle s'arrête là. Je me lève pour lui resservir du café. Les gens me disent toutes sortes de choses, vous me croiriez même pas si je vous les racontais, du coup je veille à garder mes distances. Bien obligée.

Elle reprend :

"Des fois, je me dis que c'est Dieu. Après tout ce qui s'est passé, la façon dont ma vie a tourné, je sais pas si je peux compter sur Lui, je sais plus ce qu'il faut croire ; mais des fois je me dis qu'Il me protège. Un bébé mérite pas de naître dans ce merdier.

— Non, je dis.

— Oui, alors peut-être qu'il vaut mieux pas que vous priiez pour ça. Peut-être qu'il vaut mieux prier pour que je reste stérile. Pour que je trouve le courage de partir un jour – c'est peut-être ça que Dieu veut pour moi, et sans un bébé, peut-être que ce sera plus facile."

Je me mets à regarder par la fenêtre. Si je la regarde elle, elle va me transmettre une partie de sa tristesse – parce que je m'y attendais pas, je m'étais pas préparée à ça. Si maintenant elle me demandait de lui faire venir un bébé, je pourrais toujours couvrir mon autel de tissu bleu, et y poser un bocal de mélasse et un bol d'eau. Je pourrais toujours dire à Charlotte de caresser les vieilles pierres de ma mère une à une, puis de les laver, de les disposer en cercle autour du bol.

Mais je vais sans doute pas le faire ; ça vous fiche en l'air un gosse de voir sa mère se faire cogner, et puis ça fait longtemps que j'ai laissé tomber la magie. Mais je pourrais.

Pour l'instant, les yeux rivés sur la table, je lui tends une tasse de café, qu'elle ne finit pas. Au bout d'un moment, elle se lève et elle dit qu'elle doit préparer le dîner de Vern. Elle a franchi la porte avant même que je puisse dire : "Reprenez cette confiture. J'arriverais pas à la manger même si je voulais."

Plus tard, Link, Theron et Jericho viennent déjeuner et jouer au whist. Je suis encore perturbée par ce que j'ai vu plus tôt, mais la plus grande contradiction, c'est de les avoir ici avec moi. Y a personne au monde avec qui je me sente mieux, et tout ce que je peux imaginer de plus beau, c'est de fermer les yeux et de voir maman m'accueillir dans l'au-delà. Link a apporté un gâteau au café, qu'elle se met à servir dans des assiettes. Je repousse celle qu'elle me donne en lui demandant si elle garde les plus grosses parts pour ses meilleurs amis.

"T'en veux une tranche ou un quart ?" elle demande, et tout le monde rigole.

On commence par manger en silence, à part un gémissement occasionnel – il faut le temps d'étudier le sucre, le beurre, la cannelle… et la goutte de vanille qui fait toute la différence, puis…

"Qui c'était, cette Blanche devant chez toi l'autre jour ? demande Link. Je passais par là quand je l'ai vue sortir. Une petite chose banale et effacée. Son mari a quelques vaches, mais elle a même pas assez d'idée pour boire leur lait !"

Et c'est reparti pour une tranche de rigolade.

"Oh, elle vient de temps en temps", je dis.

Ils lèvent le nez de leur gâteau, avec une grimace où se mêlent l'inquiétude et le choc.

"Elle vient pour quoi faire ? demande Link en posant sa fourchette.

— Juste pour parler, elle est toute seule."

Je regrette déjà d'en avoir dit autant. Qu'est-ce qui m'a pris ?

"Elle peut pas faire d'enfant, j'ajoute.

— Des larmes de Blanches, y aurait de quoi remplir ma baignoire ! commente Link.

— Et les nôtres aussi", renchérit Theron.

Absorbé par son gâteau au café, Jericho ne fait pas attention à nous. Évidemment, c'est pas moi qui l'ai fait, il manque le zeste de citron, mais il mérite bien la médaille d'argent. Encore quelques années, et Link pourrait bien me surpasser.

"En tout cas, on est en train de devenir amies."

Link en lâche sa fourchette.

"Attends, joue pas à ça, frangine ! s'exclame Link. Faut même pas y penser. Tu sais bien que nous autres, on peut pas être amis avec eux. Ils en sont pas capables. Pour eux, « un ami », ça veut dire « une mule ». Pour eux, être amis, ça veut dire te prendre tout ce qu'ils peuvent – et toi, t'as jamais fini de donner. Puisque tout lui est dû, imagine que tu lui donnes pas ce qu'elle veut ? Elle va être déçue, et toute cette déception va se transformer en colère… Et toute cette colère, c'est sur toi qu'elle va retomber !

— Je sais bien, frangine."

Maintenant, je suis gênée. D'avoir eu besoin de ce rappel.

"Merci pour le conseil, mais je racontais juste ma journée.

— D'accord, elle reprend, un peu calmée ; ben, du moment que tu le sais, t'amuse pas à ça, frangine. Oublie."

J'acquiesce. Je me sens comme une enfant – un sentiment assez familier. Plus les années passent, et plus je me rends compte que je retombe en enfance.

"C'est ce que je lui ai dit. À peu près comme ça."

Ils hochent la tête en grommelant et retournent à leur assiette.

Je m'excuse et je vais dans ma chambre. Je m'asperge la figure avec l'eau du seau que j'ai rempli ce matin ; je regarde fixement le miroir. Ça, j'aurais pu m'en passer. Soixante-dix ans bien tassés. Les yeux enfoncés, le cou qui pend. On dirait que c'est Maîtresse qui me renvoie mon regard – même si elle était aussi blanche que je suis noire. À part Link, c'est la seule femme que j'ai vue vieillir.

Je retourne à la cuisine. Dans le couloir, je les entends parler de moi.

"Tu crois qu'elle perd la boule ? demande Theron.

— Mais non, c'est Josephine, et puis voilà ! Elle a l'air dure comme ça, mais c'est tout le contraire : elle a de la compassion pour des gens qui la cloueraient au pilori si on les laissait faire."

C'est alors que Jericho ajoute son grain de sel. Sa voix de petit garçon détonne au milieu de cette cuisine, de cette conversation :

"Elle est trop gentille avec les filles blanches. Peut-être que la voisine lui rappelle sa copine d'autrefois.

— Quelle copine ? demande Link.

— La fille de sa maîtresse. Quand elle était esclave. Elles étaient comme des sœurs, et puis Mama Josephine s'est enfuie."

Je me racle la gorge et je retourne auprès d'eux, l'air de rien, malgré les vieilles émotions auxquelles m'ont renvoyée les paroles de Jericho – la même tristesse que j'ai ressentie à quitter Miss Sally, la culpabilité aussi, sachant que ma mère n'aurait pas aimé que je sois proche de la fille de la maîtresse au point de la regretter. Non, peut-être que je dis pas les choses comme il faudrait : en fait, c'est pas qu'elle aurait pas aimé – elle aurait pas cru ça possible.

C'est pour ça aussi que j'ai jamais parlé de Sally à Link.

"Oh, Jericho, t'es une vraie pipelette ! Tu révèles tous mes vieux secrets du temps de la plantation."

Je lui caresse la tête pour lui montrer que je suis pas fâchée.

"Tout ça, c'est rien que des histoires avant d'aller dormir", j'ajoute.

Mais quand mes visiteurs sont partis et que j'ai fini la vaisselle, je fais les cent pas dans la pièce, pétrissant ma cuisse du poing, luttant contre les images qui jaillissent à ma mémoire. Inutile, elles ne se rendront pas.

JOSEPHINE

1855

Comme Miss Sally avait un retard de croissance, son père se dit que puisque j'avais six mois de plus, je pourrais peut-être l'influencer dans son développement. Il nous a obligées à passer du temps ensemble. Sa mère était contre : une esclave ne pouvait rien apporter à sa fille. N'empêche qu'en très peu de temps, Miss Sally avait presque une tête de plus que moi et m'apprenait l'alphabet.

Moi, de mon côté, je lui apprenais à créer des choses qui n'étaient pas là. Ça a commencé par des pièces de monnaie.

"Appelle les choses qui ne sont pas comme si elles existaient, j'ai dit.

— Au nom du ciel, qu'est-ce que ça veut dire ?" elle a demandé.

Sous ses cheveux blonds, que sa mère ne coiffait jamais, c'était une créature toute malingre, à cause de la maladie qu'elle avait eue bébé. Mais elle n'avait pas l'air d'y penser. Des fois, elle était tellement déchaînée qu'elle me communiquait sa joie d'une façon que je n'aurais jamais crue possible entre Blancs et Noirs.

J'ai réfléchi à sa question et j'ai haussé les épaules.

"J'en sais rien", j'ai répondu, puis on est tombées dans les bras l'une de l'autre en gloussant, mais quand on s'est calmées, j'ai répété la formule exactement comme maman.

"Vous voyez cette pièce d'un dollar dans votre main ? Fermez les yeux jusqu'à ce que vous en voyiez deux, et que les contours soient tellement nets que vous pouvez sentir la tranche quand vous les touchez."

Elle a obéi, puis au bout de quelques secondes elle a rouvert les yeux.

"Mais il n'y a rien, là ! Attends que je le dise à papa. Ma fille, ce que tu peux être commune !"

Elle m'a prise par le bras.

"Je plaisantais, Josephine. Jamais je ne te ferais une chose pareille. Même si tu n'étais pas plus extraordinaire qu'une cruche de lait, ou que moi, d'ailleurs."

Elle m'a serrée contre elle et j'en ai fait autant. Sa mère, qui descendait l'escalier, a glapi : "Ôte tes mains de ma fille, Josephine ! Tu es trop grande pour ça maintenant", et on s'est séparées comme le bon grain de l'ivraie.

Puis, un soir, Miss Sally est venue à la cabane après dîner et on s'est glissées dehors sous le chêne.

Elle était tellement exaltée qu'elle n'arrivait pas à parler. J'ai dû la prendre par les bras et l'obliger à me regarder droit dans les yeux. J'ai prononcé son nom avec autorité, comme le faisait maman quand elle me disait quelque chose d'important sur les Blancs. Elle a fini par se lancer :

"Tu te rappelles la pièce d'un dollar qu'on a voulu créer ? Ce soir, papa est revenu chez nous avec mon oncle de Géorgie, et il m'a demandé qui était le plus beau, lui ou mon père. Il a sorti une pièce de derrière son oreille, et j'ai dit que c'était lui bien sûr, et il me l'a donnée. Tu vois, Josephine, tu vois, c'est toi qui l'as créée ! C'est vrai ce que tout le monde dit de toi : tu es puissante, tu es magique, tu es… tu es extraordinaire !"

Alors elle m'a serrée contre elle. Je me suis sentie gênée.

"J'ai rien créé du tout. C'est votre oncle qui a fait ça.

— Ne sois pas si modeste. Tu sais ce que ça veut dire, « modeste » ?

— Non, j'ai répondu, même si j'aurais pu deviner.

— C'est quand tu n'as pas une haute opinion de toi-même. Jésus était modeste. Il est mort comme un prisonnier pour nous sauver de nos péchés."

J'ai hoché la tête.

"Je sais."

C'est ce que le pasteur racontait le dimanche, mais maman disait qu'elle avait rien à attendre d'un Dieu qui décide de sauver les Blancs.

Miss Sally a sorti la pièce de sa poche.

"Et ça, c'est pour toi.

— Oh, non, miss Sally, je peux pas accepter !"

C'était la sienne après tout. J'entendais déjà ce que maman allait dire : "Une Blanche donne rien sans attendre quelque chose en retour."

Mais elle insistait.

"Non, Josephine ! C'est grâce à toi que je l'ai eue. Prends-la, vas-y."

Elle a ouvert ma main, y a mis la pièce, puis a replié mes doigts dessus.

"Vous le direz à personne, c'est sûr ?" j'ai demandé.

Je pensais à sa mère, qui allait sûrement dire que je l'avais volée. Ce serait pas vrai, et personne le croirait, mais elle, elle en démordrait pas – jamais elle ne supporterait le sens de ce geste.

"Et renoncer à ma magicienne secrète et toute-puissante ! s'est exclamée Miss Sally en riant et en m'attirant plus près d'elle. Quelle idée ! C'est notre secret. Et pas seulement à cause de la magie."

La suite, elle l'a prononcée en chuchotant :

"Je ne ferai jamais rien pour te blesser, Josephine. Tu es comme une sœur pour moi."

Quelques semaines plus tard, alors que je l'éventais à cause de la chaleur – elle ne portait qu'un jupon, et elle était plus calme que d'habitude –, elle s'est tournée vers moi sans crier gare.

"Je me demandais si tu pouvais créer d'autres choses aussi, pas seulement des pièces.

— Comme quoi ? des trésors ? des bijoux ?

— Quelque chose d'autre, qui sait ? Peut-être un bébé pour maman. Elle essaie chaque année, mais ils meurent tous. Ça a rendu son cœur dur comme de la pierre."

C'est donc pour ça ? j'ai pensé, en me gardant bien de le dire.

"Je peux toujours essayer, miss Sally. Elle veut un garçon ou une fille ?

— Je crois que, là, elle veut juste un bébé ; n'importe quoi fera l'affaire." Elle a hésité. "Mais je l'ai entendue dire une fois que si elle avait une autre fille, elle devrait continuer d'essayer, parce que papa veut un fils."

Sans lui en parler, je m'y suis mise tout de suite : en me balançant sur ma chaise, je mettais les strates de mon esprit en mouvement ; et dedans il y avait Maîtresse, avec un bébé dans les bras. J'ai dessiné un petit garçon sur un bout de papier, je l'ai plié sept fois, et cette nuit-là je l'ai posé sur notre autel. Je le voulais. Maman disait que l'émotion y fait beaucoup, et je le voulais pour Maîtresse – pas pour faire plaisir à cette femme, qui n'avait que du fiel dans les veines, mais pour Miss Sally, qui était plus sombre que jamais.

"Alors, Josephine ? elle a demandé comme si elle savait déjà ce que j'avais dans la tête. En faisant ça, tu pourrais pas m'imaginer à côté de maman, avec ma main dans la sienne ? Et peut-être aussi qu'elle me dirait « Je t'aime » ?"

Il n'a pas fallu plus d'un mois. Ça se voyait pas encore, mais la maîtresse était malade, et Miss Sally a dit qu'elle était sûre qu'il y avait quelque chose là-dedans, qu'elle le sentait.

"Et papa, il le sent aussi. Il se pavane comme s'il était le roi du monde. Hier, il a surpris un esclave la main dans la corbeille à pain, et il ne l'a même pas fouetté, c'est dire s'il est content !

— Quel esclave ?

— Le nouveau. Jupiter. Papa dit qu'il savait d'avance que l'autre était un faiseur d'histoires, qu'il n'aurait jamais dû le prendre. Déjà mon oncle ne pouvait rien en tirer, mais maman dit que papa ne sait pas dire non à son frère, parce que mon oncle n'a pas toutes ses facultés mentales. Maman dit qu'on va porter le fardeau de l'oncle pour le restant de nos jours.

— Alors, il lui a laissé garder le pain ?

— Ouais. C'est comme ça que je sais qu'il y a un petit bébé là-dedans. Le ventre de maman est pas plus gros que mes deux poings réunis, mais rien qu'à voir papa, je devine toujours. Quand ce gars-là a eu fini de l'embrouiller avec une interminable histoire à dormir debout, papa était pas loin de penser que c'était lui-même qui avait volé le pain. Il savait plus. Il a dit que cet esclave avait un pouvoir, et que l'oncle ne savait pas l'utiliser. Mais à mon avis, il n'a pas de pouvoir du tout. C'est pas comme toi. Et dans pas longtemps, on va avoir un joli petit bébé dans nos bras pour le prouver."

Mais c'était pourtant vrai qu'il avait un pouvoir, aussi vrai que je vous le dis. Parce que le lendemain matin, la maîtresse est sortie sur le porche en se tenant le ventre. Le porche faisait tout le tour de la maison. Tantôt elle s'y installait côté fleuve, tantôt, comme ce jour-là, elle était côté champs. On aurait dit que son visage changeait selon le côté qu'elle regardait. Ce jour-là, elle avait l'air vieille et usée. Elle a fait venir tous les esclaves. Je me tenais avec mes parents en bordure du champ de canne à sucre. C'était l'époque la plus dure de l'année, la saison du broyage. On n'avait guère de temps pour préparer la récolte. Tom avait retardé cette phase-là le plus possible pour que la canne soit douce, mais du coup tous les esclaves devaient se lever avant l'aube et rentrer à la nuit tombée ; entre-temps, ils coupaient, chargeaient et transportaient la canne pour le broyage, même le dimanche.

La maîtresse marchait de long en large sur le porche.

"Il me manque quelque chose, a-t-elle déclaré. Je ne vais pas dire ce que c'est, simplement que ça a disparu, et qu'il y a quelqu'un ici qui sait où c'est. L'objet en lui-même a beaucoup de valeur pour moi. C'est une sorte d'héritage familial, et l'idée qu'on m'ait dépouillée sous mes propres yeux – elle a mis la main devant la bouche comme si elle allait pleurer –, ah, ça me brise le cœur !"

Elle continuait de faire les cent pas tout en parlant.

"Je vais rester ici avec vous jusqu'à ce que le coupable avoue. Vous n'aurez rien à manger, rien à boire non plus. Un coup de fouet pour chaque heure passée en dehors des champs. Mais je vais trouver ces… cet héritage. Le problème, a-t-elle continué plus calmement, c'est moins cet objet que la confiance. La confiance, ça ne peut pas être réparé. Même quand j'aurai récupéré mon bien. Mon mari et moi, nous faisons l'impossible pour ne pas vous traiter comme le font tous les autres, mais peut-être avons-nous été naïfs."

Debout dans l'embrasure de la porte, avec son pantalon et ses chaussettes en soie, Tom arborait un petit sourire suffisant. Elle lui a jeté un coup d'œil.

"Peut-être avons-nous été naïfs, a-t-elle répété. Nous avons bien sûr essayé de vous accorder le bénéfice du doute."

Juste à ce moment-là, Jupiter a levé la main. J'ai vu la lame d'un long et lourd couteau qui sortait de son poing. À ce qu'on disait, il coupait plus de canne que n'importe qui, même des hommes qui avaient fait ça toute leur vie. Depuis la maison, je l'avais vu de mes propres yeux, si grand qu'il devait se pencher davantage pour couper les feuilles, puis l'extrémité, enfin la tige à la racine.

"Oui, tu veux avouer ?" a demandé la maîtresse, visiblement transportée par cette perspective.

Il a secoué la tête d'un mouvement sec. Son pigeon était toujours à ses pieds.

"Non, Madame… Maîtresse… Madame, je voulais juste vous dire que je sais ce que vous avez perdu. Ça pouvait pas être moi qui l'ai pris parce que j'étais aux champs, vous l'avez bien vu, mais je voulais juste vous dire que je sais ce que vous avez perdu, et que je sais où, aussi."

Elle a eu l'air désarmée. Son regard, au lieu de se poser sur lui, semblait le traverser. Il a poursuivi :

"Ce sont les boucles d'oreilles de votre grand-mère, et la maîtresse a laissé retomber sa main. C'est pas elle qui vous les a données, c'est votre maman, le jour de votre mariage, en vous disant que c'étaient de vrais diamants. C'est pas des vrais, mais vous l'avez crue parce que c'est votre maman qui l'avait dit. Et même quand vous avez su la vérité, ça vous a rendu votre grand-mère encore plus chère.

— Où sont-elles ? elle a demandé d'une voix douce.

— Elles sont tombées derrière la tête de votre lit, c'est tout. Y a personne qui les a prises. Allez jeter un œil là-dessous, vous les verrez. C'est vrai qu'elles brillent !"

Elle est montée à l'étage et elle en est revenue avec les faux diamants. Elle a quand même ordonné au contremaître de battre Jupiter, de planter trois piquets, deux en haut pour chaque main, et un en bas pour les pieds. Tout le temps qu'il est resté suspendu, Madame sifflait l'air d'un cantique que je l'entendais chanter le dimanche en rentrant de l'église, *Amazing Grace*.

Quand on en eut fini avec tout ça, je suis rentrée avec maman à la maison.

"Je la hais", j'ai dit.

J'ai ralenti le pas et j'ai tapé des pieds jusqu'à ce que la poussière me remonte à mi-jambe. Alors elle s'est tournée, elle m'a tirée à elle et m'a giflée. Puis elle s'est mise à genoux à côté de moi et m'a serrée contre elle. Je sentais les battements de son cœur. On était comme un seul corps. Enfin elle s'est écartée et m'a dit :

"La haine, ça sert à rien, Josie. Ça sert vraiment à rien. Tout ce que tu cherches à fuir, la haine t'y enchaîne. Même quand tu croiras t'en être sortie, Dieu va te la renvoyer, il va te frapper le visage avec. Alors que tu pensais que c'était fini pour de bon. C'est pour ça que tu dois jamais dire « je hais ».

— Et surtout, le dis pas trop fort, des fois qu'y en ait un qui t'entende."

C'était Jupiter. Je me suis retournée pour lui faire face. Il rayonnait, en pleine forme, comme si ce n'était pas lui qui était attaché à des piquets une heure plus tôt.

On aurait dit que maman se retenait de le serrer dans ses bras comme elle l'avait fait avec moi. Elle est restée là à le regarder longtemps, très longtemps. Bien plus qu'il était naturel.

"Comment tu savais pour les diamants ? elle a fini par demander.

— Pourtant je vous ai bien dit que c'étaient pas des diamants !"

Et au lieu de répondre à la question, il a répété :

"Le truc, c'est que c'étaient pas des diamants. Mais vu comme ils brillaient, je comprends pourquoi elle l'a cru."

Cette nuit, il y a eu des grands coups à la porte. Papa était au lit, serré tout contre maman. Comme il dormait, c'est maman qui s'est levée pour aller voir.

"Winnie, viens vite, la maîtresse se vide de son sang !" a crié Vera de l'autre côté.

Maman a attrapé sa sacoche au passage et elle est partie en courant. Je l'ai suivie, mais personne ne m'a vue.

Une fois dans la maison, elle est montée à l'étage, et je la suivais toujours. Madame gémissait sur le lit. Elle a voulu attraper Winnie.

"Toujours pas ! elle a dit. J'y arrive toujours pas !"

Hochant la tête, maman a tiré le drap.

"Je suis désolée, Maîtresse.

— C'est pas ça qui va m'aider !" a rétorqué Madame, et elle a éclaté en sanglots.

De là où j'étais, je pouvais voir les mains de ma mère. Il y avait une mare de sang sous le derrière de la maîtresse. Maman l'a soulevée pour glisser des édredons dessous. Puis elle lui a touché le trou pour faire pipi. Madame s'est mise à haleter mais maman a continué. Je me demandais si elle avait jamais pensé à lui écrabouiller l'intérieur, à lui faire mal. Elle avait tellement de force dans les doigts.

"Tout a l'air normal, Maîtresse", a conclu maman.

L'autre a eu l'air soulagée, même si elle semblait ne pas y croire.

"Et le sang ? elle a demandé.

— Ça arrive, des fois. Ça m'est arrivé avec Josephine."

Elle ne savait toujours pas que j'étais là.

"Alors tout va bien se passer ?"

Maman a hoché la tête.

"T'es sûre, Winnie ? a redemandé Madame entre deux halètements.

— Certaine", a confirmé maman, et je me suis demandé comment elle pouvait être certaine de quelque chose d'aussi mystérieux.

Puis elle s'est dirigée vers la porte. En rejoignant l'escalier, elle m'a vue et m'a appelée à elle du regard, mais elle avait tout juste mis le pied sur une marche qu'on a entendu un hoquet, plus fort cette fois. Puis un hurlement : *"Winnie !"* Maman s'est précipitée dans la chambre. Il y avait plus de sang maintenant, plus que j'en avais jamais vu, et j'ai fermé les yeux, j'ai imaginé qu'il s'arrêtait, que la source de sang se refermait sur elle-même. J'ai imaginé cette chaise à bascule qui balançait d'avant en arrière, d'avant en arrière, et dessus il y avait un petit garçon, dans les bras de Madame, et une charlotte. J'ai repassé la scène dans ma tête comme une roue qui tourne encore et encore et encore.

Maman était dans tous ses états. Je l'entendais haleter et la maîtresse gémir, et avec tout ça j'avais du mal à me concentrer, mais je fixais l'image dans mon esprit. Le calme est revenu assez vite : la maîtresse a cessé de hurler, et maman avait posé ses mains sur moi. J'ai rouvert les yeux. Maman me poussait vers l'escalier. J'ai tourné la tête pour regarder la maîtresse. L'hémorragie semblait s'être arrêtée, mais elle me fixait comme si je lui avais pris quelque chose, quelque chose de définitif qui ne lui serait jamais rendu. En descendant, j'ai vu Tom qui attendait au bas des marches, agrippé si fort à la rampe que ses jointures en étaient toutes rouges. Il a dit "Assure-toi qu'elle garde le bébé cette fois, Winnie". Maman a répondu "À la grâce de Dieu", et Tom a dit "Je parle pas de Dieu, je parle de toi, Winnie".

Elle lui a souri, mais elle était en colère quand on est sorties.

"Qu'est-ce que tu faisais, les yeux fermés comme ça ?" elle a demandé en chemin.

Le soleil n'était pas encore levé, et il faisait froid
– j'aurais jamais cru que la nuit puisse être aussi
froide. J'avais les poils des bras dressés comme des
brins d'herbe.

"Rien.

— Me raconte pas d'histoires, Josephine. Je sais
que c'était pas rien. Qu'est-ce que tu faisais ?"

J'ai secoué la tête.

"Je voulais pas faire des ennuis, j'ai répondu, la
lèvre tremblante.

— Des ennuis, il va y en avoir si tu me dis pas la
vérité ! Je dois savoir ce que tu faisais là."

Elle s'est arrêtée juste avant qu'on arrive aux
cabanes, et elle s'est agenouillée devant moi.

"J'ai seulement vu le sang qui s'arrêtait de couler, j'ai dit en pleurant. J'ai vu ce qui était ouvert se
refermer, je l'ai vue tenir un bébé, le bercer. C'est un
garçon.

— C'est un garçon !"

Elle a dit ça comme si c'était mal que ce soit un
garçon, mal que le bébé existe. Elle m'a agrippé la
main et elle s'est remise à marcher.

"Depuis combien de temps t'es capable de faire ça ?

— Pas longtemps.

— Tu l'avais déjà fait avant ?"

J'ai secoué la tête – j'avais décidé de ne pas parler de la pièce de monnaie.

"C'est mal, maman ? Si c'est mal, je le ferai plus."

Elle a soupiré en tapotant le tablier souillé sur sa
robe.

"C'est pas que c'est mal, c'est bien, même ! C'est
la seule bonne chose qu'on ait au monde, de pouvoir s'en écarter. Mais je veux pas que tu recommences, pas comme ça, pas pour eux.

— Pourquoi, maman ? Si c'est la seule bonne chose ?

— C'est la seule bonne chose quand on le fait pour nous-mêmes et pour les autres. Mais eux, ils prennent, ils prennent et ils prennent, et au bout d'un moment ça ne t'appartient plus. Tu perds la pureté, et donc le pouvoir s'en va. Comme moi aujourd'hui : moi aussi, j'ai essayé d'arrêter le saignement, tu sais."

Alors elle a baissé la voix.

"Mais ça prenait pas. Je l'ai vue dans le fauteuil, qui se balançait encore et encore. Mais ça prenait pas…

— Excuse-moi, maman. Mais pourquoi ça a marché avec moi ? Est-ce que c'est moi qui te l'ai pris ?

— Non, ma petite fille, ne crois jamais ça. C'est eux qui me l'ont pris. Ils me l'ont pris. Et s'ils se rendent compte que c'est parti, ils vont me jeter dehors. Mais je vais le récupérer, je vais aller le chercher et le ramener avec moi."

Elle a détourné les yeux et j'ai suivi son regard pour voir où il allait me mener. C'était Jupiter qui revenait des marais, la boue ruisselant le long de son pantalon jusqu'à ses pieds nus. Son oiseau en était couvert lui aussi. Pour une fois, il était en l'air, près de l'épaule de Jupiter, et quand il a battu des ailes, il a fait tomber de la boue sur l'oreille de celui-ci.

"D'où tu sors comme ça ? a demandé maman.

— Tu m'as pas vu ? J'étais juste là avec toi."

Maman l'a regardé d'un air méfiant.

"Non ? il a demandé, incrédule. N'empêche que j'étais là. Quel dommage que ce saignement se soit arrêté, pas vrai ?"

Maman a sursauté, puis a reculé d'un pas.

"T'avise pas de jeter un sort à ce bébé. Je te laisserai pas faire, je m'abaisserai pas à ça.

— J'ai jamais jeté de sort à ce bébé. C'est d'ailleurs pour ça que son cœur bat encore. En partie pour ça…"

Alors il m'a regardée. Maman m'a attrapé le poignet et elle est partie en direction de la cabane.

Il ne l'a pas suivie. Quand on s'est trouvées devant la porte, elle a fait volte-face. Il parlait toujours comme si on était encore avec lui.

"Elle aurait dû être contente quand je lui ai dit où étaient les boucles d'oreilles. Mais elle sait pas faire la différence entre la force et la faiblesse ; le pouvoir lui fait peur, même celui qui pourrait apaiser son esprit."

De nouveau il a souri. Il nous a regardées comme s'il sortait d'un étourdissement.

"Naan, le bébé va bien. Pour le moment… Le truc avec ces diamants, c'est qu'ils sont même pas vrais."

Puis il a tendu la bouche vers les étoiles et il s'est mis à rire, une explosion de sons saccadés. Le pigeon n'a même pas bougé, il regardait en voletant.

AVA

2017

Après quelques jours d'hôpital, ma mère a bien récupéré. Elle peut s'asseoir et manger ; elle ne risque plus de tomber et va toute seule aux toilettes.

Elle ne parle ni de la maison ni de Grandma, et j'en suis soulagée.

À l'heure du déjeuner, elle dit qu'elle se sent enfermée, alors je commande un fauteuil roulant et je la promène tout autour du pavillon. On passe devant chez Peet, la boutique de cadeaux – les ballons floqués "bon rétablissement" et les guides de pensée positive bien en vue dans les vitrines. Je l'ai drapée dans une chemise d'opéré pour lui couvrir les fesses. Elle ne s'est plus lavé la figure ni brossé les dents depuis des jours. J'ai rapporté un foulard de la maison pour lui dégager le visage, noyé sous les dreadlocks. Tandis que je la promène dehors dans son fauteuil, elle laisse traîner le bout des doigts sur les parterres de fleurs et le moindre brin d'herbe. C'est comme d'avoir un bébé : en sa présence, je vois le monde avec des yeux neufs.

Au bout d'un moment, on s'assoit et on ne bouge plus. Je lui fais un compte rendu de la réunion d'hier avec les filles. Elle hoche la tête en souriant.

"Ça, c'est du Hazel tout craché, soupire-t-elle. Je me fais du souci pour elle. Pour Trinity, tout va bien : elle a sa famille auprès d'elle ; sa mère a treize frères et sœurs, et ils ont déjà établi un programme. Ils se relaient tous les jours pour aller la voir. Mais Hazel, elle est totalement dépendante de cet homme, et je sais d'avance qu'il ne va pas la soutenir."

Au bout d'un petit moment, elle demande :

"Si je te dis un truc, tu vas me croire ?

— Bien sûr, maman."

Elle secoue la tête et se reprend :

"Laisse tomber."

Je continue à parler des filles. À première vue, Brittany sera la première à accoucher, mais c'est Thandie la plus pressée.

"La grand-mère de ma grand-mère vient me voir ici, m'interrompt-elle. Josephine. Elle est exactement comme sur la photo que je t'ai donnée.

— Ah oui ?"

Sans surprise, je me tourne vers elle. Ça lui arrive de temps en temps de dire des choses comme ça.

Elle hoche la tête.

"Elle m'apparaît si nettement que c'est comme si elle était là dans la pièce. Elle me parle aussi. Me raconte des histoires qu'elle a jamais confiées à ma grand-mère de son vivant. Ma grand-mère avait beau la supplier, y avait pas moyen."

Elle s'arrête à nouveau.

"Les gens ont toujours peur des fantômes, mais moi, je prie pour qu'ils me rendent visite ; Seigneur, fais le vide, que je ne fasse plus qu'un avec tous ceux qui vivent en moi ! Il y a des fantômes adorés : les êtres chers dont on espère l'apparition…

Rien qu'une petite minute de communication avec l'au-delà, c'est tout ce que je Lui demande ! D'ailleurs ça y est, Il a commencé à réagir."

D'un seul coup, en disant ça, elle a l'air plus vieille, et moins inspirée que franchement détraquée. Je ne peux contenir un mouvement de recul involontaire.

"Tu te sens bien, maman ? Tu m'as l'air fatiguée."

Je me lève pour la ramener à sa chambre, mais elle me fait taire.

"Elle faisait sa confiture, dit-elle. Et les gens parcouraient des kilomètres pour la goûter ! Ils en mettaient sur les brioches, mais aussi dans le riz ou le jus de viande, tellement elle était bonne. N'importe quelle base faisait l'affaire, du moment qu'on sentait le goût du jus. Elle était pas non plus liquide, plutôt dense comme du flan, les fruits agglomérés dedans en jolies petites grappes. Elle exploitait elle-même sa ferme, y compris après la mort de son mari. Elle avait des gens qui travaillaient pour elle, mais tant qu'elle en a eu la force, c'est elle qui allait traire les vaches le matin ; elle laissait les métayers prendre de son beurre. Ce travail-là, elle l'a jamais oublié, et elle a jamais oublié non plus pour qui elle le faisait, même si c'était sa ferme, même si elle pouvait lire et écrire."

Pour la suite, ma mère se met à chuchoter :

"Elle parlait aux esprits, tu sais. C'était une femme qui pouvait arranger les choses. Elle…

— Mais c'est fini", j'ajoute.

Ma mère a toujours su voir au-delà de la frontière entre les mondes, et elle n'a jamais fait mystère de ce qu'elle y voyait, mais aujourd'hui ça me met mal à l'aise. J'arrive pas à m'expliquer pourquoi.

Elle se tait, lève les yeux sur moi comme si elle s'apercevait de quelque chose.

"C'est fini maintenant, je répète.

— Peut-être, dit-elle. Peut-être."

Cette nuit, le taux d'hémoglobine de ma mère remonte. À trois heures du matin, l'infirmière m'appelle : Grandma s'imagine qu'il y a des gens dans sa chambre, et elle leur crie de la laisser tranquille. Le médecin met ça sur le compte d'un excès d'ammoniaque dans le sang. Il lui donne un laxatif, et ça en reste là.

Comme elle est toujours sur une note positive après la visite de ma mère, Grandma Martha s'est arrangée pour organiser une réunion avec son club de lecture. Ce mois-ci, c'est un récit romancé de la première fillette noire ayant intégré une école pour Blancs. Je ne l'ai jamais lu moi-même mais j'ai vu sur la jaquette qu'il était écrit par une Blanche. Grandma Martha m'a dit de commander à Binh un déjeuner tout simple pour accompagner le débat. Le cuisinier s'est décidé pour un chili et du pain de maïs. Ça sent le poivre vert et les oignons, la sauce tomate et la viande.

"Tu te sens d'attaque ?" je demande à Grandma en l'aidant à choisir un chemisier sobre à col boutonné et un pantalon.

Elle va bien. Elle serait sûrement tout à fait capable de se trouver quelque chose de correct, mais on sait jamais. J'ajoute :

"Ça va durer deux bonnes heures. Tu sais combien ces dames peuvent être bavardes…

— Surtout Marilynn, elle répond en riant. Elle n'a jamais rien à dire d'essentiel, mais c'est un moulin à paroles ! Tu crois qu'elle penserait à celles qui ont envie de s'exprimer ? Elle s'en fiche. Et puis Rose n'aura même pas lu le livre. Elle ne vient que pour les crudités, je te jure !

— Je lui jette pas la pierre, je serais comme elle… Ça et les petits roulés à la saucisse !"

Les invitées arrivent dans l'heure qui suit ; elles discutent dans le petit salon en attendant d'être au complet. Marilynn et Rose, qui ont des chauffeurs ; Anne, qui a travaillé dans un magasin d'antiquités après la mort de son mari, criblé de dettes ; et Patsy, qui vend des bijoux pour s'amuser, de faux diamants et de l'or qu'elle ne porterait jamais, mais ça marche si bien qu'elle commence à gagner plus que son mari. Elles sont habillées comme l'était Grandma autrefois, avec des chemisiers en vichy, des pantalons qui s'arrêtent aux chevilles, et des mules tressées qui laissent voir des pieds soignés aux ongles fraîchement vernis. Elles portent des colliers à fleur de lys, des sacs monogrammés, elles remontent leurs lunettes de designer sur le nez, et elles boivent plus de chardonnay qu'elles ne mangent. Surtout, elles ont l'air toutes tellement contentes de me voir. On dirait que ma présence les excite autant que l'alcool.

"Vous êtes vraiment gentille, de vous occuper de votre grand-mère quand elle a besoin de vous ! s'extasie Patsy.

— C'est vrai. Les liens du sang sont les plus forts", renchérit Anne.

Au moment de passer à table, j'aide Grandma à rejoindre son siège. Je lui prends la main et je la sens trembler.

"Tout va bien", je lui dis assez bas pour que personne n'entende. Elle serre la mienne en réponse.

Elle s'assoit, feuillette le livre. En tant qu'hôtesse, elle est censée parler la première. J'ignore jusqu'à quel point ses amies sont au courant de son déclin, ou encore si ce déclin se manifestera aujourd'hui. Au début, elle se contente de tourner les pages sans rien dire. Assise sur le canapé, je fais défiler Facebook sur mon téléphone, ne levant la tête que pour voir si on a besoin de moi. Je me redresse juste au moment où Patsy s'extasie sur son passage préféré, celui où l'institutrice blanche punit les enfants qui ont poussé la petite fille noire dans la boue.

"Comment elle a gardé la fillette après… dit-elle. Et elle a continué à lui faire la classe sans les autres… C'est de ça qu'on a besoin ! C'est ça qui nous manque !"

Une autre dame approuve, tout en se demandant où sont passés les autres soutiens de la fillette. Elle a bien vu les femmes en colère qui se massaient devant l'école tous les matins, à hurler et à faire des histoires, et ça l'a rendue malade. Mais elles étaient où, les femmes du bon côté de l'histoire ? Il devait bien y en avoir, tout comme aujourd'hui ! L'auteur aurait dû accorder plus d'importance à ce camp-là.

À plusieurs reprises, Grandma se lance dans une tirade qui se termine en quenouille. Je remarque l'usage excessif de l'expression "en d'autres termes" – or elle a du mal à trouver les autres termes, justement. Chaque fois que je la vois se débattre, je me précipite vers elle sous un prétexte quelconque pour détourner l'attention de ses ratés. Je lui change sa serviette, j'ajoute des fruits dans son assiette d'accompagnement, je lui remplace ses couverts en argent... Au moment où elle se lance sur les *Dufrene girls*, ces trésors ô combien convoités, je m'avance avec un pichet. Je vais pour remplir son verre, mais elle le retire juste au moment où l'eau commence à couler.

"Bon sang ! crie-t-elle quand le liquide lui tombe sur les cuisses. Tu ne peux rien faire comme il faut ?"

Elle se lève. L'eau se répand sur le parquet.

"Calme-toi, Martha, dit Patsy en attrapant des serviettes.

— Elle est censée m'aider mais elle cause plus de problèmes qu'autre chose !" poursuit Grandma.

Je me recule. Patsy sèche le pantalon de Grandma à petits coups de serviette. Debout derrière moi, Anne me caresse le dos, mais je m'écarte et finis par me retrouver sur la première marche de l'escalier, hors d'atteinte de toute la bande. Agrippée à la rampe, je les regarde qui sont aux petits soins pour Grandma. J'ai une sensation pénible dans la poitrine, comme si j'avais un bout de viande coincé entre les dents, et j'attends que l'une d'elles me dise quelque chose qui me libère. Mais comme rien ne vient, je décide de monter dans ma chambre.

Assise sur le lit, j'écoute la suite de la réunion. Grandma a ravalé sa mauvaise humeur. Elle parle de l'ascension sociale des filles, des années après : "Leur réussite n'a pas dû compter pour rien." Elle souligne tous les changements qui ont eu lieu depuis. Je l'entends dire : "Regardez King. Personne ne vient lui chercher des ennuis." Je pense à ce que disait maman, qu'il y a en nous différentes versions de nous-mêmes. Dans une autre maison, à un autre moment, je pourrais bien descendre pour leur balancer ce que j'ai appris au cours d'études africaines-américaines, lors de ma cinquième année à l'université Xavier. Je leur dirais tout bas que j'imagine très bien certaines d'entre elles aboyer après ces fillettes sur le chemin de l'école. Je pourrais faire honte à Grandma… Mais le fait est que je reste où je suis. Je sors mon téléphone pour appeler ma mère, je compose même le numéro, mais je ne veux pas lui peser. J'ai pas envie d'entendre : "Je te l'avais bien dit."

Avec mes tantes, on décide d'organiser une fête pour le retour de ma mère, et je suis bien contente que Martha m'ait laissé prendre un congé. Plusieurs jours ont passé depuis sa crise. Malgré ses excuses, le souvenir en est encore cuisant. J'ai compté mon argent hier soir. Je ne suis plus qu'à sept mille dollars du but. Plus que deux mois… Je me dis que ça va passer à toute allure. Aujourd'hui, j'ai même regardé sur internet les maisons à vendre.

Une cinquantaine de personnes s'entassent chez ma mère – les unes traînent près du comptoir de la cuisine pour tremper leurs Tostitos au citron vert dans la sauce froide, quand les autres sirotent du vin blanc dehors sur des chaises longues. Je m'occupe des plats – ça me manque de cuisiner : mettre le porc à mijoter, saupoudrer d'ail et badigeonner de miel un saumon rouge entier, verser le beurre fondu dans un puits de farine pour les petits pains maison, et puis tout le monde sait que cuisiner un jambalaya soi-même n'a pas de sens quand il est à 1,59 dollar la boîte chez Zatarain. Ma mère lave les tomates et les concombres du potager pour la salade. On aligne les plats sur le comptoir. Dès que chacun est servi, il n'y a plus un bruit dans la pièce, sinon un grognement de-ci, de-là, comme un prolongement du bénédicité que ma mère a récité avant le repas. Tout le monde, sans exception, se lève pour se resservir.

Je suis assise entre mes tantes. Elles me disent combien elles sont fières de moi ; elles ont appris que King est dans un meilleur collège et que je compte acheter une maison. Je me laisse bercer par ces louanges, même si elles m'ont pas l'air tout à fait sincères.

Le repas terminé, on pousse la table et les chaises et on met la musique. Quelqu'un propose un concours de danse. Mes cousins donnent surtout dans le *beanie weanie* et le *jubilee*, mais certains de leurs enfants se glissent entre deux pour danser le *nae nae* et le *wobble*.

J'entends des acclamations fuser de temps à autre, et des cris invitant ma tante Betty, qui est ivre, à s'asseoir.

Il y a du punch à la pastèque, dans lequel certains oncles ont versé en douce de la liqueur brune ; des bébés passent de bras en bras. Au milieu de la soirée, ma tante sort du four un gâteau *bundt** au chocolat ; on entonne *Happy Birthday*, version Stevie Wonder, à mon cousin qui a eu vingt-cinq ans deux semaines plus tôt. Il n'y a qu'une bougie sur le gâteau mais on trouve même pas de quoi l'allumer, jusqu'à ce que mon oncle, qui sent toujours la beuh, dégaine un briquet Bic de sa poche.

Au moment où on coupe le gâteau, je m'aperçois que King n'est pas là. Je traverse la maison, franchis

---

* Le *bundt cake* tient son nom du *bundt pan*, un moule strié de cannelures en spirale (un peu comme le moule à kouglof) en vogue aux États-Unis depuis les années 1960.

la porte moustiquaire, et je le découvre dans le patio, assis sur la balançoire. Il fait nuit, mais ma mère a installé des lanternes à l'ancienne tout autour de l'auvent pour la voiture ; elles éclairent suffisamment le visage de King pour que je voie combien il est dépité d'avoir été interrompu. Il est encore sur FaceTime avec Harper. Des bribes de leur conversation me parviennent :

"Tu connais pas Eric ? Il faut que je vous présente. Il est trooop cool, dit la fille.

— Non, je vois pas qui c'est. Et lui, il me connaît ?" répond mon fils.

Je secoue la tête et m'assois à côté de lui ; sur l'écran apparaît la moitié de mon visage, tout déformé ; King finit par dire à Harper qu'il doit y aller.

Une fois qu'il a raccroché, je mime une paire de claques.

"Eh, mon gars, on est à une fête, là ! T'étais avec cette fille y a quelques heures à peine. Ça pouvait pas attendre ?

— Je sais, maman.

— Ouais, c'est ça…"

Il fait un sourire niais. Ça m'inquiète, cette relation, mais j'ai bu quelques verres et il a l'air tellement heureux. Je soupire.

"Elle te plaît, hein ?

— Elle est sympa…

— Sympa ? Et alors ? Tu pourrais quand même passer un peu de temps avec ta famille ! T'as tellement peu l'occasion de voir Chase et Leah. Ils demandent après toi, et toi, t'es là au téléphone avec elle !

— Elle est gentille, maman.

— Elle doit être drôlement gentille, hein !"

Il m'interrompt avec une énergie soudaine :

"J'ai pas demandé à déménager, moi !

— Je sais, et en disant ça je sens la culpabilité qui monte, parce qu'on va devoir remettre ça dans pas longtemps.

— Naan, c'est cool. C'est pas ce que je voulais dire, il ajoute comme s'il sentait ma tristesse. Je dis juste qu'elle m'a facilité les choses. Elle m'a présenté à tout le monde. Elle trouve que je suis la personne la plus drôle qu'elle ait jamais connue, elle me l'a dit."

Il hésite.

"Je lui ai même parlé de papa. Elle m'a dit que c'était tant pis pour lui s'il venait pas nous voir.

— Moi aussi, je te l'ai dit.

— Oui, mais quand c'est elle, je le crois. Mais je suis content qu'on soit là." Puis, après un silence : "Si on était pas venus, je l'aurais jamais rencontrée."

On est toujours assis sur la balançoire. Noël est pas loin, il fait un peu frisquet, mais j'ai laissé ma veste à l'intérieur. Je reste quand même là, sans rien ajouter, la main sur la cuisse de King.

Au bout d'un moment, on rentre et on finit de débarrasser. Mes tantes sont dans la cuisine à essuyer la vaisselle. Les autres sont agglutinés dans le salon, les parents âgés sur les canapés, les plus jeunes à leurs pieds. Ma mère trône sur un fauteuil dans un coin de la pièce ; elle parle à voix basse ; au début, j'entends pas tout ce qu'elle dit, mais je peux glaner des bribes où elle parle de Josephine.

"J'arrête pas de la voir, tu sais, depuis que je suis sortie de l'hôpital."

Tout le monde se tait. La voilà repartie.

"Le plus souvent, elle est assise à une table ronde dans sa cuisine. Elle rit, elle sourit. D'autres fois, elle est plus jeune et elle est poursuivie. Je crois qu'elle essaie de me dire quelque chose…"

Ma mère me regarde. J'étais sur le point d'essuyer les comptoirs mais je m'arrête, mon torchon qui pendouille à la main.

"… De me mettre en garde contre quelque chose, continue ma mère. Contre quelqu'un."

Ses yeux sont rivés sur les miens. Je détourne le regard. Elle continue :

"L'image est tellement précise ! On me croirait pas si je décrivais ce que je vois. Un immense marais avec, tout au fond, des bandes de terre ferme. Et puis, c'est comme si elle était sur une digue, avec des hommes derrière elle. Deux hommes sur des chevaux de la même nuance de brun."

Je me crispe encore plus en l'entendant évoquer les rêves que j'ai faits, tant et si bien que certains détails me reviennent que j'avais totalement oubliés.

"Les marais, les hommes, les chevaux, les cris, la traque, elle répète. J'avais jamais réfléchi à la façon dont ils s'en étaient sortis. Vous savez, de l'esclavage. J'avais jamais réfléchi à la façon dont ils s'étaient libérés. Je m'imaginais qu'ils avaient vécu après l'abolition et que du coup ils s'étaient retrouvés libres, mais maintenant, ah, maintenant, je sais plus quoi penser. Les images, elles sont si fortes, je peux sentir l'eau croupie, j'ai sur la langue le goût des rongeurs qu'ils faisaient cuire, j'entends les chevaux qui galopent derrière eux. Du coup, maintenant, maintenant, je commence à me dire qu'elle s'est échappée.

— On dirait un film !" s'exclame une tante depuis la cuisine.

Certains cousins affichent des sourires narquois. Il y a des gens qui prennent ma mère pour une folle quand elle parle comme ça. Pas moi. Je me rappelle ce tiroir dans lequel elle conservait les vœux de ses clients, et les siens aussi : tout ce qu'elle a écrit, dans les moindres détails, s'est accompli. C'est la raison qui me fait dire à King de se préparer à partir. Dans la plus pure tradition des fêtes chez les Noirs, il faut bien quarante minutes pour embrasser tout le monde et emballer les assiettes. Ma mère me demande plusieurs fois pourquoi on passe pas la nuit ici, mais je lui réponds que je suis fatiguée. Bien sûr, c'est pas pour ça. Si encore elle avait la vision d'une maison pour King, d'une nouvelle voiture pour moi, pourquoi pas ; ça serait toujours bon à prendre. Mais les avertissements – non, merde, j'ai eu ma dose !

JOSEPHINE

1924

Le jour suivant j'attends Charlotte, mais elle ne vient pas, ni le lendemain, ni le surlendemain. Ça fait une semaine que je me suis brouillée avec Major et Eliza, et, eux, je les attends plus. Je passe des journées entières sans voir un visage. Autant j'avais peur de la solitude, autant quand elle est là, j'ai assez de souvenirs en moi pour l'affronter. Je m'occupe. Je passe plus de temps avec la Parole. Mon passage préféré : "Maudit soit l'homme qui se confie dans l'homme, Qui prend la chair pour son appui, Et qui détourne son cœur du Seigneur ! Il est comme un misérable dans le désert, Et il ne voit point arriver le bonheur ; Il habite les lieux brûlés du désert, Une terre salée sans habitants. Béni soit l'homme qui se confie dans le Seigneur, et dont le Seigneur est l'espérance. Il est comme un arbre planté près des eaux, Et qui étend ses racines vers le courant ; Il n'aperçoit point la chaleur quand elle vient, Et son feuillage reste vert ; Dans l'année de la sécheresse, il n'a point de crainte, Et il ne cesse de porter du fruit*."

Je m'assois, je voyage en moi-même. Il y a cette femme que je vois tout le temps. J'essaie de l'éviter, mais dès que mes yeux se ferment, elle revient, de

* Jérémie XVII, 5-8.

plus en plus souvent. Elle ne me ressemble pas, sa peau est plus ferme et ses cheveux plus longs, mais tout ce que je pense passe en elle ; quand je suis apaisée, c'est elle qui sourit.

Je tricote. Je déjeune, puis je fais un tour dans la propriété. Isaiah serait tellement fier de tout ce qui est sorti de ce premier hectare ! Il en avait vu une bonne partie avant de nous quitter, mais il a pas tout vu. Des fois, j'ai l'impression de le sentir dans les champs, qui déploie les étamines ou répand le pollen sur les soies de maïs.

Quand je rentre, il est temps de préparer le dîner. Au début, on se sent un peu seule, à mitonner un plat auquel personne d'autre ne va goûter, mais je m'y fais. Je mets un point d'honneur à dresser la table à la perfection, comme j'imagine que ferait Eliza, même si c'est juste pour ma pomme.

Quand Jericho arrive, j'ai l'impression de revenir d'un coup dans le monde des vivants.

"Tu m'as fait peur, étranger, je dis. Où t'étais passé ? Quand y a embrouille avec Eliza, y a embrouille avec vous tous, hein ?"

Il répond pas. Je le regarde mieux et je vois qu'il a pleuré. Je me lève aussi vite que mes vieux os me le permettent.

"Qu'est-ce qu'y a ?

— Je t'avais bien dit que ça allait arriver !"

Il se laisse tomber sur la chaise en face de moi.

"Tu m'avais dit quoi, Jericho ?"

Je me penche sur lui, et je répète de plus en plus fort, parce qu'il répond toujours pas : "Qu'est-ce que tu m'avais dit ?

— Elle est enceinte ! Eliza est enceinte ! Maintenant qu'ils vont avoir leur bébé, plus personne va penser à moi…"

Tout en le rassurant, j'essaie de faire taire ma joie. J'aurais cru que je réagirais comme lui, mais je savais pas à quel point j'avais soif de voir arriver un autre membre de ma lignée. Je reverrai jamais maman en ce monde ; quant à mes filles, ça en prend pas le chemin, et c'est pas cette nouvelle vie qui va combler le vide qu'elles ont laissé, mais ça me donne le recul nécessaire pour ne retenir que les moments les plus intenses, comme le jour de pluie où maman m'a porté au sec avec ma tête posée sur son épaule ; ou cet état de grâce le premier soir où, pendant des heures, ma fille a fait passer une pierre d'une main à l'autre pour me faire deviner où elle était.

"Tout va bien se passer, je dis.

— Non, c'est pas vrai ! C'est pas vrai ! il répète. C'est pour ça que je suis pas venu te voir. Je voulais parler à personne, même pas à toi !

— Tout va bien se passer, mon chéri. Tu vas trouver que c'est différent, et tu feras bien de pas comparer avec avant, mais le truc c'est que tu vas trouver que c'est mieux aussi, mais d'une façon que t'aurais pas imaginée."

Il hoche la tête sans arrêter de pleurer, la tête enfouie au creux du bras.

"Et puisque c'est leur bébé, ce sera aussi le tien", je dis.

Ses yeux semblent s'éclairer. Ça a l'air de faire son chemin.

"T'as jamais envisagé les choses sous cet angle ?"

Il secoue la tête.

"Puisque c'est leur bébé, ce sera aussi le tien."

Après avoir calmé Jericho, je me mets à tricoter : bonnets et chaussons, couvertures et layettes. Mon petit doigt me dit que c'est une fille et qu'elle va naître dans l'hiver ; elle aura besoin de gilets de laine, et pourquoi pas coudre des roses sur les poches ?

J'annonce la nouvelle à tout le monde. Quand je fais mes promenades, je distribue des glaces à l'eau aux ouvriers ; je m'assois avec Theron, qui aspire bruyamment le sucre, et je lui explique qu'Isaiah m'a fait comprendre que c'est une fille : j'ai rêvé qu'il me montrait une tête bouclée, et comme j'arrivais pas à distinguer sa figure, il a dit : "Il suffit de la regarder." Je précise pas qu'une fille compenserait les deux qui m'ont quittée. Je me sens pas obligée de mentionner cette partie-là.

La dent que j'avais contre Eliza n'est bientôt plus qu'un souvenir. Tous les jours je suis à son chevet. Sa mère travaille, et en plus elle sait pas y faire. Les premiers mois, Eliza a des nausées terribles ; c'est tout juste si elle peut quitter le lit. Ce sont les galettes de maïs qui lui calent le mieux l'estomac. Debout devant la cuisinière, j'en fais frire à tour de bras. Au début, on se parle pas beaucoup. Je lui lis mes passages préférés de la Bible, et elle a pas l'air contre, mais elle me demande pas non plus de continuer. Un jour, de dépit, je pose le livre.

"Va bien falloir que tu me parles. Si je suis là à te tenir compagnie pendant tout ce temps, va falloir que tu me dises au moins un mot gentil. Je sais bien que t'es en colère à cause du boulot que j'ai donné au fils d'Aristide, mais si tu savais ce qu'on a vécu, mon mari et moi, et aussi Aristide… Je pourrais plus me regarder dans la glace si je faisais pas ça pour son enfant. Non, je pourrais plus."

Elle acquiesce. Sa tête est tournée vers la gauche et je vois une larme glisser le long de sa joue.

"C'est pas ça, elle dit. Je sais bien pourquoi vous lui avez donné ce travail."

Je suis interloquée.

"Ben alors, t'as changé d'avis ?

— Non, j'ai toujours su. Mais maintenant que je suis mariée, ma mère dit que je dois prendre le parti de Major. L'ennui, c'est qu'il tient compte que de l'avis de mon frère. Et mon frère s'est tellement fait traiter d'idiot qu'il écoute tout ce qu'on raconte."

J'éclate de rire.

"Alors pourquoi t'es comme ça ?

— Je déteste comment je suis maintenant, avoue-t-elle en détournant le regard. Dépendante. Si j'ai besoin de pisser, faut que vous soyez au courant."

Elle lève les bras au ciel.

"C'est que j'ai pas l'habitude ! Je sais pas si je vais arriver à supporter ça.

— Mais si, tu le sais bien, je dis. C'est la seule chose que tu saches vraiment."

Elle répond pas mais elle continue à parler, le regard perdu dans le vague.

"Ma grand-mère a mis un an à mourir. Chaque jour que Dieu faisait, le pasteur disait que ce serait le dernier, mais ça a duré comme ça une année entière. Au point que quand c'est vraiment arrivé, personne y croyait plus. On avait payé notre voisine pour la veiller pendant qu'on irait à un dîner de sororité*, et puis quand on est rentrées, la grand-mère avait rendu l'âme. La voisine nous attendait à la porte, elle nous a lancé un regard de dégoût et

---

* Association de femmes, souvent constituée d'étudiantes ou d'anciennes étudiantes d'une même université.

elle a dit, sans la moindre pitié : « Elle est morte. »
Elle nous reprochait d'avoir abandonné une gra-
bataire à l'agonie, mais nous, on savait pas. On
savait pas ! Elle avait traîné si longtemps, et c'est
pour ça qu'on s'était dit qu'on pouvait sortir sans
risque.

— Y a des fois où c'est comme ça, je dis. Cette
dame aurait pas dû te blâmer. On a pas le pouvoir de deviner ce qui va arriver. Tout est entre Ses
mains. Tout est entre Ses mains."

Elle hoche la tête.

"Si je raconte tout ça, c'est juste pour dire que
c'était moi qui la veillais. J'avais pas encore commencé à enseigner et j'étais toute seule à la maison.
Le nombre de fois qu'elle s'est vidée des deux côtés,
avec moi qui devais la laver ! J'étais assise là, et il se
passait pas une minute sans que je souhaite que le
Seigneur achève son œuvre et la prenne avec lui.
J'en ai jamais parlé à personne. J'ai pleuré comme
un bébé quand elle est morte, mais des fois je me
demande si c'est pas arrivé à cause de moi."

Par réflexe, je lui prends la main, je la serre.

"Je te le redis : t'as pas ce pouvoir-là. Je te l'ai dit
et je le répète."

Elle secoue la tête.

"C'est d'être coincée ici qui me rappelle tout ça.
Je voulais tant que tout soit fini ! Je suis contente
d'avoir un bébé mais je me demande si je le mérite,
après ce que j'ai fait."

Je garde le silence. La plupart du temps, le plus
important c'est d'être là.

Puis je dis : "Personne peut regarder quelqu'un
d'autre souffrir, surtout quelqu'un qu'on aime. T'as
voulu qu'elle meure, et t'as bien fait."

Elle répond pas, regarde ailleurs, puis elle se tourne vers moi. Ce qu'elle dit alors me surprend – et à mon âge, ça m'arrive pas souvent.

"Je me demandais si vous voudriez bien vous occuper de l'accouchement, si vous pouviez. J'allais chercher un docteur, mais je vous fais toute confiance, et je me dis que ce serait plus personnel. Je sais que vous avez arrêté, sauf exception."

Je prends mon temps pour répondre, même si j'ai pas trop le choix.

"C'est comme le vélo, je dis. Ça s'oublie pas."

Elle secoue la tête.

"Les bébés et moi, c'est comme ça."

Après ça, elle me demande de lui parler de Major quand il était petit. Et je vais chercher dans ma mémoire toutes les images que j'ai encore : il se barbouillait la figure de myrtilles, des cagettes entières ! Il aimait me raconter ses rêves le matin – il y avait toujours un monstre qui voulait l'attaquer, mais il était sauvé au dernier moment par des baleines sans dents ou des lions sans cœur.

Je lui masse les pieds jusqu'à ce qu'elle ait les yeux qui chavirent, je l'empêche de se lever pour mettre les assiettes dans l'évier ou faire la vaisselle, et chaque jour, je dis une prière pour elle avant de partir – parce que c'est ce que j'aurais voulu pour moi. Mes filles sont à des kilomètres, et j'ai jamais pu être au pied de leur lit pour les voir s'abandonner au torrent de la vie. Jamais. Mais là, je peux. Pas faire comme si c'était ma fille – impossible, mes enfants sont foncées, larges des hanches et des épaules, comme moi –, mais lui ouvrir le repli de mon cœur qui leur était réservé. Et voilà que d'un seul coup, en la regardant, je vois la chair de ma chair, et ma vie se fond dans la sienne. Maintenant, c'est à moi de l'amener à bon port.

Jericho vient me voir. Avec lui, je cache ma joie. Je lui ressers des bouts de mes vieilles histoires, en insistant sur les passages qu'il aime bien ; je lui prépare ses plats préférés : des spaghettis au fromage, des cous de dinde avec du riz en sauce. Tu vas avoir une sœur, je lui dis, et ce sera à toi de la protéger. Quand Eliza verra combien tu l'aimes, elle t'aimera d'autant plus ; t'auras la cote !

Et Major… chaque fois que je le regarde, ça me renvoie d'un coup à tous ces autres lui : dans son costume blanc de Pâques, à l'église, qui vomit sur moi en s'étouffant avec une arête – j'ai bien cru le perdre, cette fois-là ! Ou quand il m'a remis le bébé de sa première femme – il ressemblait tellement à son papa quand je lui ai donné des enfants ! Toutes ces images s'entremêlent et se fondent dans ce moment unique, et c'est trop, beaucoup trop…

Les larmes, je les avais laissées derrière moi en rejoignant le monde libre. En quittant la plantation, j'avais décidé qu'elles me suivraient pas. C'était une façon de couper le passé du présent, et si j'avais pas tracé cette ligne, la joie pourrait déferler en moi maintenant, mais aussi la profusion de la vie, son immensité, la façon terrifiante qu'elle a de faire refluer tout ce qu'on a vécu, le chagrin comme le reste, et on reconnaît plus rien.

Avec tout ça qui s'agite dans ma tête, quand la femme blanche revient, je contrôle rien, je suis pas à l'écoute.

Au début, elle est plus hésitante que jamais. La marque autour de son œil a guéri, mais elle est si fraîche dans ma mémoire que je la vois toujours.

"Entrez donc, vous savez que vous pouvez, depuis le temps !" je dis.

Elle est toujours plantée sur le seuil.

"Allez, restez pas là, vous savez que c'est bon", je répète.

Elle avance, lentement, mais au moins elle avance.

"Comment va, étrangère ? je demande une fois qu'elle est assise. Vous avez pas arrêté, ces jours-ci, hein ?"

Elle hoche la tête.

"J'ai rejoint un nouveau groupe, explique-t-elle. Une association de femmes. Vous seriez fière de moi. Quand il a fallu se présenter, j'ai dû me forcer à parler plus fort pour qu'elles m'entendent, mais la réunion était pas terminée que je me suis engagée comme trésorière."

Oh, magnifique, béni soit Dieu.

"C'est très bien, ma chérie !

— Oui, j'ai pensé à vous. Je me suis dit : « Qu'est-ce que Josephine ferait ? » Puis je me suis dit : « Josephine serait sûrement fière de moi. » C'est pas un poste très difficile, ils auraient peut-être pu le confier à un enfant, mais la dame avant moi est tombée enceinte et elle a déjà trois petits, elle a besoin de s'arrêter un moment. Vous vous imaginez, quatre enfants en bas âge ?" Elle se tait de nouveau. "N'empêche, j'ai fait trois ans de collège, et j'ai plutôt bien compris le système de la brave dame. Ils devraient être contents de mon boulot, du moins je l'espère.

— Ils auront toutes les raisons de l'être, Charlotte, j'en suis sûre. Je suis très fière de vous !"

J'hésite à dire la suite – ce qui vaudrait mieux, je suis bien placée pour le savoir –, mais je me fais du souci pour elle : "Et avec Vern ? Ça s'arrange ?

— C'est bien d'être occupée, dit-elle sans répondre à la question tout en y répondant. Il fait des efforts. Je l'ai emmené dans le groupe aussi, le même que le mien – mais pour les hommes, évidemment. Ça le pousse à être un peu plus sociable. Il a des gens à qui parler, ça le remet sur des rails. Il est moins en colère quand il rentre, vous savez. Donc oui, j'imagine que ça s'arrange."

C'est là que je lui dis, sur le même ton que je l'ai dit aux autres, que ma belle-fille est enceinte. Je peux pas m'en empêcher, comme si j'étais sur le point d'exploser.

Son silence finit par me faire taire. Je la regarde. Les autres avaient tout de suite réagi – il se passait pas une seconde entre ma joie et la leur. Mais là, y a un temps de retard.

"Oh."

Elle se tient le ventre, comme si elle était à deux doigts de vomir. Elle dit rien ; elle se contente de lisser ma nappe avec sa main aux ongles sales.

"Vous avez dû l'aider ?" elle finit par demander.

Je secoue la tête.

"Elle est jeune, en bonne santé. Ils sont mariés que depuis quelques mois. Je suis désolée – pas pour ce don, Dieu me l'a accordé, et je l'accepte –, je suis désolée pour votre chagrin, vraiment. C'est malheureux, une situation comme ça, et j'en suis désolée pour vous."

Elle marmonne quelque chose.

"Qu'est-ce qu'il y a ?"

J'ai pas entendu. La partie supérieure de mon esprit me dit de laisser tomber, que ça me concerne pas, mais il m'arrive de me laisser mener par la partie moins noble.

"Vous pouvez répéter ?

— J'ai dit : « Pas assez désolée pour faire quelque chose. »"

Cette fois, elle a parlé plus fort. Elle s'est enhardie ces dernières semaines. Alors ça me revient : ce groupe de femmes, dont elle est devenue trésorière... Y a des gens qui réagissent mal au pouvoir ; confiez-le à un esprit meurtri, il le ronge ; à un cœur doux et intact, il va s'épanouir et fructifier.

"J'avais presque oublié, on a une réunion à deux heures." Elle baisse les yeux, les relève aussitôt. "Je passais juste vous donner des nouvelles.

— Ben, ça m'a fait plaisir, Charlotte. Ne vous éloignez pas..."

J'ai pas le temps de réagir qu'elle me prend dans ses bras – c'est rapide et à peine appuyé –, puis elle se lève et sort sans un mot. La tête haute, à ce que je vois. Depuis que je la connais, je l'ai toujours vue marcher les yeux baissés, mais cette fois c'est la tête haute. Longtemps après son départ, je sens le contact de sa peau – une chaleur poisseuse.

La sensation de la peau, et tout ce qui va avec.

JOSEPHINE

1855

Je n'avais guère vu Miss Sally depuis que maman et moi avions stoppé l'hémorragie. Sitôt que j'avais une minute de libre – quand je n'étais pas à plier le linge ou à garder les petits –, la maîtresse ajoutait un drap à ma pile ou montrait du doigt la poussière sur sa commode. Elle s'arrondissait. Toutes les heures, il fallait soit la changer de position soit lui relever les pieds. Pendant que j'étais là à la servir, elle n'arrêtait pas de se plaindre : d'abord de la chaleur puis, quand elle avait épuisé le sujet, c'était au tour de sa mère, mais tout ça c'était pour en revenir à sa cible préférée, et cette cible s'appelait Tom.

"D'habitude, je peux pas m'en décoller, disait-elle ce jour-là. Mais depuis que je suis enceinte, il m'a pas touchée. Il y a des hommes qui peuvent s'en passer. C'est maman qui m'a expliqué ça : certains y arrivent, mais Tom fait pas partie du lot, c'est tout."

J'avais rempli une bassine d'eau chaude et j'attendais qu'elle tiédisse.

"Ta mère, qu'est-ce qu'elle fabriquait hier soir ?" elle a ajouté.

J'ai plongé le doigt dans l'eau. Elle n'était pas trop chaude mais je connaissais la maîtresse. Elle l'aimait presque froide. Des fois, je me disais qu'on perdait notre temps à la faire bouillir.

"Ma mère ?" j'ai repris, en essayant de ne pas me montrer nerveuse.

Le tirage au sort avait lieu dans quelques jours à peine, et on avait vraiment pas besoin d'attirer davantage l'attention sur maman.

"Elle a préparé mon dîner et elle m'a tenu compagnie pendant que je mangeais. Après, on est allées se coucher, je dis.

— T'es sûre de ça, ma fille ?

— Oui, Madame."

Puis je l'ai aidée à enlever son jupon et à entrer dans l'eau.

Dès que j'ai pu, j'ai pris maman à part pour l'avertir, mais elle a balayé mes craintes d'un revers de main.

"C'est une femme faible, qui se raccroche à n'importe quoi pour pas tomber", elle a dit.

Le soir du tirage au sort, en parcourant les trois cents mètres qui nous séparaient du marais, j'ai remis le sujet sur le tapis, mais maman m'a lancé : "Je veux plus entendre parler de la maîtresse ce soir !" Tom avait de la compagnie, et maman avait dû attendre plus longtemps pour débarrasser, si bien qu'on était les dernières à arriver au carrefour.

Les autres tournaient autour de l'autel en traînant les pieds ; ils se tapaient sur les cuisses, dodelinaient de la tête, balançaient les épaules et ondulaient des hanches. Ils chantaient aussi, et en nous voyant ils ont entonné leur chant de toutes leurs forces :

O brothers will you meet me,
O brothers will you meet me,
O brothers will you meet me,
On Canaan's happy shore* ?

Papa s'est levé, il a fait irruption au milieu du cercle, sautillant sur un pied, puis sur l'autre. Les mains derrière le dos, il secouait le buste d'avant en arrière, expirant sur la montée, puis inspirant jusqu'à ce que je m'attende à le voir tomber.

By the grace of God I'll meet you,
By the grace of God I'll meet you,
By the grace of God I'll meet you,
On Canaan's happy shore**.

Il s'est avancé vers l'autel – il avait l'air de flotter en marchant –, puis il s'est incliné devant lui. Le chant s'est apaisé. La danse a ralenti. Maman s'est tournée vers nous.

"Appelez les choses qui ne sont pas comme si elles existaient.

— Appelez les choses qui ne sont pas comme si elles existaient, on a répété, paumes tendues vers le ciel.

* "Oh frères, voulez-vous me rejoindre / Sur les rives bienheureuses du pays de Canaan ?" *On Canaan's Happy Shore* (connu aussi sous le titre *Say, Brothers, Will You Meet Me?*) est un cantique célèbre composé dans les années 1850 ; l'air en a été repris pour *John Brown's Body* et *Battle Hymn of the Republic*. Chanté par les Blancs comme par les Noirs, il est très proche du vieux spiritual africain-américain *We'll March Around Jerusalem*.
** "Je vous rejoindrai, à la grâce de Dieu, / Sur les rives bienheureuses du pays de Canaan."

— Appelez les choses qui ne sont pas comme si elles existaient", a dit maman de nouveau.

Et de nouveau on a répété très fort après elle.

"Maintenant, inspirez profondément. Inspirez, expirez. Inspirez, expirez. Fermez les yeux. Tournez votre regard à l'intérieur de vous. Laissez-vous dériver dans une région plus subtile de votre esprit, celle que vous ne montrez à personne – je dis bien personne ! Cette part qui se souvient de votre arrivée dans ce monde, qui connaît la minute exacte où vous en sortirez... Je vous demande de l'ouvrir, de vous en servir, pour considérer votre mère, pour concentrer votre esprit sur son visage. Était-il ridé ? Noir ? Combien de dents avait-elle quand elle souriait ? Ou alors souvenez-vous de votre femme, de votre mari, de votre enfant. Vous avez rien de tout ça ? C'est pas grave. Si vous avez rien de tout ça, pensez à votre souffle. Vous avez jamais eu besoin de dire à votre cœur de battre, pas vrai ? à vos poumons de se gonfler et de se dégonfler ? Quelque chose en vous le savait, tout simplement. Qui ça ? Qui ? Vous savez qui. C'était la part en vous qui subsistera quand nous serons tous morts et enterrés. C'est la part en vous qui se souvient d'avoir marché librement, d'avoir respiré un air libre, d'avoir donné le jour à des enfants libres. C'est l'esprit de Dieu qui vit en vous. C'est l'esprit de vos ancêtres qui vous guide et vous protège ! Remerciez-le ! Dites-lui bonjour. Abandonnez-vous à lui, laissez-le guider votre esprit, commander votre corps. Demandez-lui de vous aider à fuir d'ici..."

Pendant ce temps, le chant s'est élevé de nouveau, doucement au début :

O brothers will you meet me,
O brothers will you meet me,
O brothers will you meet me,
On Canaan's happy shore.

Puis de plus en plus fort :

By the grace of God I'll meet you,
By the grace of God I'll meet you,
By the grace of God I'll meet you,
On Canaan's happy shore.

O brothers will you meet me,
O brothers will you meet me,
O brothers will you meet me,
On Canaan's happy shore.

By the grace of God I'll meet you,
By the grace of God I'll meet you,
By the grace of God I'll meet you,
On Canaan's happy shore.

Maman a agité la cloche et on a rouvert les yeux. Elle a soulevé le panier qu'elle avait posé sur l'autel et elle l'a secoué – ça cliquetait à l'intérieur. Puis elle y a plongé la main et en a sorti une pierre si petite que je la voyais à peine, jusqu'à ce que maman la lève à hauteur de ses yeux. D'un visage impassible, elle nous l'a montrée, mais je pouvais lire la réponse dans son expression muette : elle restait.

Sans rien laisser paraître, elle a traversé le cercle avec le panier brandi devant elle, comme si elle n'avait pas placé tous ses espoirs dans cette nuit.

Les autres ont tiré au sort. Earl restait, puis Miss Bertha, Agatha, Elijah, Belle. J'ai commencé à me demander s'il n'y avait pas erreur, si on n'avait pas oublié d'apposer la marque de l'étoile. Pendant ce temps, nous chantions toujours, et nos voix s'élevaient avec une ardeur nouvelle, puissante :

By the grace of God I'll meet you,
On Canaan's happy shore.

Il n'en restait que trois : Lionel et puis Seamus, et enfin papa. Je me demandais si ce serait Lionel ou Seamus. Vu que Lionel avait sa famille à la plantation, ils en avaient plus besoin que Seamus, qui avait le teint clair comme de la pâte à crêpe.

Il y a eu un froissement dans l'herbe juste derrière nous, et on a chanté encore plus fort parce que rien n'effraie autant les Blancs que le Saint-Esprit. Seamus, qui se trouvait à côté de l'autel, a répandu son contenu sur le sol. Maman a fait glisser les pierres restantes dans sa jupe. En silence, elle s'est dirigée vers le bruit. On a continué de chanter, les yeux droit devant nous, jusqu'à ce que je sente sa présence. Je me suis retournée. Jupiter. Il n'était pas censé être ici. J'ai regardé papa pour protester, mais il chantait toujours, se préparant pour le tirage. Jupiter s'est agenouillé à côté de moi comme si c'était sa place habituelle, et il s'est mis à me dire des choses sans remuer les lèvres : que nous étions les élus, que nous étions libres, que nous étions nés pour être libres, et que personne allait nous en empêcher. C'était pas une course dans un tunnel sans fin. Oui, on avait couru à toutes jambes en moulinant des bras ; on avait fui, et déjà on regardait derrière nous pour pleurer l'immensité de notre perte… mais c'était bien fini, et j'allais le voir maintenant avec lui. De la main, il a dissipé le brouillard devant nos visages, et en plissant bien fort les yeux, je me vis, mais ce n'était pas moi ; c'était une femme, la femme très belle que je voyais toujours en rêve. Elle se tenait là, toute seule, mais sa fille revenait vers elle.

Seamus a tiré au sort, puis Lionel. Aucun des deux ne partirait.

Après, c'était le tour de papa.

Il n'avait pas encore tiré sa pierre que Fred s'est mis à crier :

"T'as arrangé le coup pour ton homme ! C'est ta famille… Une chance pareille, ça existe pas !"

D'un seul regard, Jupiter l'a réduit au silence. Papa a tiré, et maman a fait oui de la tête, déclenchant une ovation générale. Les autres ont hissé papa sur leurs épaules. J'ai levé les yeux vers lui, puis j'ai regardé maman ; elle était contente – pas tranquille, mais contente. Vu la tête de Jupiter, lui aussi pensait que papa avait tiré son billet pour le Nord. J'ai relevé les yeux vers papa, qui entonnait un chant que je n'avais encore jamais entendu :

> *And he'll open the door,*
> *Yes, he'll open that door*
> *And it won't be long*
> *No, it won't be long*
> *Up beyond the velvet pass*
> *below the reeds*
> *and through the haunted grass*

I'll press on to the largest star
*that will lead me on**

Il prononçait les paroles à voix basse en levant le poing. Sans un sourire.

Quand on est rentrés chez nous, on entendait la joie résonner encore dans le quartier des esclaves. Maman a dit qu'après avoir passé des mois à envisager la liberté pour un proche, à s'y préparer, à la désirer au rythme de son cœur, on en oubliait la séparation. Les autres étaient contents pour papa, oui, mais ils étaient aussi devenus lui.

Papa et maman étaient assis à table.

"On a toujours dit que t'avais de la chance, Domingo, mais deux fois de suite…"

Maman a secoué la tête, qu'elle avait posée sur les genoux de papa. Il lui entortillait une mèche de cheveux au sommet du crâne, là où elle les avait le plus dru.

"Moi non plus, j'aurais jamais pensé, a-t-elle poursuivi. Quand j'ai pas tiré la pierre, j'ai su seulement qu'on partirait pas. J'étais déçue, parce que je l'avais vu, tu sais, j'avais même senti l'ourlet de ma robe tournoyer autour de mes chevilles, j'avais senti la main de Josephine dans la mienne. Mais plus que déçue, j'étais troublée, comme si tout ça, la préparation, la prière, la foi, la vision, c'était du vent, comme si je m'étais fait toute une histoire. T'as déjà ressenti ça ? Tu t'es jamais posé la question ?"

---

* "Et il ouvrira la porte / Oui, il ouvrira cette porte / Et ça ne sera pas long / Non, ça ne sera pas long / Derrière le velours de la nuit / sous les roseaux / et à travers les champs hantés / Je cheminerai vers l'étoile la plus grande / qui me guidera."

Papa n'a rien répondu, puis il a retiré les mains de ses cheveux.

"Tu m'as vu courir à côté de toi ? il a demandé.

— Bien sûr."

Puis, après une hésitation, il a ajouté :

"T'es sûre que c'était moi ? Ou bien Jupiter ? Je sais que lui aussi avait l'idée de s'enfuir."

Il s'est levé d'un bond, et la tête de maman est tombée sur la chaise où il était assis.

"Eh ben, il pourra pas, elle a répondu en se redressant. Il a pas tiré la pierre. Il a pas eu autant de chance que toi."

Et ça, elle l'a dit comme si elle regrettait que les choses aient pas été autrement.

Papa s'est mis en colère.

"Tu voulais que ce soit lui, pas vrai ? Avoue !"

Il ne l'a pas frappée – jamais il n'aurait levé la main sur elle – mais j'ai bien cru qu'il allait le faire ; j'ai mis mes mains sur mes oreilles et j'ai fermé les yeux. Je m'imaginais comme la femme que je venais de voir. Elle avait une famille, elle n'était pas avec sa famille comme j'étais avec la mienne, mais elle avait quelqu'un qui veillait sur elle, qui cognait à la fenêtre, sauf que la femme n'avait jamais eu l'idée de la laisser entrer.

"Mais je le connais à peine, cet homme, tu le sais bien ! a continué maman. Commence pas avec ça !

— Alors dis-le, que t'es contente que je parte avec toi ! Dis-le, pour voir !"

Mais c'était plus une supplication qu'une menace.

"Très bien. Je suis contente que tu viennes avec moi. Voilà."

Et elle s'est mise à pleurer. Papa ne pleurait pas, mais il aurait dû – je voyais un petit garçon qui sanglotait en lui.

"Non, arrêtez ! j'ai crié. Arrêtez !"

Ils ont accouru vers moi. Ils étaient catastrophés. Ils me caressaient la tête, la pressaient contre leur cœur. Ils se sont pris la main.

"Bientôt on sera tous ensemble, a promis papa. Tout va bien se passer.

— Mais on est déjà ensemble !" j'ai dit.

Papa et maman se sont contentés d'échanger un regard.

AVA

2017

Quelques jours après la fête chez ma mère, je ramène King de chez Harper quand mon portable sonne. En regardant l'écran, je vois que c'est un numéro inconnu, et qu'il m'a déjà appelée cinq fois sans laisser de message.

Je réponds. C'est Juanita. Grandma Martha a disparu depuis des heures. Elle et Binh ont fouillé la maison de fond en comble. Ils craignent qu'elle soit sortie en douce. Ce qui les inquiète surtout, c'est le tramway. Binh a proposé de faire St Charles Avenue dans les deux sens pour s'assurer qu'elle n'est pas en train d'errer sur la voie. Je rentre à toute vitesse, en passant à l'orange, et je me gare devant la maison. Juanita est dehors avec une lampe de poche et elle appelle Martha. King et moi on la rejoint, puis on décide d'aller frapper chez les voisins.

On dépasse la maison, la ligne de tramway sur notre gauche, les lampes à gaz des demeures voisines brillant sur notre droite. Des chênes bordent le trottoir – leurs racines soulèvent la chaussée, créant des bosses et des dénivelés entre chaque pâté de maisons. La circulation est ralentie à cette heure de la soirée ; les conducteurs qui arrivent à notre niveau se retournent et nous regardent d'un sale œil.

On est presque arrivés à Jefferson Avenue quand on entend une voix étouffée qui appelle : "Neuf, un, un, quelle est votre urgence ?"

C'est l'alerte médicale de Grandma. King court dans sa direction, suivi de près par Juanita et moi. La voix provient d'une maison à double galerie, à deux rues de chez Grandma. En approchant, je me rends compte que le portail de derrière est ouvert. J'entends de nouveau la voix : "Neuf, un, un, quelle est votre urgence ?" Par le portail entrebâillé, on aperçoit Grandma recroquevillée entre deux buissons, vêtue d'une veste trop grande.

King s'élance vers elle. Juanita et moi sommes juste derrière lui.

"Grandma !" je m'écrie en arrivant auprès d'elle.

Elle cligne des yeux plusieurs fois. La porte derrière la maison est vitrée. En regardant à travers les carreaux, je constate que le salon ressemble un peu à celui de Grandma. J'aimerais qu'on décampe avant que le propriétaire nous voie.

"Grandma, qu'est-ce que tu fais là ?"

Je suis toujours fâchée contre elle – j'ai pas oublié l'incident avec son groupe de lecture – mais je suis soulagée aussi. Je l'attire vers moi.

"Je cherchais les cabanes", dit-elle en se levant.

Elle a les jointures en sang, tout écorchées par les épines. Le propriétaire apparaît. J'essaie de lui faire signe, de lui expliquer plus ou moins la situation par gestes, mais je le vois sortir son portable.

Je demande à King de prendre Grandma par l'autre bras, et on l'entraîne vite fait jusqu'au trottoir.

Pendant ce temps, Grandma dit des choses sans queue ni tête.

"Je vois les champs mais je n'ai pas vu les cabanes. Je voulais m'excuser encore auprès de toi, pour l'autre jour, mais je n'ai pas vu les cabanes.

— C'est bon, Grandma, t'inquiète pas pour ça. C'est bon."

On est tout près de chez elle. Une fois que nous sommes rentrés, je l'installe à la table de la salle à manger avec une tasse de thé.

"Son état empire, elle a des hallucinations maintenant, me chuchote Juanita. J'ai déjà vu ça avant. C'est courant. Mais elle ne peut plus rester seule.

— Tout à fait d'accord", je dis.

Je retourne voir Grandma et je lui caresse l'épaule.

"On est si contents qu'il ne te soit rien arrivé, Grandma !

— Oh oui ! Mais je me demandais qui était ce beau garçon de couleur.

— Grandma, on ne dit pas ça !"

Je n'ai jamais été aussi sèche avec elle. King ne l'entend pas, mais il aurait pu.

"Qui est-ce ? insiste-t-elle. Celui qui m'a trouvée ? C'était un gentil garçon, il mérite une récompense."

Cette nuit, impossible de m'endormir ; quand j'y arrive enfin, je me réveille au bout d'une heure. Je crois entendre chanter, un cantique ancien et grave qu'un orgue accompagnait dans la vieille église de ma mère. Il est deux heures du matin, mais les voix sont si proches que je m'attends à voir leur source dès que j'aurai mis le nez à la fenêtre. J'écarte le rideau et je regarde dehors – rien, à part un pigeon ; il ne gratte pas le sol, n'a pas l'air de

vouloir s'envoler, mais il reste là, poitrine bombée, comme un homme. Je tire complètement le
rideau. L'oiseau lève vers moi ses yeux rouges qui
clignotent. Le chant cesse.

Je dois me faire violence pour annoncer à King qu'on s'en va. Je me sens très mal – et lui qui vient de m'avouer ses sentiments pour cette fille, Harper ! En plus, il ne comprendra pas ma précipitation. Il n'est pas conscient de l'état de Grandma. Il sait qu'elle décline, mais il ne l'a pas entendue l'appeler "garçon de couleur", il ne sait pas qu'elle cherchait des cabanes.

"On pourrait trouver un moyen pour te faire rester dans ce collège, King, je propose. Mais de toute façon, il va bien falloir qu'on se débrouille tout seuls. Tu grandis – et moi je vieillis, merde… Il est grand temps qu'on se débrouille tout seuls", je répète.

Il ne répond même pas, fait comme s'il ne m'entendait pas. Il met ses nouveaux écouteurs et se tourne vers la fenêtre.

Après l'avoir déposé à l'école, je passe prendre ma mère. Elle va mieux, mais elle n'est pas encore capable de conduire. On a rendez-vous avec Hazel.

Une fois arrivées chez elle, on s'entraîne aux exercices de respiration et de visualisation, on l'aide à ébaucher un plan de naissance.

Elle va mieux. Elle dit qu'elle commence à s'impatienter, qu'elle n'a plus peur. Le père a refait surface. Il a juste un peu craqué. Quand il se sent débordé, il s'enfuit, mais ils se sont mis d'accord sur ce qu'il faut faire pour se retrouver quand ça va pas, et il a pas l'intention de se défiler.

Pas besoin de regarder ma mère pour savoir que ça lui fait ni chaud ni froid.

"Qu'il soit là ou pas, tu vas t'en sortir, Hazel.

— Je sais, miss Gladys, je disais seulement qu'il sera là cette fois."

Ma mère la fixe d'un air dur jusqu'à ce qu'Hazel croise son regard.

"Qu'il soit là ou pas, Hazel", elle répète.

Hazel se détourne, un peu comme je faisais quand j'étais enfant et que ma mère me grondait. Le silence s'installe, avec Hazel qui baisse la tête et ma mère qui ne la quitte toujours pas des yeux.

"Comment tu te sens, maman ? je demande pour faire diversion. T'as l'air en forme.

— Mieux que jamais, claironne-t-elle. Je suis juste contente d'être sortie de l'hôpital avant d'avoir attrapé une pneumonie. Dans mon état, un truc pareil pourrait m'envoyer au cimetière."

On parle de King et de sa "tite copine beige", comme maman l'appelle.

"Oh, pauvre chou ! s'exclame Hazel. J'ai des copines avec qui je pourrais le brancher. Certaines ont pas encore de gosses.

— Voyons, ma fille !" je dis en rigolant, même si j'ai bien envie de considérer la proposition.

Pour la première fois depuis sa sortie de l'hôpital, ma mère me demande des nouvelles de Grandma. Je lui dis que j'ai commencé à regarder les maisons à vendre. Je dois attendre d'avoir assez d'argent pour l'apport, mais y en a pas pour longtemps. Ça ira vite.

Je me retiens plusieurs fois d'en dire plus sur ce qui s'est passé la veille – Grandma qui a fait une fugue pour la première fois, les heures de Juanita que j'ai dû augmenter –, mais j'ai honte de m'être fourrée dans cette situation, pour commencer, et puis d'avoir laissé les choses aller si loin. Ça me faisait tellement de bien de sentir qu'Hazel avait besoin de moi, j'ai pas envie de baisser dans son estime.

D'ailleurs, ma mère n'a pas besoin d'en entendre davantage pour me dire :

"Reviens à la maison.

— Maman, j'arrête pas de t'expliquer que…

— J'ai eu une autre vision la nuit dernière.

— Oui, je sais, les marais."

Elle secoue la tête.

"C'était différent cette fois. Je t'assure, j'ai vu une maison, et c'était exactement comme celle dans laquelle tu es. Ces chênes au-dessus, les volets, l'allée…

— Maman ! je lance d'un ton plus cinglant que je n'aurais voulu. C'est moi que ça regarde", je reprends d'une voix apaisée.

Le silence s'installe, et le malaise est encore plus palpable que tout à l'heure. Je vois Hazel qui sort son portable. Je parierais qu'elle ne fait rien dessus, elle tue le temps en attendant qu'on se barre.

Pour rompre le silence, ma mère revient à la charge, comme si je n'avais pas mis fin à la conversation.

"D'accord. Mais dis-toi bien que tu n'as rien à prouver. Rentre à la maison, et tu verras la situation d'un autre œil. Je veux pas te cloîtrer, Ava, je sais que tu as ta vie, mais tu te sentiras mieux si tu te mets en position de force."

Le reste de la semaine s'écoule lentement. King m'en veut toujours d'avoir parlé de déménager, mais il y a la cérémonie de fin de semestre à son collège, où il reçoit le prix du "modèle d'excellence" pour sa réussite scolaire. Tout de suite après, je me précipite dans les coulisses pour le retrouver. J'aperçois Harper et un autre garçon – un blond avec un appareil dentaire ; ils sont en train de prendre des selfies. Tous deux sont au milieu, flanqués de King et Claire de chaque côté. Après la photo, Harper demande à King s'il veut venir avec eux manger une pizza chez Reginelli. Il répond que non, qu'il est fatigué.

On marche jusqu'à la voiture et on rentre à la maison. Je me tourne presque à chaque feu rouge pour lui dire :

"Je suis très fière de toi !

— Je sais.

— Non, vraiment, c'est un nouveau collège, assez exigeant en plus, mais tu t'es pas laissé démonter. T'y es allé et t'as brillé, à tous les niveaux", j'ajoute, mais il regarde toujours la vitre.

Je commence à lui demander s'il y a quelque chose qui va pas, si c'est le déménagement ou autre, mais je vois bien qu'il est pas d'humeur. Quand on arrive à la maison, je m'attends à ce qu'il monte directement à sa chambre, mais non. On reste un moment assis dans le salon. Enfin il se tourne vers moi.

"Je me disais que je pourrais peut-être aller à la patinoire avec Harper, juste elle et moi. Tu pourrais nous y amener ?"

J'accepte – à la fois pour qu'il aille mieux, et parce que je sais que d'autres changements se préparent de ce côté-là.

"Ce week-end ? il demande encore.

— OK."

Il m'embrasse sur la joue et file à l'étage.

Au cours de la semaine, l'état de ma mère s'améliore. Elle peut même aller seule chez Hazel. Grandma Martha, de son côté, a bon moral : la journée elle lit, elle s'habille comme autrefois et coiffe ses cheveux en arrière avec des barrettes. C'est pas que j'oublie ce qui s'est passé, mais son état et les conséquences qu'il a pour moi semblent moins pesants. Je me demande si je pourrais pas attendre encore un peu. Ça augmenterait mes chances dans mes projets d'achat.

King et Harper règlent les derniers détails de leur petite sortie. J'espère à moitié qu'un conflit apparaisse. Conduire mon fils à un rendez-vous amoureux et me cogner la conversation de la maman, on va dire que c'est pas comme ça que je voyais mon samedi. Pourtant, le matin même, King est plus survolté que jamais.

Il descend l'escalier dans un survêtement Nike que je lui ai offert pour Noël et des baskets blanches True Flight qui font mal aux yeux tellement elles sont propres.

En chemin vers Metairie, il me demande de passer ses morceaux préférés : *Bad and Boujee*, et *That's What I Like*, et je m'exécute. On chante pendant tout le trajet.

> *I'm talkin' trips to Puerto Rico*
> *Say the word and we go*
> *You can be my fleeka*

Girl, I'll be a fleeko, mamacita
I will never make a promise that I can't keep*

Il a toujours été loquace, mais aujourd'hui il bat des records : il ressasse l'intrigue du film *Baby Driver* et parle du bol qu'il a sculpté pour moi à l'atelier d'ébénisterie du collège et qui est encore en train de sécher, même que quand je le verrai, je dirai que c'est du travail de pro.

Puis il se met à chuchoter comme si quelqu'un d'autre que moi pouvait l'entendre :

"J'ai fait quelque chose pour Harper, aussi ; je l'ai avec moi."

Il farfouille dans sa poche et en sort une chaîne avec au bout un pendentif en verre bleu roi.

"C'est magnifique, mon chéri !", je dis dans le rétroviseur.

Il hoche la tête.

"Je vais le lui donner aujourd'hui.

— T'es sûr ? C'est tellement joli, tu pourrais le garder pour…"

Il m'arrête.

* Extrait de la chanson *That's What I Like*. Texte et musique de Ray Romulus, Christopher Brown, James Fauntleroy, Ray McCullough, Jeremy L. Reeves, Bruno Mars, Jonathan James Yip, Philip Martin Lawrence II. © Westside Independent Music Publishing LLC, Almo Music Corporation, Warner Geo Met Ric Music, Thou Art The Hunger, Please Enjoy The Music, Universal Music Corporation, Music For Milo, ZZR Music LLC, Fauntleroy Music, Ra Charm Music, Underdog West Songs, WC Music Corp, Warner Tamerlane Publishing Co., Late 80's Music, BMG Onyx, Mars Force Music, Sony ATV Songs LLC, Sumphu / Warner Chappell Music France, Universal Music Publishing, Sony Music Publishing (France), BMG Rights Management (France).

240

"C'est décidé, maman. Je vais le lui donner aujourd'hui."

J'ai tout juste fini de me garer qu'il bondit de la voiture et me montre un 44 SUV Beamer blanc derrière lui en criant :

"C'est elles ! C'est la voiture de sa mère. Elle est déjà là !"

Il a raison. La mère d'Harper est à l'intérieur et aide sa fille à lacer ses patins. Après avoir payé l'entrée pour King, je m'assois avec la mère à la buvette. Elle parle plus que moi. Elle cherche des établissements privés pour Harper. Les lycées du quartier n'ont plus si bonne réputation, c'est ça le problème ; elle travaille dur, et Harper mérite ce qu'il y a de mieux. Pendant qu'elle disserte, je regarde les gosses : plus à l'aise sur ses patins, King a pris de l'avance sur Harper ; quand il arrive à sa hauteur, il lui prend la main pour la guider. Il se met en mode chorégraphie, et Harper le montre du doigt en gloussant, la main devant la bouche. Bon, je me fais peu à peu à la situation. La mère veut savoir ce que je fais dans la vie. Je lui parle de Grandma, de mon ancien boulot chez Mr Jeff, je lui dis que j'essaie de travailler comme doula… Elle s'écrie :

"Non, vous me faites marcher !"

Je secoue la tête.

"Vous me faites marcher ! elle répète.

— Non, pourquoi ? Vous aussi vous êtes doula ?

— J'aimerais bien ! Non, c'est juste que j'ai eu une doula pour Harper. Après l'accouchement, elle a aussi passé six semaines avec nous pour s'occuper du bébé. Une sainte ! Sa sœur s'était suicidée mais elle, c'était une sacrée bonne femme. Elle me disait ce qu'il fallait faire, et moi je répondais « Oui, m'dame »."

Elle rit.

"Je vous vois bien là-dedans, vous aussi, reprend-elle. Si vous devenez doula, faites-moi signe. En ce moment, ma sœur cadette est dans un groupe de mères. Elles sont toutes en train de chercher quelqu'un pour faire les gardes de nuit."

Je suis sur le point de répondre que c'est pas le genre de travail que j'envisage quand King réapparaît, moins animé que tout à l'heure. Comme il réclame un soda, je lui donne de la monnaie. Il revient, avale sa boisson d'un trait puis m'annonce qu'il est prêt à rentrer.

"Où est Harper ?" je demande.

Il fait un signe de tête derrière lui. Elle est toujours sur la patinoire. Un autre garçon a débarqué. Il a un air familier. En plissant les yeux, je me rends compte que c'est le gamin de la cérémonie. Je me tourne vers la mère d'Harper pour avoir des explications, mais elle m'a l'air tout aussi perdue que moi. King est à la sortie avant que je puisse dire au revoir, et je me précipite dehors pour le rejoindre sur le parking. Cette fois, je sais qu'il vaut mieux éviter les questions.

Sur le chemin du retour, je lui passe ses morceaux préférés mais il ne chante pas. Il y a beaucoup de voitures, la circulation est ralentie. On s'apprête à tourner sur St Charles Avenue ; je me dis qu'il s'est endormi quand il se met à parler.

"Comment tu sais si quelqu'un t'aime d'amitié ou si y a plus que ça ?" il demande en tortillant ses dreadlocks, comme il fait toujours.

Même si je m'attendais à quelque chose dans ce goût-là, il m'a prise de court.

"Je sais pas, je réponds. C'est un truc qu'on sent, je pense, je reprends après un silence. Une chaleur, une alchimie…" Je pèse tous mes mots : "Quand tu sens au fond de toi que t'as un faible pour cette personne.

— Alors ça veut dire que je peux pas me fier à mes impressions. Parce que je croyais que c'était comme ça entre nous." Puis il se met à murmurer : "Et pendant tout ce temps, elle avait le béguin pour ce gamin, Eric. C'est elle qui vient de me le dire. T'avais raison pour le collier, ajoute-t-il en le jetant sur le siège à côté de lui. T'avais raison sur tout.

— Je suis désolée, mon chéri."

Je me gare devant chez Grandma et je sors en vitesse de la voiture. J'essaie d'arriver à la maison la première, mais il me devance et monte les marches quatre à quatre.

Les deux fois où je vais lui demander si ça va, il me répond qu'il a besoin d'être seul. Je me verse un grand verre de vin pour patienter. Comme Juanita est là ce soir, je ne monte même pas voir Grandma ; ça me donne mauvaise conscience, mais je la noie dans le cabernet. J'appellerais bien la mère d'Harper pour la traiter de tous les noms d'avoir laissé sa fille mener mon fils en bateau – et pourquoi elle veut pas de lui, d'abord ? Il est beau, brillant, super drôle. Tout le monde le dit. C'est sans doute à cause de sa couleur de peau, et ça me rend triste, mais d'un autre côté, je suis soulagée que ce soit fini. Je savais que ça risquait de mal tourner, et peut-être que je ne pouvais espérer de meilleure conclusion – c'est un moindre mal.

Je mets un temps fou pour monter à l'étage, tellement je me sens lourde et abattue. Une fois que j'y suis, je plonge dans un sommeil si profond qu'au réveil j'ai l'impression d'avoir écrasé pendant des heures. Pourtant il fait encore nuit noire. Grâce à la lumière qui filtre du couloir, je vois que Grandma est dans l'embrasure de ma porte. Je l'entends hurler avant de pouvoir comprendre ce qu'elle dit. Et là, c'est clair.

"Voleuse ! Voleuse !"

Il faut un moment pour que mes yeux s'adaptent à l'obscurité, mais bientôt je vois qu'elle a pris le collier, celui qu'elle m'a offert le jour où j'ai emménagé. Je dis d'une voix ensommeillée :

"Tu me l'as donné.

— J'aurais jamais cru à une chose pareille, mais là, on y est ! crie-t-elle en me montrant du doigt. Les dames avaient bien raison de me dire de te tenir à l'œil !"

Elle s'avance vers moi et je lève la main à mon cou.

"Grandma, tu me l'as donné. Tu te souviens ?

— Et dire que je te faisais confiance ! Dire que je t'ai traitée comme si tu étais de ma famille, et tu m'as trahie. Tu m'as fait passer pour une imbécile !

— Grandma, sors d'ici ! je crie.

— Pas avant que tu avoues !"

Elle se jette sur moi mais se cogne contre le lit ; pliée en deux de douleur, elle s'affale sur la couette et se met à gémir.

Je me lève, j'enfile ma robe de chambre et je la tire par la main pour la ramener dans sa chambre.

"Je suis vraiment désolée, pleurniche-t-elle tandis que je la mets debout. Je voulais pas dire ça, me laisse pas, t'en va pas. Promets-le-moi. Promets-moi que tu vas pas me laisser toute seule !"

Je lui promets tout ce qu'elle veut du moment qu'elle avance. Quand j'arrive dans sa chambre, je l'aide à se coucher, puis je fouille dans son armoire à pharmacie à la recherche d'un somnifère. Je reste assise à côté d'elle le temps qu'elle se calme.

"Nous étions les plus belles filles de tout le comté..., dit-elle encore.

— Hm-hm, Grandma..." je dis, mais je suis fatiguée et je me déconnecte de la suite.

Elle s'endort au milieu de sa phrase. Je quitte la chambre, mais pas pour aller dans la mienne. Je reste devant celle de King ; il a toujours eu le sommeil lourd. Je regarde sa poitrine se soulever et s'abaisser. J'arrive pas à dormir ; quand le soleil commence à se lever, je vais glisser un œil par la fenêtre. Je cherche le pigeon mais il n'est plus là. Il y a quelque chose pourtant, comme une forme pendue au chêne, de la taille d'un être humain, la carrure aussi. J'ouvre la fenêtre. Je distingue l'endroit où serait la tête, penchée sur le côté ; un peu plus bas, là où pendraient les jambes ; et tout ça qui a l'air de se balancer... Je referme la fenêtre si vite que je me coince les doigts, puis je me précipite dans le lit de King et le serre contre moi. Je reste comme ça jusqu'à ce que le soleil soit levé. Quand King va faire pipi et se laver la figure, je me force à retourner à la fenêtre. Je tire le rideau, mais c'est rien ; bien sûr que c'est rien – juste une longue touffe de cheveux d'ange qui pendouille.

JOSEPHINE

1924

Tout le monde dans un rayon de trois cents mètres entend l'arbre se fracasser. Je lève à peine les yeux, trop occupée à raconter mon rêve à Theron.

"Cette nuit, j'ai vu son visage. J'ai vu son visage !"

C'était une vieille chose toute jaune avec des boucles noires comme du charbon, mais quand elle s'est mise à crier, j'ai reconnu la voix de maman. Je me rappelle pas ce qu'elle disait, et plus je me concentre sur le souvenir, plus il m'échappe, mais c'est pas grave, j'ai entendu sa voix. Theron, lui, est concentré sur mes paroles, à moins qu'il se délecte de l'épais sirop rouge qui fait fondre la glace pilée que j'ai faite pour lui – tout ce que je sais, c'est qu'il est content. Et comme lui et moi, on se laisse doucement aller à nos joies respectives, on fait pas attention à l'arbre qui tombe, ni là où il tombe, ni aux ouvriers qui élaguent les branches.

Ce soir-là, chez Major, je suis en pleins préparatifs – l'assaisonnement, les haricots verts que j'ai mis à mijoter, le poulet que j'ai fait revenir avec des oignons verts, de l'ail et du jus d'orange –, quand on entend frapper. Louis est là, évidemment ; il a pris cinq kilos depuis qu'Eliza est enceinte. Quand je cuisine, c'est rare qu'il vienne pas se servir une deuxième fois, voire une troisième. Il parle encore plus qu'il ne mange, en commençant presque toujours ses phrases par "Dans un premier temps" et "Ce qu'il faut que vous sachiez". Il fait pas grand-chose d'autre. Entre quat'-z-yeux, j'ai demandé à Eliza s'il travaillait, mais tout ce que j'ai pu en tirer, c'était un vague grognement qui voulait dire "oui et non".

"C'est Miss Link qui a frappé !" dit Jericho.

Je secoue la tête.

"Pour moi, à l'oreille, c'est Link."

Les coups sont trop appuyés et trop nerveux.

Major va ouvrir doucement la porte.

Je lui tourne le dos, mais au timbre de sa voix, je sens que c'est un Blanc qui est là. C'est sa façon de gommer les notes graves et d'étouffer les consonnes ; et puis évidemment, il lui donne du "monsieur", comme je le lui ai appris.

Le Blanc commence d'une voix hachée :

"Euh, à ce qu'il paraît, euh, un de vos gars m'a abattu un arbre ce matin."

Là, je me lève, et je me retourne. C'est le mari de Charlotte.

"Vraiment ?" fait Major.

C'est comme si la nervosité du Blanc lui donnait de l'assurance, et je me retiens de lui dire d'y aller tranquille, de lui rappeler qu'il y a une force dans la lenteur.

"Ouais, c'est ce qu'on m'a dit, que l'arbre est tombé sur ma haie.

— Moi, on m'a rien dit sur cette histoire d'arbre. Maman, t'as entendu causer d'un arbre ? il lance à la cantonade sans se tourner vers moi.

— Ah oui, un vieux machin tout tordu. Je pensais même pas t'en parler, je dis en m'approchant de

la porte. Sauf que c'est notre haie. J'ai l'acte nota-
rié chez moi. D'habitude, je le prends avec moi,
monsieur, mais je suis venue m'occuper de ma bru
qui est malade, je peux vous l'apporter dès que je
serai rentrée."

Quand je mentionne l'acte de propriété, son
visage devient brusquement tout rouge, comme ça
arrive aux Blancs. Je regarde ses pieds – les chaussures que la mère de Charlotte trouvait si belles ont
connu des jours meilleurs.

"Oh, c'est pas la peine. Vous dites que c'était un
petit arbre ?

— Un vieux machin tout tordu, je répète.

— Bon, conclut-il en me faisant un geste de la
main. J'imagine qu'il y a plein d'arbres sur cette
propriété. La prochaine fois, venez quand même
me voir. Si jamais quelque chose de ce genre se
reproduit.

— Mais oui, monsieur, sans faute", répond Major.

Je suis fière de lui ; il s'y mêle un peu de cette
honte qui est toujours là, que ça se passe forcément comme ça, mais elle est légère. Si j'y faisais
pas attention, je la remarquerais même pas.

Eliza est déjà partie au lit. Elle en a plus que
pour deux mois. Les nausées sont finies, mais elle
qui a toujours été une petite femme menue, elle
se retrouve maintenant avec dix kilos en plus qui
la tirent en avant. C'est la nouveauté du poids, sa
soudaineté qui pourraient la faire trébucher ; une
chute à ce stade serait fatale pour le bébé comme
pour la mère. Une femme enceinte a toujours un
pied dans la tombe...

Pendant tout ce temps, Louis est resté muet sur
sa chaise. C'est rare chez lui, mais au bout d'un

moment, je m'imagine que pour une fois il va passer son tour. Mais il se racle la gorge et saisit sa pipe comme si c'était un microphone. Il l'allume et tire quelques bouffées, puis se met à parler :

"Si tu laisses un homme te traiter comme un chien trop souvent, tu finis par te sentir comme un chien. Tu te mets à aboyer. À te gratter, à manger avec les mains, à vagabonder, à grogner. Autant marcher à quatre pattes ! Naah, personne peut te faire ramper, poursuit-il. Moi ça me plaît pas, de voir un homme ramper.

— Ramper ?"

Je cherche mes mots. Il y en a tellement qui se bousculent.

"Ramper ? je répète. Seigneur, délivrez-moi ! Tu veux dire « rester en vie » ? Ça te plaît pas, de voir un homme protéger sa famille et se protéger lui-même ? Est-ce que t'as la moindre idée de ce qui se passerait s'il avait pas agi comme je lui ai appris ?"

Il hausse les épaules. Jericho nous observe, essayant de voir dans quel camp se ranger, et je vais pas y aller par quatre chemins.

Il doit être avec moi.

"Tout ça, peut-être que ça marche à La Nouvelle-Orléans, peut-être que ça marche avec un type comme toi, qui a la peau tellement claire qu'on dirait un Blanc, mais ici on est à Resurrection, et j'ai pas besoin d'avoir été à l'école pour te dire avec toute l'autorité que tu veux que si tu parles à un Blanc comme t'en as l'intention, il va t'exploser la tête à coups de fusil !"

Jericho a l'air inquiet, mais il faut qu'il entende les choses comme je les dis. Parce que c'est ce qu'elles sont.

J'attends que Louis ajoute son grain de sel pour lui répéter mon argument jusqu'à ce qu'il comprenne, mais il dit plus rien. Au bout d'un moment, je me lève et je rentre chez moi. Quand j'arrive, Charlotte est sur son porche et regarde droit devant elle.

"Je suis passée, mais vous étiez pas là. Je me suis dit que j'allais attendre, que vous deviez être dans votre famille."

Je hoche la tête.

"Vern m'a parlé de l'arbre. J'espère qu'il vous a pas fait peur en faisant tout le chemin jusque là-bas. Mais Vern, c'est un faible."

Elle se met à chuchoter.

"C'est un de ses amis qui lui a soufflé ça, il lui a dit de pas se laisser faire. Mais il est inoffensif."

Je suis sur le point de lui rétorquer : "La marque que vous aviez à l'œil prouve qu'il est pas si inoffensif", mais je suis le conseil que je viens de donner à mon fils.

"Merci de m'informer.

— Bon, j'espère qu'il vous a pas effrayés.

— On fera plus attention à l'avenir."

C'est la première fois que je lui parle ailleurs que dans ma cuisine, et il y a quelque chose qui cloche. Ça me démange de rentrer.

"Je pourrais peut-être passer un de ces jours. Mon groupe m'occupe pas mal, mais peut-être demain ?

— Ce serait bien", je dis, et je tourne le dos.

Une demi-heure plus tard, je regarde par la fenêtre. Elle est toujours assise sur son porche, et elle sifflote.

Le lendemain matin, je débarrasse mon petit-déjeuner quand Theron arrive en courant.

"Quelqu'un a arraché les légumes ! Y en avait un hectare entier, prêts à être ramassés ! Quelqu'un les a déracinés et les a mis en pièces !

— Quelqu'un ou *quelque chose…*" je dis.

C'est que mon déjeuner me préoccupe déjà. J'avais pas fini de débarrasser les assiettes que je pensais déjà à la suite. Du porc effiloché à la sauce tomate douce, avec supplément de légumes au vinaigre. J'en ai l'eau à la bouche.

"Une chose, c'est pas possible ! Et un animal non plus… pour qu'on les ait si bien mis en pièces ! Ça peut être qu'une personne."

L'idée me fait froid dans le dos, mais je garde mon calme. C'est Isaiah qui m'a appris que, dans pareil cas, les gens se fichent de ce qu'on fait, seulement de comment on le fait.

"Va plutôt voir Major, je dis. Laisse-moi préparer mon déjeuner."

Mais quand il est parti et que j'ai fini de faire mijoter la viande et d'écraser les tomates, mon sandwich ne me tente plus. Les récoltes, c'est pas la question. Ça nous met dedans, évidemment ; mais en fait, c'est toute l'histoire qui sent pas bon… Ça pue la charogne ; et ouvertement, en plus.

Major le sent aussi. Je le sais parce qu'il fait comme si de rien n'était.

"Oh, un raton laveur pris au piège… il dit.

— Tu sais aussi bien que moi que c'est pas un raton laveur", je rétorque.

On est côte à côte dans les rangs que son père défrichait quand Major était tout petit, et j'ai beau avoir devant moi un homme aux bras musclés et à la poitrine dure qui me parle en baissant la tête, je le revois grimper sur le dos de son père courbé pour semer les graines.

"Le truc, c'est que les plants sont pas arrachés aussi nettement que Theron le dit. Je comprends que de loin il ait pu croire ça, mais quand on a le nez dessus, on voit bien que c'est un raton laveur qui s'est amusé là-dedans, ou un lapin. L'un ou l'autre.

— Et si c'était pas un lapin ? Si c'était pas un raton laveur, qu'est-ce que ça serait, alors ? Et ça voudrait dire quoi pour nous ?

— Eliza en a plus que pour quelques semaines, maman."

Je comprends à sa voix qu'il en a marre de moi, et que si j'étais pas sa mère, il m'aurait déjà envoyée sur les roses.

"C'est quoi, le rapport ?

— J'ai pas l'énergie pour tout faire, il dit. Eliza, en ce moment, c'est une pelote de nerfs. C'est son premier gosse, et sa mère est pas du genre câline. Elle a personne d'autre que moi. Elle a personne d'autre que nous, et faut qu'on se calme avec tout ça, sinon on est foutus. Pas besoin de chercher les ennuis. Tu comprends ?

— Je comprends, mon chéri.

— Très bien, maman. Je t'aime, tu sais ?"

Il saisit ma main. C'est pas comme ça que ferait Jericho. Lui, quand ce sera un homme, il continuera de me prendre le visage entre ses paumes et d'enfouir le sien contre mon épaule. Ce genre de choses, ça se sent. Mais je veux bien écouter Major, allez, même s'il reste pas dîner ce soir. Quand je lui demande s'il a besoin de moi pour Eliza, il me dit qu'elle va bien, qu'ils s'en sortent très bien tous les deux.

Une semaine plus tard, le cochon est mort. Pas l'autre hampshire, mais une bête de qualité quand même. Tous les bons morceaux ont été volés.

Je vais tout droit chez Major.

"Faut qu'on aille s'excuser, je dis avant même de m'asseoir.

— S'excuser auprès de qui, maman ?

— Mon voisin. C'est lui qu'a tué le cochon."

Il hoche la tête.

"Et à ton avis, qu'est-ce qu'on va dire, pour s'excuser ? « Pa'don, on est désolés d'avoi' essayé d'êt' égal à vous, maît'. On se 'end compte tous les jou' qu'on est 'ien que d'la 'acaille… »

— Tais-toi."

À côté de lui, Louis ricane dans ses mains.

"Fais pas le malin avec moi, mon gars ! je continue. T'es pas si vieux que je puisse pas te donner une bonne claque. Tu sais que c'est pas de ça dont je te parle. Je te parle d'aller là-bas et de faire les choses avec respect. On attrape pas les mouches avec du vinaigre, tu sais bien. Peut-être que je vais d'abord en parler à Charlotte ; j'ai passé pas mal de temps avec elle. Je pourrais lui demander ce qu'ils veulent pour cet arbre. Paie ce qui faut et passe à autre chose. Quel que soit le prix, du moment qu'on passe à autre chose."

Il secoue la tête.

"J'en ai marre d'être la grande personne avec ces gens. J'en ai marre, maman."

Je vois combien le poids de cette lassitude l'écrase, et je me sens coupable de l'avoir mis au monde pour qu'il ait à subir ça.

Je lui pose la main sur le dos.

"Qu'est-ce que ton père disait ? « Il faut respecter pour être respecté. »

— Ils ont tué ce bon cochon, et toi, tu me parles de respect !"

Eliza s'approche pour le réconforter, mais il se tourne vers moi.

"Désolé, maman. C'est juste que j'en ai marre – mais vraiment marre… J'en peux plus de traîner ça. Si seulement quelqu'un pouvait me décharger de ce poids rien qu'une minute ! Mais c'est sans fin. C'est comme si on me serrait la poitrine de l'intérieur, et ça s'arrête jamais. Ça me laissera jamais sentir que je suis un homme. Tout ce que je veux, c'est aller avec mon gamin quelque part où je pourrai me sentir en accord avec moi-même, mais pas moyen, avec ces Blancs même pas dignes de me cirer les godasses et qui finissent par croire que tout leur est dû !"

Après une pause, il reprend :

"Jericho m'admire, je le sens bien. Il me suit partout… et je devrais être content, mais au lieu de ça, ça me plombe, parce que je sais qu'un jour ou l'autre, il va me regarder du même œil que j'ai regardé papa la première fois que je l'ai vu sous son vrai jour ; et je peux pas supporter ça, maman. Je le jure devant Dieu, je vais pas supporter ça."

Je hoche la tête. Moi, j'ai fini par m'y habituer. Quand j'étais jeune, j'avais peur de ce que ça me ferait de le retenir par l'épaule pour qu'il laisse un garçon blanc passer devant, de lui donner des ordres alors que la première Blanche venue pouvait m'appeler "ma fille". C'est passé, maintenant. C'est comme ça. Ça sert à rien de faire comme si c'était autrement.

"Qu'est-ce que tu veux que je fasse ?" je demande.

Il hausse les épaules, la tête entre les mains.

"J'en sais rien, maman, mais j'irai pas les voir, comme si c'était nous qui avions fait quelque chose de mal ! Et je peux pas admettre que tu y ailles non plus. Peut-être qu'y en aura un d'assez courageux pour venir me voir."

Eliza lui tient la main et hoche la tête si vivement que j'abandonne. Son frère est juste à côté de Major. Il dit rien, mais c'est pas nécessaire. Ses mots sortent directement de la bouche de Major.

Je leur prépare à dîner. Après quoi, je me lève pour leur faire goûter mon pudding à la banane, surmonté d'une génoise. À lui seul, Louis en prend quatre bols avant de rentrer chez lui. Il est si tard que je décide de me coucher dans le lit de Jericho, pendant que lui dort par terre à côté de moi. Demain, je dois aller m'occuper d'une fille qui en est à la moitié de sa grossesse, et Link m'a demandé de lui préparer une tarte à la crème anglaise. Tout en m'assoupissant, je sens déjà la garniture sucrée, figée par la cuisson, et le beurre dans la pâte. Quand la fumée arrive jusqu'à moi, je suis ailleurs, mais le picotement me fait suffoquer et me réveille.

En me dirigeant vers le séjour, je suis aveuglée par une lumière vive.

Major est déjà là, debout dans l'embrasure de la porte. Je m'arrête net : les voilà, exactement comme Link les a décrits. Ils ont des capuches blanches qui leur descendent aux épaules et des draps qui flottent par-dessus leurs vêtements, mais le bras qui tient la torche laisse voir une manche de chemise. Pas étonnant qu'elle les ait comparés à des fantômes, à une armée de fantômes – pourtant ces gars-là sont bien vivants. Major est toujours à la porte, il leur fait face. J'ai envie de me précipiter vers lui, d'être à côté ou derrière lui, pour protéger Jericho et Eliza qui sont maintenant tout près de moi, mais je suis pétrifiée, j'agrippe le dossier de la chaise devant moi comme si c'était elle qui avait besoin de protection. Major ne baisse pas les yeux.

"Seigneur, délivrez-moi ! je dis, mais personne m'entend.

— Vous avez un problème avec ma famille et moi ? demande Major.

— Baisse le ton, p'tit gars."

Un homme se détache du groupe. C'est lui qui a la torche la plus longue et il en dirige la pointe enflammée vers la poitrine de Major. Il a de grands yeux verts larmoyants sous le capuchon, comme si c'était lui qui avait peur. Ils sont que dix. Tout à l'heure, j'aurais dit cinquante, mais ils sont que dix.

"Tu as saboté la propriété d'un Blanc respectable, et je suis venu te corriger.

— On lui a fait des excuses. On s'est arrangés entre nous. Il a dit qu'on avait pas à s'inquiéter. Pourquoi vous êtes là ?"

C'est comme si Major était devenu un autre homme. Des rires fusent au sein du groupe. J'ai envie de me précipiter vers mon fils, de lui dire de s'excuser à nouveau, n'importe quoi, pourvu qu'il lâche ce poignard dans la gorge qui lui dicte des mots si tranchants, mais j'arrive toujours pas à bouger.

"Tu crois comme ça que tu peux t'arranger avec un Blanc, p'tit gars ? C'est ça que tu crois ?"

Major garde le silence.

"Je suis là pour te dire que tu peux pas. Je suis là pour te dire que tu peux pas prendre ce qui appartient à un Blanc respectable et filer sans payer."

L'homme se tourne vers les fantômes derrière lui. Moi aussi. Il y en a un surtout qui attire mon attention. Ce sont les chaussures que je remarque en premier – celles que la mère de Charlotte trouvait si belles. Fut un temps elles l'étaient peut-être, mais depuis elles en ont vu d'autres.

Le groupe que Charlotte et son mari ont rejoint, c'est le Klan.

Tout à coup, les hommes chargent. Je baisse vite la tête, je file rejoindre Eliza et Jericho. Tout en clopinant, j'entends la vitre de la fenêtre qui vole en éclats. Major court à l'autre bout de la maison ; il en revient avec le fusil de chasse de son père d'une main, et de l'autre il charge les cartouches. Quand il sort, les hommes sont déjà hors de portée, mais il arme le fusil, il presse sur la détente et tire plusieurs coups. Je plaque mes mains sur les oreilles de Jericho pour couvrir le bruit des détonations. Je hurle à Major d'arrêter ; ça me rassure pas qu'il riposte, mais il continue. Les hommes sont partis. On reste assis pendant des heures au milieu des débris de verre, mais ils sont bel et bien partis.

On finit par se lever pour aller dormir, et on se retrouve tous dans la chambre de Jericho. Je laisse le lit à Eliza et je me recroqueville sur le sol à côté de mon petit-fils. Major est debout dans le couloir. Je m'attends à ce qu'il objecte quand Jericho me demande une histoire sur Wildwood, mais on dirait qu'il entend même pas ; je l'ai jamais vu se tenir le dos si droit.

JOSEPHINE

1855

Quelques jours après que papa a tiré la pierre, il s'est mis à rentrer tard. Il y avait un groupe d'hommes qui se réunissaient, qui volaient du whisky et le buvaient à même un pichet en grès dans une des cabanes pour les célibataires, mais papa en faisait pas partie, pas jusque-là. Maman ne disait rien, mais je voyais bien qu'elle ne dormait pas, parce que chaque fois que je me réveillais je la surprenais qui me fixait de ses yeux fiers et presque noirs.

Un jour, il est entré dans la cabane, les membres tout flasques. Le soleil se levait à peine. Maman était déjà en train d'allumer le feu. Tout d'un coup, elle s'est tournée vers lui en disant :

"Qu'est-ce qui te prend ?

— Je réfléchissais.

— À quoi ?"

Avant de répondre, il a enlevé une chaussure, puis l'autre.

"Fred dit qu'y a des gens dans le Nord qui se battent pour que les esclaves soient libérés. Des abolitionnistes, on les appelle. Il a entendu Tom en parler avec son frère quand ils ont amené ce vieux fou d'esclave ici. Ils font des progrès, disait Tom.

Il a dit ça comme si c'était une mauvaise chose, comme si ça l'inquiétait.

— Un progrès peut être lent parfois, a répliqué maman avec un soupir. Tu peux attendre autant que tu veux ; moi, je vais le faire, ce voyage.

— Tu crois être courageuse, hein, Winnie ?

— Je suis courageuse.

— Tu crois être courageuse, mais l'autre mot pour « courageux », c'est « idiot ». Tu réfléchis pas jusqu'au bout. T'as pas réfléchi comment une fillette de dix ans peut s'en tirer dans les marais sans rien boire ni manger pendant des semaines. T'as pas réfléchi comment sa vie va changer si elle se fait prendre.

— Parle pas comme ça. C'est contre les règles, et tu le sais."

Il lui a saisi la main.

"Tout ce que je dis, c'est qu'on a la belle vie maintenant : on appelle le maître par son prénom, on mange à notre faim, on peut aller et venir le dimanche, je suis pas aux champs, toi non plus…

— C'est pas ça, la liberté. Tu l'as dit toi-même : Tom ou pas Tom, il a le pouvoir de nous briser le cou." Puis elle a ajouté – mais c'était en trop : "Tout le monde est pas de la famille."

L'air entre eux est devenu glacial.

"C'est pas la liberté et je le sais mieux que personne, a repris papa au bout d'un moment. T'as pas besoin de me le dire. Mais avec ces histoires d'abolitionnistes, je me demande si on s'y prend pas mal. En nous mettant en danger. En mettant notre fille en danger. Peut-être que ça vaudrait mieux d'attendre. Même si je meurs dans cette plantation, je commence à me dire que Josie va s'en sortir, et ses enfants sûrement. T'arrêtes pas de parler de l'esprit des ancêtres en nous. Alors le fait qu'elle, elle y arrive, c'est pas comme si on y arrivait nous-mêmes ?"

Pendant ce temps, Jupiter ne lâchait rien. Quand je suis rentrée chez nous le lendemain soir, il était là, et il y était depuis un certain temps, comme je pouvais le deviner en voyant sa tasse de thé presque vide. Maman s'est levée pour la remplir.

"T'iras pas loin avec lui. Tu le sais, et je le sais", il a dit.

Il ne m'avait même pas vue entrer, mais maman a dit, avec un hochement de tête : "Va jouer."

J'ai couru m'asseoir dans un coin. J'avais les poupées que Miss Sally m'avait données et je faisais comme si elles se parlaient. Elles disaient des choses comme : "Vous voulez de la confiture avec votre pain ?" et "Quelle jolie robe vous portez aujourd'hui !" mais elles se demandaient : "Qui est cet homme chez moi ? Comment le faire partir ?"

"Il a tiré deux fois, a dit maman. L'esprit doit bien vouloir qu'il parte s'il a tiré la pierre deux fois !

— C'est peut-être qu'une coïncidence. On dit qu'il a de la chance.

— Je crois pas aux coïncidences. S'il a tiré la pierre deux fois, c'est que les esprits veulent qu'il parte."

Alors Jupiter s'est levé, il s'est penché sur l'épaule de maman.

"Emmène-moi avec toi, il a chuchoté comme s'il venait de se rendre compte qu'il y avait quelqu'un d'autre dans la pièce.

— Et abandonner Domingo ? T'as perdu la tête !

— Je t'ai pas dit d'abandonner Domingo. Calme-toi, femme ; tu ferais mieux d'écouter de temps en temps au lieu de parler. Je t'ai pas dit d'abandonner Domingo. On peut partir tous les trois.

— Tu veux dire tous les quatre ? elle a rectifié en me désignant du menton, et j'ai fait la grimace.

— Tous les quatre, bien sûr. Je l'avais pas comptée parce que c'est une enfant, c'est tout.

— Personne ne se met entre ma famille et moi", a répliqué maman.

Il avait maintenant un petit sourire suffisant. Il la regardait de haut en bas comme s'il savait ce qu'il y avait sous sa jupe virevoltante et son corsage ajusté.

"T'as pas confiance en moi, pas vrai ?"

Elle a levé le sourcil.

"T'as oublié comment je m'y suis pris avec Fred ? il a poursuivi. Il est plus content pour toi qu'il ne l'est pour lui-même. Et pas seulement Fred, mais tous ceux qui étaient prêts à te défier. Et pas seulement eux. J'ai presque atteint ma pleine maturité. Plus je vieillis, plus je m'améliore. Au point que je pourrais changer aussi ce que les Blancs ont dans la tête. Tu te souviens des boucles d'oreilles en diamant ? On m'a demandé comment j'avais su où elles étaient. Mais j'en savais rien ! J'ai simplement modifié ce qu'elle en pensait. Qu'elles y soient ou pas, je lui ai fait croire qu'elles y étaient. Et puis elle les a trouvées…

— Pourquoi tu lui as pas fait croire qu'elle t'avait déjà fouetté, alors ?" j'ai lancé de l'autre bout de la pièce.

Il s'est tourné vers moi et il a souri, lèvres en avant dans un rictus sinistre, puis il a saisi la poignée de la porte et il s'est retourné vers maman.

"Réfléchis. Imagine le bon Domingo face à un chasseur d'esclaves – il va se mettre à bafouiller et à faire des histoires. Puis tu m'imagines moi…"

Après son départ, maman s'est approchée de moi et elle a essayé de me prendre dans ses bras, mais je l'ai repoussée. Quand ce soir-là Miss Sally m'a demandé de rester avec elle, je ne lui ai pas dit que maman voulait dormir avec moi comme d'habitude. J'ai dit d'accord, et je me suis couchée par terre au pied de son lit, comme je m'imaginais que des sœurs feraient.

"Josephine ? elle a dit. Tu pourrais venir dans mon lit juste pour cette nuit ? Il fait horriblement froid, et puis je déteste dormir seule."

J'ai grimpé à côté d'elle. C'était presque aussi bon que de dormir avec maman, et j'ai pensé à elle qui s'allongeait sur le grabat vide, pendant que papa servait encore Tom pour son dîner tardif. J'allais lui manquer, c'est sûr, et pour un peu j'avais honte.

Miss Sally m'a serrée dans ses bras, et j'ai fait pareil.

"Est-ce que je peux te confier un secret ?" elle a chuchoté.

J'ai hoché la tête. Elle a passé la main sous son oreiller et en a retiré quelque chose. C'était la pièce.

"Je dors avec toutes les nuits. Pour être en sécurité."

J'ai eu un grand sourire.

"C'est si beau ! Je dors avec la mienne aussi. Je pensais que c'était que moi.

— J'ai besoin de toute la protection possible", elle a dit en riant. Plus posément, elle a ajouté : "Ça me fait penser aussi à nous, et que toi et moi on est comme des sœurs, et j'ai remarqué que depuis que j'ai commencé, j'ai pas fait un seul cauchemar." Elle hésite avant de reprendre : "Maman dit que tu es le diable. Maman dit que toi et ta maman c'est comme ça que vous êtes, que c'est pas naturel pour un humain d'avoir autant de pouvoir. Elle m'a dit de me tenir loin de toi." Puis elle a chuchoté :

"Mais je ne lui obéirai pas – je ne peux pas et je ne le ferai pas.

— Merci, miss Sally, c'est vraiment gentil."

Mais j'ai eu peur tout d'un coup, en apprenant que j'enfreignais une règle dont je ne connaissais même pas l'existence.

"Mais toi, qu'est-ce que tu veux ? elle a demandé.

— Ce que je veux de quoi ?

— Tu accomplis toujours mes souhaits avec la magie de ton esprit, mais qu'est-ce que tu veux pour toi ?"

J'ai haussé les épaules.

"Je suis contente comme je suis", j'ai répondu, parce que c'était vrai, et aussi parce que je me suis souvenue de ce que disait maman : que pour chaque chose qu'un Blanc te donnait, il allait te prendre cinq choses en retour ; et là, Miss Sally m'avait offert la paix quand j'étais en colère, la sécurité quand j'avais peur, et je me demandais comment elle allait récupérer ces choses. Elles étaient en moi. Pouvait-elle plonger dans mon cœur et les attraper ?

"Tu peux me le dire. Ton désir le plus secret."

J'ai secoué la tête.

"C'est un garçon ?" elle a insisté.

J'ai secoué la tête à nouveau, en étouffant un rire.

"Plus de bonbons ? des robes ?

— Non, on veut être libres", j'ai dit, regrettant ma réponse sitôt après l'avoir prononcée.

Miss Sally s'est contentée de rire.

"Oh, Josephine, tu es sérieuse ? Tu ne dois pas dire des choses pareilles ! Tu as de la chance de me l'avoir dit à moi, et pas à quelqu'un d'autre ; on risquerait de ne pas comprendre ton humour… ou à quel point tu peux être naïve.

266

— Je suis désolée.

— Tout va bien, mais je veux que tu me promettes de ne jamais le répéter.

— C'est promis.

— En plus, qu'est-ce que je deviendrais si tu me quittais, Josephine ? Ma vie n'en vaudrait plus la peine si tu n'étais plus là."

J'ai hoché la tête. J'étais fâchée qu'elle se moque de moi, mais j'étais soulagée aussi. Je serais malheureuse sans elle, et c'était bien qu'elle ressente la même chose. J'ai pensé à maman. Elle avait raison et elle avait tort aussi.

Le lundi de la semaine où nous avions prévu de quitter Wildwood, maman m'a trouvée dans la cuisine à nettoyer après le petit-déjeuner de Miss Sally. Elle m'a entraînée jusqu'à un chêne juste après les derniers rangs de canne à sucre.

"Hier, j'ai parlé à ton papa quand t'étais sortie, elle a dit.

— Hmm.

— On a beaucoup réfléchi, elle a dit en hésitant, et on est d'accord qu'on a plus de chances de s'en sortir si Jupiter vient avec nous.

— C'est un sournois ! j'ai crié.

— Chut !"

Elle m'a attrapé le poignet. Les gens nous regardaient. Elle s'est mise à chuchoter :

"On le prend que pour une raison. Imagine qu'on soit arrêtés en chemin. Jupiter peut faire croire à un Blanc qu'on a un laissez-passer. Qu'on est censés être là où on devrait pas. Imagine le pouvoir que c'est !"

J'ai secoué la tête.

"Papa aurait jamais été d'accord avec ça. Jupiter est peut-être entré dans sa tête comme il est entré dans celle de tout le monde. T'as pas peur qu'il aille dans la tienne, maman ?

— Il peut pas. J'ai plus de pouvoir que lui", elle a répliqué très vite – trop vite.

Pendant que les préparatifs se poursuivaient, les rencontres hebdomadaires devenaient quotidiennes. Chaque fois qu'on voyait un Visionnaire, qu'il tresse les cheveux d'un bébé, remue le porridge ou charrie des tiges de canne pour les broyer, c'est certain qu'il ne pensait qu'à ça : faire évader aussi vite et sûrement que possible les rares élus destinés à ouvrir la voie. Non seulement ça, mais le chariot que Fred devait préparer pour notre voyage, les armes à voler, les sacs de vivres à emballer, les autres chevaux dont il fallait abîmer les sabots pour retarder la traque. Sans compter les tâches à se répartir entre fugitifs, afin de dissimuler la disparition de quatre esclaves assez longtemps après notre départ pour que les chiens ne puissent plus suivre notre piste.

Trois jours avant, Jupiter est venu frapper chez nous.

"C'est l'heure !

— Plus tard ! a répliqué mon père. On avait dit plus tard !

— T'es pas au courant ? Les choses ont changé. Le frère de Tom est là. Ils vont boire toute la nuit. Ils sauront pas qui est parti ni comment."

J'ai vu papa réfléchir comme s'il voulait résister, mais il ne pouvait pas aller contre les faits.

"Si tu viens, c'est le moment. Le moment le plus sûr. Pense à ta fille."

Jupiter a hoché la tête dans ma direction.

Alors papa s'est levé et il a refermé la porte. Je ne sais pas à quoi il pensait, mais ce soir-là, alors que j'étais sur le point de m'endormir, je l'ai entendu qui chantait d'une voix douce sur le porche :

By the grace of God I'll meet you,
By the grace of God I'll meet you,
By the grace of God I'll meet you,
On Canaan's happy shore.

Puis il m'a soulevée et m'a emportée dans le chariot où maman et Jupiter attendaient. Je me suis retournée et j'ai regardé Wildwood aussi longtemps que j'ai pu. Il faisait déjà nuit, mais je connaissais les lieux par cœur. J'ai salué en silence chaque cabane, serrant les doigts de maman à côté de moi.

"On en a fini avec cet endroit", elle a chuchoté.

J'ai hoché la tête. Je n'ai pas parlé de Miss Sally, je savais que ça plairait pas à maman. C'était un tel poids de la quitter, je sentais mon cœur prêt à se briser – il était si tendre... J'ai voulu le raffermir par de la colère.

"Je hais cet endroit. Je hais tout le monde ici. La maîtresse, surtout."

Maman a attendu un moment avant de me répondre. Elle avait les yeux fermés, et j'ai cru qu'elle prononçait sa prière secrète. Elle a fini par dire :

"Je t'ai déjà parlé de la haine. En quoi croyons-nous ?

— En Dieu, j'ai répondu sans avoir besoin de réfléchir. À nos âmes immortelles. À l'esprit des ancêtres, j'ai ajouté.

— Et qu'est-ce qu'il arrive à l'esprit de l'ancêtre quand il meurt ?

— Il revient chez mes enfants, leurs enfants, les enfants de leurs enfants…"

Elle s'est tue à nouveau, pour me laisser méditer ma réponse.

"T'as jamais pensé à ce qui revient ?

— Non, m'dame.

— Alors tu peux t'y mettre, parce que tout ça va dépendre de toi. Les ancêtres reviennent avec leur cœur d'avant. Si c'est un cœur haineux, ils reviennent en haïssant. Et ceux qu'ils ont haïs reviennent avec eux, sous une forme ou une autre."

Je ne comprenais pas ce qu'elle racontait. Il était tard. Tout ce que je voulais, c'était ma vieille natte par terre, ma maman d'un côté et mon papa de l'autre.

"C'est impossible de ne pas haïr certaines personnes", a lancé Jupiter, et il a levé le fouet pour presser la mule. Le pigeon dormait sur ses genoux.

Pour une fois, j'étais d'accord avec lui, mais j'étais trop fatiguée pour donner mon avis.

"Si, c'est possible, a répliqué maman. Il suffit de se dire qu'ils sont en train de pourrir au fond d'eux-mêmes. Et de te rappeler que ce que tu peux pas aimer, tu le reverras. Et pas que dans cette vie."

AVA

2017

Le lendemain du jour où Grandma m'a traitée de voleuse, je n'ai plus qu'un endroit où aller : chez ma mère.

À peine elle a ouvert la porte que je me mets à tout déballer. Je parle de Grandma, de ses réflexions – de plus en plus fréquentes –, et de la nuit dernière, où elle m'a accusée de lui avoir pris ce qu'elle-même m'avait donné. C'était tellement important pour moi qu'elle me l'ait donné, et voilà, elle l'a repris.

"Je peux plus vivre avec elle dans cette maison, je dis. Je vais devenir dingue, je t'assure, mais du coup je me demande si je suis pas égoïste. Elle traverse quelque chose, c'est évident : démence ou alzheimer, qu'est-ce que j'en sais ! Mais y a pas que ça. Les choses qu'elle dit, maman ! Des choses terribles. Des fois, il me faut un moment pour réaliser à quel point elles sont terribles. Et le ton. Je sais bien que c'est ma grand-mère, mais j'ai pas grandi avec elle. Des fois, quand je la regarde, je vois juste une Blanche qui me traite comme une…

— Je te crois.

— Tu l'as compris dès ta première visite, et moi je t'ai pas écoutée. Qu'est-ce qui va pas chez moi ?

Comment j'ai pu être aveugle à ce point ? Et dire que j'ai exposé King à ça !"

On est encore sur le pas de la porte. J'entends le sifflement de la bouilloire, l'eau est prête pour le thé. Ma mère me fait signe de la suivre dans la cuisine. Je la regarde qui verse l'eau dans une tasse, puis farfouille dans son placard à la recherche d'une soucoupe. Elle me les tend, et je bois une gorgée.

"Ne te ronge pas. C'est justement ça qu'ils veulent : que tu retournes toute leur haine contre toi, de sorte que tu en oublies leurs bassesses. Dis-toi aussi que je suis plus vieille que toi. Quand j'ai rencontré Martha, elle était dans la fleur de l'âge. J'aimais tellement ton père et, plus que tout, je voulais qu'elle m'accepte. Elle a fait comme si, mais c'était pas vrai, du moins pas totalement. Quand elle me présentait aux gens, elle disait que j'étais la femme de ton père, jamais sa belle-fille. Elle me demandait de prendre des photos d'elle, de son mari et de son fils comme si je faisais pas partie de la famille. Et c'était peut-être le cas."

Elle soupire.

"C'était peut-être le cas. Et comme tu dis, la façon qu'elle avait de me parler ! Elle a grandi avec des Noirs qui lui obéissaient au doigt et à l'œil. Elle aurait pu lutter davantage pour changer son rapport au monde, mais non. Elle a préféré faire comme si ça n'existait pas. Je ne dis pas qu'elle n'a pas évolué. T'avoir pour petite-fille, c'est ce qui pouvait lui arriver de mieux. Ça a changé la culture de cette famille, pas de doute là-dessus, mais sous la surface, les vieilles habitudes couvaient encore.

— Et maintenant, ça ressort, je conclus.

— Et maintenant, ça ressort."

Ça me calme d'entendre quelqu'un me donner raison. Puis je revois la vieille femme qui s'effondre sur mon épaule l'autre matin, et je me sens coupable.

"Peut-être que j'exagère, je dis. C'est ma grand-mère et elle est malade. Peut-être que je prends tout ça trop à cœur. Elle perd la tête, et elle a tant fait pour moi ; rester maintenant, c'est peut-être l'occasion de lui rendre la pareille.

— Arrête avec ça !"

Sa réaction est tellement cinglante que je m'attends à recevoir une petite tape sur la main comme quand je disais, enfant, "Quoi" au lieu de "Oui, m'dame", si j'avais le culot de parler à ma mère comme à une de mes copines.

"Quand t'étais petite, tu réclamais tout le temps ton père. Chaque soir, tu me demandais s'il allait revenir. J'ai compris qu'un jour, c'est par un truc comme ça que tu te ferais piéger. Tu me demandais toujours pourquoi ce côté de la famille ne t'invitait pas à ses fêtes. Tu fantasmais toujours sur ce qui se passait chez eux. Que tu aies eu besoin d'aller voir par toi-même, c'est logique. Bien sûr, ce qui arrive à Martha est terrible. Je suis désolée de la savoir malade, et crois-moi, je le dis sincèrement. Mais tout ce que t'as – elle appuie le doigt contre ma poitrine –, tu l'as mérité, elle ajoute en martelant chaque syllabe. Ce qu'elle t'a donné, une autre grand-mère te l'aurait donné dix fois. Tu lui as montré du respect, c'est tout ce que tu lui devais, mais ta paix, tu la mérites – ne laisse personne te la prendre."

Je traîne encore une heure chez ma mère. Elle a des courses à faire, mais c'est dur de retourner chez Martha, quasi impossible.

Quand je m'y décide enfin, dès mon arrivée, j'entends sa voix. Je distingue la fin d'une conversation avec Binh. Elle le félicite pour le pain qu'il a acheté au marché fermier – il est tellement meilleur que chez Whole Foods ! Elle se demande pourquoi elle a mis aussi longtemps à s'en rendre compte. Je comprends qu'elle a de nouveau toute sa tête. Mais me faire traiter de voleuse, ça a été la goutte d'eau qui a fait déborder le vase, et je me sens incapable de rester un mois de plus. J'ai pas encore assez pour m'acheter une maison mais je vivrai chez ma mère en attendant. Maintenant, il ne me reste plus qu'à l'annoncer à Martha.

Je m'assois à côté d'elle et elle a l'air toute contente de me voir. C'est la femme que je connais, la femme que j'ai adorée. Elle mange un yaourt et du musli, une toute petite quantité, et à chaque bouchée elle ferme les yeux comme pour en prolonger la saveur.

"Tu sais, je voulais juste me remettre à flot, je dis pour commencer ; t'aider aussi longtemps que possible, mais ça fait déjà trois mois."

Je m'arrête. Son visage s'allonge.

"Trois mois, c'est long quand on vit dans l'espace de quelqu'un d'autre."

Je dois prendre sur moi pour continuer :

"Je suis adulte. King et moi, on est une famille, et on a besoin d'entamer ce nouveau chapitre de notre côté."

Elle ne me regarde pas pendant que je parle, et quand j'ai terminé, elle repousse son bol.

"Tu m'abandonnes ?"

Elle l'a dit sans pathos. C'est comme si elle m'avait demandé si je voulais le reste du yaourt.

"Non, je ne t'abandonne pas.

— Je plaisante, réplique-t-elle, et son visage s'éclaire à nouveau, mais trop vite, beaucoup trop vite. Je comprends. Tu es jeune, tu as King, tu n'as pas envie de t'encombrer d'une petite vieille. Je comprends mieux que personne, poursuit-elle. Moi, j'ai quitté la maison à dix-sept ans, et à vingt j'étais mariée. Ma mère m'avait surnommée le Loup solitaire. Tu dois tenir ça de moi. Quand est-ce que tu pars ?

— Je sais pas exactement, je dis, en sentant ma voix se faire plus grave. En fait, je pensais m'en aller ce soir."

J'ai relevé la tête.

"Tu n'auras pas le temps de trouver quelque chose si vite.

— Non, mais je vais m'installer chez ma mère pour chercher."

Son visage s'assombrit de nouveau, mais elle a toujours un ton enjoué, du moins elle essaie.

"Oui, c'est logique, avec tout le travail que vous faites ensemble."

Elle avance chaque mot avec légèreté, comme des sauts de ballerine.

"King restera dans ce collège, poursuit-elle. Ce n'est pas si loin. Les gens ne se rendent pas compte, mais dans le centre de La Nouvelle-Orléans, tout est à un quart d'heure de voiture."

Et puis elle laisse échapper un petit rire glacé.

"Je crois que je vais monter."

Elle se lève toute seule. Je m'apprête à l'accompagner, mais elle a l'air d'aller bien et je me rassois.

Je rassemble nos affaires. D'abord la chambre de King, puis la mienne. Au bout de deux heures, j'ai bien avancé. Comme je disais, il n'y a pas grand-chose : des vêtements, des tapis et la photo de mon arrière-arrière-arrière-grand-mère. Je la regarde à cet instant et j'ai l'impression qu'elle sourit ; j'ai l'impression – sans chercher trop longtemps ce que j'ai envie de voir – qu'elle est fière. Il y a la lampe que Martha a achetée chez Nordstrom pour remplacer celle qu'elle a cassée. Elle est magnifique, étrangement semblable à l'autre, mais je vais la laisser ici.

J'entends alors renifler derrière moi, comme une expression de dépit.

"Les *Dufrene girls*… commence-t-elle.

— Non, Martha, ça suffit.

— … Il n'y avait pas que les garçons blancs."

Je me retourne. Elle est entrée dans la chambre et a ouvert le tiroir de ma commode, se met à fouiller dedans, sans même me regarder en parlant.

"Il y avait des garçons noirs aussi, avec leurs regards timides. C'est tout juste s'ils osaient sourire, mais je savais leur faire comprendre ce que je voulais. Sans hésiter. Et puis un soir, j'ai réussi à en convaincre un de me rejoindre. Je lui ai donné la nuit de sa vie. Une nuit qu'il n'oubliera jamais."

Elle continue de fureter dans mes tiroirs. Je sais pas ce qu'elle cherche, mais j'ai jamais entendu cette version-là de sa jeunesse, et je peux pas m'empêcher de tendre l'oreille.

"Mais j'ai peur. J'ai peur que ça n'ait peut-être pas suffi. Mes frères tenaient plutôt du côté de mon père. Ils réclamaient toujours les histoires de l'arrière-grand-père : le coton, les bals, les fêtes que l'arrière-arrière-grand-mère organisait pour les esclaves à Wildwood… Mes frères n'étaient pas dégoûtés par ça comme je l'étais moi, et quand j'ai vu ce qu'ils avaient fait à ce garçon, ah, je les ai suppliés de se livrer à la police, mais j'étais le bébé de la famille. La petite dernière. La plus jolie fille de tout le comté."

Voilà qu'elle passe maintenant au tiroir dans lequel je range mon argent. Elle l'a ouvert, en a retiré une liasse de billets de cent dollars pliés. Je m'avance vers elle et j'essaie de les lui reprendre – trop tard. Elle en déplie quelques-uns, qu'elle déchire en morceaux.

Je cherche à attraper le reste du tas mais elle me bloque d'une main en se tenant à la commode de l'autre. Elle a toujours sa chemise de nuit bleu pâle bordée de dentelle, dont le tissu oscille dans la bataille. Elle a la main rouge à force de s'agripper au meuble. De l'autre, elle me gifle, mais je la retiens et j'empoigne les billets qui restent. Elle abandonne la lutte et se met à hurler.

"C'est pas à toi, tu l'as pas mérité ! Je t'ai donné cet argent pour que tu restes avec moi, pas pour que tu t'en ailles. Ne me touche pas ! Ne me touche pas !"

Elle appuie sur le bouton de son moniteur d'alerte. J'entends le standardiste répondre :

"Neuf, un, un, quelle est votre urgence ?"

Elle hésite une fraction de seconde, le temps qu'il me faut pour lui arracher le moniteur. Elle est trop surprise pour résister.

"C'est ma grand-mère. Elle a besoin de secours. Elle a une sorte de crise de démence, elle a besoin de secours."

En entendant ça, elle retombe comme un soufflé. Tous les efforts qu'elle a produits ces quelques minutes l'ont épuisée. Elle pose sa main sur la commode pour se tenir droite.

Pendant que le standardiste me pose des questions, Martha m'observe avec un air bizarre, la tête penchée sur le côté. Sitôt que je raccroche, elle s'effondre par terre, mais je ne vais pas la relever. Je descends et j'attends.

J'entends l'ambulance approcher ; les secouristes ont à peine sonné que j'ouvre la porte et les fais entrer. Pendant qu'ils s'occupent d'elle, je porte ma valise jusqu'à la voiture, puis celle de King, puis la déco et les appareils que j'avais ramenés de chez moi. Enfin la photo. Je la tiens comme je tenais King quand il était bébé. J'ai pas besoin de regarder le visage de Josephine pour savoir ce qu'elle ressent ou même ce qu'elle pense : "Ne regarde pas en arrière." Pendant ce temps, Martha continue à hurler :

"Tu peux pas t'éloigner de moi, t'arriveras jamais à t'en sortir ! Si tu me quittes, t'arriveras jamais à t'en sortir !"

Ils l'ont sortie sur un brancard.

"Tu ne seras jamais rien !"

Je l'entends jusqu'à ce que je claque la portière de la voiture. Je suis tentée de me retourner vers les sirènes, ou même vers elle, mais j'ai le regard fixé droit devant.

JOSEPHINE

1924

Le lendemain matin, je me lance dans la prépara-tion de mon meilleur pain. C'est pas la miche ordi-naire. J'ajoute des noix dans la pâte, une pincée de cannelle. Je râpe du gingembre, que je mets aussi ; j'ai vu un homme pleurer après avoir goûté une tranche de ce pain tout juste sorti du four.

Quand il a levé et qu'il est cuit, je l'enveloppe dans un torchon et je vais chez les voisins. En enten-dant du bruit à l'intérieur, j'hésite à frapper. Char-lotte a de la visite, c'est évident, mais j'ai les nerfs en pelote depuis le réveil et je peux pas rester comme ça une minute de plus.

Elle ouvre la porte et son visage se décompose. Elle s'attendait à voir quelqu'un d'autre, ou elle est pas en situation de me recevoir – je saurais pas dire la raison, mais elle veut pas de moi ici. Moi non plus d'ailleurs. Avec ce que je sais maintenant sur elle, je suis en colère, et pas rassurée non plus d'être là, mais qu'est-ce que je ferais pas pour avoir la paix ? pour protéger mon fils ? Je tends le bras.

"Je vous ai fait du pain, je dis. C'était mon tour."

Je glousse comme je l'ai vue faire. C'est mon pre-mier essai et il est pas probant. On dirait plutôt un grognement de cochon.

Peu importe.

"Il sera rudement bon avec toutes les confitures que vous avez en réserve.

— Oh, c'est si gentil à vous !"

Son sourire est revenu et je suis contente d'être restée. Elle prend mon pain.

"Le problème, c'est que j'étais au beau milieu de quelque chose, elle dit.

— Ah ? J'avais pas l'intention de vous interrompre. Je voulais juste vous parler. C'est important, en fait."

J'entends des voix s'élever derrière elle.

"Ah ? Ah. Écoutez, je sais que vous avez un problème avec Vern à cause de cet arbre affreux. Je détestais cet arbre, de toute façon, elle dit en agitant la main. Entre nous, je suis contente qu'il y soit plus."

Elle a mis du rouge à lèvres. Du blush aussi. Et ses cheveux sont attachés en chignon. C'est une très jolie femme. Depuis tout ce temps, je m'en étais même pas aperçue.

"N'empêche, il vaudrait mieux que tout ça reste entre les hommes, vous croyez pas ?"

Je sais pas quoi répondre. La question est pas difficile, mais la façon dont elle l'a posée, sa façon de se tenir, les épaules en arrière – et elle a de gros seins, énormes même. Les miens ont jamais fait cette taille, même quand j'attendais mes enfants. Je sais pas comment j'ai pu ne pas le voir – ça me fait bafouiller.

"Je me disais tout de même qu'on pourrait essayer de trouver une solution, miss Charlotte. Bien sûr, c'est souvent plus sage de pas se mêler de tout ça, mais cette fois, vu qu'on se connaît, vu que c'est un sujet sensible des deux côtés, je pensais que peut-être on pourrait mettre les choses au clair entre nous.

— Je préfère pas en discuter maintenant, de toute façon", elle réplique.

La porte commence à se rabattre sur moi. Je la bloque du pied.

"L'ennui, c'est que mon fils est sous pression, et je sais que si on se parlait toutes les deux comme on faisait avant, on pourrait arranger les choses pour nos gars. Les soulager de ce poids-là…"

On entend un petit cri derrière elle. Elle se retourne.

"D'accord, on en reparle une autre fois. Faut vraiment que j'y aille !"

La porte se referme à deux doigts de mon nez.

"D'accord. Un peu plus tard dans la journée, peut-être ?"

Cette fois, j'engage ma jambe dans la porte.

"Peut-être", répond-elle.

Une femme apparaît derrière elle.

"Tout va bien, Charlotte ? Vous avez besoin d'aide ?"

Elle s'approche encore.

"Non, j'allais justement vous retrouver."

Charlotte agite la main derrière elle pour empêcher son amie d'avancer, mais le mouvement ne fait qu'attirer l'attention de l'autre, qui insiste :

"Vous êtes sûre, Charlotte ? Ça fait un bon moment que vous êtes partie, et avec un salon plein d'invitées ! Margaret a cherché les assiettes mais elle les a pas trouvées. J'ai regardé dans vos placards, ils sont pleins de poussière. Vous n'avez pas de bonne ? Si vous voulez, je peux vous en recommander une."

Elle arrive dans l'entrée et aperçoit mon visage.

"Oh." Elle recule. "Elle vous dérange, celle-là, Charlotte ?

— Non, non !"

Charlotte repousse la porte. J'ai tout juste le temps d'enlever mon pied. De l'extérieur, je l'entends qui dit :

"Elle venait mendier, c'est tout.

— Ces gens ! Ben, notre boulot, c'est justement de ça qu'il s'agit", dit sa copine, puis leurs voix s'éteignent.

Je fais demi-tour et je regarde les champs qu'Isaiah a conquis. D'habitude, je me sens la reine en contemplant tout ça, mais aujourd'hui, c'est comme si ça appartenait à quelqu'un d'autre ; je suis de nouveau à Wildwood, debout, un peu à l'écart de la table de Maîtresse, à attendre que Miss Sally ait fini pour pouvoir dévorer les restes.

Comme le grand jour approche, je commence à dormir chez Major. Il doit aider Eliza à mettre ses chaussures. Elle prend tous ses repas au lit ; elle est tellement bas que lorsque le bébé donne des coups de pied, elle réclame un seau d'urgence. Depuis la nuit où ces gars ont brisé leurs fenêtres, elle et Major s'entendent mieux que jamais.

"Tu veux que je te masse les pieds, ma douce ?" il demande.

À quoi elle répond :

"Ce serait tellement gentil, mon roi."

Elle est fière de lui, c'est sûr, et je vois comme il s'en repaît jusqu'au tréfonds de lui-même. Il arrête pas de lancer des blagues ou de chanter dans toute la maison. Je me demande si le frère d'Eliza avait pas raison, après tout. Les gars sont pas revenus. Ils ont dit ce qu'ils avaient sur le cœur et Major aussi, et finalement y a pas eu de mal de fait, mais ça a tellement compté pour Major de se sentir un homme !

Quand je rentre chez moi pour me changer, je veille à le faire en plein jour. Puisque le pays est maintenant au Klan, je tiens pas à être surprise après la tombée de la nuit.

Je prends quelques corsages pour moi. J'ai porté les jupons de grossesse d'Eliza, j'ai décousu ses culottes à la taille autant pour mon usage que pour le sien. Je suis en train de plier mes panties quand j'entends frapper. Me disant que c'est Theron, j'ouvre la porte, mais non. C'est Charlotte, qui me regarde fixement.

Elle a des marques, bien plus que la première fois, tout autour des yeux et de la bouche. Des bleus qui lui encerclent le cou. Je retiens mon souffle. Elle profite que j'aie lâché le cadre de la porte pour entrer.

"J'ai essayé de lui dire d'arrêter, ce soir-là. Je voulais vous en parler l'autre jour, mais y avait les autres dames. Le soir après votre visite, j'ai de nouveau mis ça sur le tapis, une fois les autres parties, et il m'a fait ça."

Elle montre son visage, et son corps aussi.

"M'a dit de m'occuper de mes oignons. Je regrette tellement tout ce qui s'est passé… Je lui ai demandé d'arrêter mais il m'a battue, il m'avait jamais battue comme ça avant. Je lui avais pas dit, mais j'étais enceinte cette fois-là.

— Vous l'êtes toujours ?"

Elle secoue la tête.

"Je l'ai perdu cette nuit. Peut-être que j'aurais fini par le perdre de toute façon."

Elle regarde par la fenêtre.

"Je suis vraiment désolée, je dis. Personne mérite ça."

Il y a un silence. Je sens qu'elle en attend plus de moi, peut-être des applaudissements pour ce qu'elle a sacrifié, et pour les coups qu'elle a pris à ma place.

"Voilà, je voulais juste m'excuser. Je sais que vous devez pas penser du bien de moi maintenant, mais j'aurais pas pu me regarder en face si j'étais pas venue m'expliquer. Je vaux mieux que Vern, je vaux mieux que ce qu'il fait, et je tenais à vous le dire."

Elle est sur le point de s'en aller, et pour un peu je la laisserais partir, mais j'ai comme un poids dans la poitrine, un poids qui veut s'échapper, et c'est plus fort que moi.

"Ce groupe que vous avez rejoint, c'était le Klan, hein ?"

Elle se retourne, hoche lentement la tête.

Comme elle s'apprête à en dire davantage, je lève la main. Je vais à la porte et la lui tiens ouverte.

"Vous devriez quitter Vern", je dis.

Elle baisse les yeux et s'en va.

Je vais rejoindre l'arbre où je prie. Les raisons qui m'y conduisaient avant s'étendent devant moi comme un pont, il me ramène au lieu exact où l'herbe a cessé de pousser l'année du départ de ma fille. Des fois, j'allais simplement m'y asseoir, et sitôt que je fermais les yeux, je sentais comme un cordon qui reliait mon crâne à l'au-delà. Des anges voletaient au-dessus de moi en me riant à l'oreille. Mais c'est pas tout. D'autres fois, je m'y précipitais, et je balançais mon corps, je cognais, je crachais tout, toute l'infamie d'être née noire, d'être née femme, et mes cris ne rencontraient que le silence, mais en revenant, j'avais la sensation de flotter sur le chatoiement d'un fleuve, la poitrine comme un chenal vide.

Aujourd'hui, je sais pas à quoi m'attendre. Je ferme les yeux, et la femme me retrouve à l'endroit même où je suis. C'est celle qui m'apparaît de temps à autre, et elle est assise en face de moi, à une grande table qui fait presque toute la longueur de la pièce. Je regarde autour de moi et je reconnais rien, ni les masques en bois sur le mur, ni le vase en cristal qui me masque presque la vue. La femme dépasse tout ce que je pourrais imaginer ; elle a les ongles et les dents qui brillent, et ses cheveux en longs nœuds gris s'échappent du foulard qu'elle a noué sur sa tête. Elle me sourit.

"J'ai attendu que tu viennes à moi, que tu m'apparaisses, elle dit.

— Qui es-tu ? je demande.

— Qui es-tu ?" elle répète, presque comme un écho.

Alors je lève les yeux vers elle, ensorcelée par ses paroles, comme un galet poli qu'on berce dans ses mains, et elle me rattrape et sourit à nouveau.

"Je suis toi et tu es moi, alors qui que tu sois, c'est aussi ce que je suis." Elle rit un long moment. "Je t'attendais", dit-elle encore.

Je continue à regarder autour de moi. La pièce, et tout ce qu'elle contient, est si bien arrangée. Si neuve. Il y a des photographies sur tous les murs et des tapis dans des tons orange et or qui captent le regard. Il y a un grand carré au milieu de la pièce avec des images animées de gens qui le traversent. Ça me rappelle ces spectacles de La Nouvelle-Orléans dont parlaient les gens, mais dans sa propre maison. J'ai envie de le toucher, mais ma mère m'a appris les bonnes manières.

"Tu m'attendais ?" je demande.

Elle hoche la tête.

"Tous les jours. Je t'ai observée aussi. Pour voir ce que tu faisais. T'as été esclave, c'est ça ?"

Je dresse la tête.

"C'est plutôt eux qui étaient des esclavagistes, ma fille. Nous, on aurait fait n'importe quoi pour changer les choses. Mais eux, ils étaient comme ça. Et mes parents ont quand même risqué leur vie. Et rien a été pareil après ça."

Tout en parlant, je peux pas m'empêcher de remarquer ses vêtements. Même Eliza aurait du mal à imaginer une soie si fine, la façon dont le corsage souligne les seins juste comme il faut, et la coupe franche de la jupe. Et elle dit qu'elle est moi ! Tout ce temps, maman avait raison…

"Je suis fière de toi", je dis.

Elle se met à sourire, puis sa bouche retombe, son œil droit s'embue.

"De moi ? T'es sérieuse ?"

Elle se lève, s'avance vers moi ; plus elle s'approche, plus je sens son parfum, qui vient flotter à mes narines. Je sais pas si ce sont des fleurs ou de la vanille ; c'est aussi raffiné que l'eau de rose de Maîtresse, mais ça sent bon.

Je rapproche ma chaise. Elle me tend les mains et je les prends.

"Je suis tellement fière de *toi*, dit-elle. On est tellement fiers de toi. On pourrait jamais vous rendre la pareille. Non, il y aurait trop à vous rendre."

Elle tend les bras pour me serrer contre elle, mais une voix jaillit de l'autre côté de la table. J'arrive pas à voir à qui elle appartient, mais je l'entends qui l'appelle : "Gladys." Elle se retourne et j'ouvre les yeux.

JOSEPHINE

1855

J'avais fini par m'endormir, et quand je me suis réveillée, Jupiter nous criait de descendre du chariot. On était tout au bord des marais, avec des roseaux qui m'arrivaient à l'épaule. Papa s'est penché pour me soulever, et on a pataugé un bon moment ; Jupiter a frappé l'eau avec des bâtons pour éloigner les mocassins d'eau et les alligators, et maman a murmuré des prières. Quand on a atteint une bande de terre ferme, on est montés dessus et on a senti le sol craquer sous nos pieds – roseaux et feuilles de palmier entrelacés. Quatre hommes ont surgi de nulle part. Ils portaient des pantalons et des chemises de coton en lambeaux, ainsi que des chapeaux et des manteaux en peaux de ratons laveurs. Chacun pointait une arme sur la poitrine de Jupiter.

"Nous avons été envoyés par l'homme reluisant", a dit Jupiter.

Les hommes ont hoché la tête en grommelant, puis ils ont laissé retomber leur arme et nous ont fait signe de les suivre. On est bientôt arrivés à une rangée de cabanes montées sur pilotis et faites de branches, d'herbe et de feuilles de palmier nain.

"Où est-ce qu'ils nous emmènent ?" a demandé maman, mais papa l'a fait taire.

On a grimpé à une échelle et on a suivi les hommes jusqu'à la dernière cabane. La porte était ouverte ; les murs étaient bouchés par du papier journal, et des couvertures s'étalaient sur les grabats remplis d'herbe. Il y avait un feu, et on s'est approchés de la chaleur. Là, un homme était assis jambes repliées ; il avait une belle peau brune, et des cheveux raides et gris qui lui tombaient aux épaules. Ce ne pouvait être que l'homme reluisant – ça se voyait non seulement à son visage, qui brillait comme si on venait de le badigeonner de saindoux, mais à la façon dont les autres se comportaient avec lui : en entrant ils s'inclinèrent et, tout terribles qu'ils nous aient paru à notre arrivée, ici ils parlaient à voix basse, avec des inflexions douces. Quand l'homme reluisant a vu Jupiter, il s'est mis à chanter un air que j'avais déjà entendu.

Ma lo we l'okun mo

Il m'a fallu du temps pour retrouver d'où il venait, puis je me suis souvenue : c'était l'air que Jupiter avait fredonné en voyant maman. Jupiter et maman se sont regardés. Quand l'homme reluisant a terminé, ils lui ont répondu par un autre vers :

*O gbe won lo**

Maman m'avait mis sur le dos tous les vêtements que je possédais, mais après la traversée j'étais trempée, et je frissonnais de tous mes membres. L'homme

* Chant traditionnel d'Ouganda : "Ne va pas te baigner dans la mer / Car elle emporte les gens au loin."

reluisant a ordonné à ma mère de me couvrir et il m'a fait passer de l'eau dans une tasse en fer-blanc. J'ai bu tandis qu'ils parlaient. Jamais de ma vie je n'avais été aussi épuisée. Pendant mon sommeil, des bribes de leur conversation s'entremêlaient comme les branches qui tissaient les murs autour de moi.

Ils ne s'attendaient pas à l'arrivée d'une enfant, a dit l'homme reluisant.

Ils n'avaient pas d'enfants ici, à cause de ce qui leur avait été donné de faire.

"On reste pas longtemps", a précisé ma mère, mais cette fois c'est Jupiter qui l'a fait taire.

"C'est pas une enfant ordinaire, il a dit. Elle est plus vive que la plupart des adultes. Elle se prend en charge. Elle peut travailler.

— Nous n'acceptons pas les enfants", a répété l'homme reluisant comme si de rien n'était.

Ma mère s'est mise à pleurer.

"Juste pour quelques jours, alors, a demandé mon père. Juste quelques jours et après on reprend la route."

L'homme reluisant a eu l'air de réfléchir un moment, puis il a hoché la tête et a dit qu'on pouvait dormir dans la cabane à côté de la sienne. Papa m'a portée jusque-là. Il y avait deux nattes à l'intérieur et un seau d'eau, mais personne n'en a bu. Jupiter s'est effondré sur une des nattes et mes parents ont fait pareil sur l'autre. J'ai dormi entre eux, et alors que j'aurais cru être terrifiée, je me suis sentie en sécurité.

Il n'y avait pas de cloche ici, mais on s'est quand même réveillés à l'aube. Dehors, des hommes faisaient cuire un lapin sur le feu et ils nous ont servi des morceaux sur une assiette en fer-blanc. Jupiter a dévoré sa part mais mon père n'en a pris qu'une bouchée. Le reste, il l'a donné à ma mère et à moi. La viande était dure ; malgré ma faim, je devais mâcher si longtemps chaque bouchée que je me suis lassée de manger.

Après ça, on s'est tous mis à travailler. Les femmes s'occupaient de leurs carrés de maïs et de courges, les hommes s'éloignaient dans les bois pour couper des arbres ou chasser. J'ai aidé ma mère à désherber et à semer, mais il y avait déjà vingt femmes ici, et il n'y avait pas grand-chose à faire. Après le déjeuner, on s'est à nouveau réunis en cercle. Les prières commençaient comme à Wildwood : on rendait grâce, pour cet air libre qu'on respirait, pour la couche tendre où notre tête reposait la nuit. Et quand maman s'est mise à chanter un chant que je n'avais encore jamais entendu, les hommes et les femmes tout autour se sont joints à elle :

No more peck o' corn for me
No more peck o' corn for me
No more peck o' corn for me
Many thousand go*

Les voix se firent plus fortes, maintenant accompagnées de claquements de mains. Certains tapaient des pieds et faisaient des moulinets avec les bras. Il y avait des tambours et des crécelles qu'on se passait pour jouer à tour de rôle, la bouche levée vers le ciel.

No more mistress call for me
No more mistress call for me

* "Finis les boisseaux de maïs / On s'en va par milliers."

No more mistress call for me
*Many thousand go**

La cérémonie terminée, j'ai pu faire le tour du camp. C'est vrai qu'il n'y avait pas d'enfants. Dans l'ensemble, les hommes se massaient d'un côté, et les femmes de l'autre, mais les séparations ne s'arrêtaient pas là. Jupiter cheminait avec les gars qui nous avaient accueillis avec des fusils, tandis que papa restait assis sans rien dire avec le Reluisant. J'ai suivi Jupiter. Il y avait beaucoup d'arbres sur mon chemin, surtout des chênes et des pins. Le petit bétail pullulait ; il s'enfuyait à mon approche en bonds farouches. Je suis arrivée à un ruisseau, à quelques mètres de notre cabane, où Jupiter et sa bande étaient assis à pêcher. Je suis restée suffisamment en arrière pour qu'ils ne puissent pas me sentir ni entendre mon souffle. Au début, ils ne disaient pas grand-chose, se contentant de guetter les rides à la surface de l'eau, mais au bout d'un moment, ils se sont mis à raconter leur histoire – d'où ils venaient, où ils espéraient aller.

Jupiter a dit qu'il avait d'abord pensé s'enfuir seul jusqu'en Ohio, puis au Canada. Il connaissait des gens qui l'avaient fait. Non, il n'avait pas de nouvelles, mais il sentait au fond de lui qu'ils étaient arrivés dans le Nord. Pour dire combien ils étaient proches… et il avait tout prévu pour faire pareil. C'est à ce moment-là qu'il avait rencontré cette femme.

Les autres ont lâché un grognement.

* "Fini d'obéir à la maîtresse / On s'en va par milliers."

C'est pas ce que vous croyez, il a corrigé ; il aurait pas risqué sa vie rien que pour ça. Non, pour lui, elle était le foyer qu'il n'avait jamais eu, un vague souvenir de ce que ça pourrait être. Et c'était sa responsabilité de l'aider ; sinon elle, au moins son enfant.

Ça m'a fait du bien de l'entendre dire ça, mais les gars avaient l'air plutôt sceptiques.

C'était bien joli, tout ça, ils ont dit. C'était bien joli, mais toutes les semaines, il fallait bien que quelqu'un retourne à la plantation, au ravitaillement, et c'étaient les nouveaux qui devaient s'en charger. Qui allait s'y coller ? Je m'attendais à ce que Jupiter propose mon père, c'était bien son genre, mais il a dit que ce serait lui qui irait. En disant ça, il s'est fendu d'un grand sourire, les yeux exorbités – son sourire de dément. Et les hommes lui ont donné des claques dans le dos et ils lui ont fait boire un liquide sombre.

Plus tard, après dîner, ma mère est arrivée derrière lui et lui a tapoté le bras. Elle est partie en direction du ruisseau et il l'a suivie. Je n'étais pas très loin derrière. En m'approchant, je l'ai entendue dire :

"Fais pas l'idiot. On vient d'en partir, et toi tu veux y retourner.

— Maintenant, c'est plus pareil. C'est ma volonté. J'y vais en tant qu'homme libre…

— T'es pas encore libre, imbécile ! Si on t'attrape, tu vas te retrouver à la plantation, mais avec une oreille ou une jambe en moins."

Il a ri à sa façon, la tête basculée en arrière et le corps secoué de tremblements.

"Et tout ton blabla de Visionnaire, il est loin maintenant, hein ? De quoi t'as l'air, à te demander ce qui va m'arriver ? Là, ce que tu devrais voir, c'est Jupiter qui rentre tout tranquille, même pas au pas de course, vu qu'y a personne qui lui court après. Ce que tu devrais voir, c'est mes bras chargés de vivres, de vêtements, d'armes…"

Maman s'est contentée de secouer la tête.

"Laisse-moi faire mon boulot, femme.

— Ouais, tu fais ton boulot, d'accord, mais je te le dis, que tu sois rentré ou pas, dans deux jours on part rejoindre ce bateau."

Papa est arrivé à ce moment-là, tout souriant. Lui aussi avait goûté au breuvage noir.

"Pourquoi vous vous disputez ? il a demandé en attirant maman à lui. Y a des gens qui savent même pas profiter du fruit de leurs prières !"

Il l'a embrassée sur la bouche.

"Pas encore, elle a dit. Bientôt."

Elle s'est glissée tout contre papa en lançant à Jupiter un regard plein de haine. Ou peut-être que c'était de la peur.

Le lendemain matin, quand je me suis réveillée, il était parti. On n'a rien changé pour autant à notre façon de vivre. Ma mère a sarclé autour des okras et elle s'est renseignée auprès des autres dames sur le bateau à vapeur qui remontait le Mississippi jusqu'au Nord. Le soir, assis autour du feu, les hommes ont aiguisé leurs couteaux, leurs haches et leurs hachettes ; ils ont démonté puis remonté leurs fusils. Ils ont dit que si l'homme ne revenait pas, on pouvait s'attendre à ce que les Blancs viennent nous cueillir demain. Et ils ont décidé de passer la nuit sur le sentier qu'on avait pris à l'aller, et de veiller. Personne n'a mentionné le nom de Jupiter. J'avais beau ne pas l'aimer, je ne trouvais pas ça juste, que ces gens ne soient même pas touchés par sa disparition. Par contre, maman se tordait les mains comme si c'étaient des chiffons. Elle ne tenait pas en place. Mon père s'est approché pour lui dire "Calme-toi, femme", et puis une seconde fois "Tu nous rends tous nerveux ici, calme-toi !" Mais ça n'a rien changé, et en allant me coucher, je me suis dit que Jupiter était mort.

Longtemps après m'être endormie, mais avant que le soleil se lève, j'ai entendu un coup de feu. Je me suis relevée en sursaut et maman a poussé une longue plainte lugubre. On s'est rués hors de la cabane, avec papa qui soutenait maman, et on est tombés sur Jupiter, son pigeon sur l'épaule. Il riait avec les hommes ; il rapportait encore des armes, un poulet, des chemises, des pantalons de laine et quatre paires de bottes en cuir. Ma mère ne l'a pas approché, elle se tenait à côté de moi en secouant la tête et en souriant. On est retournées se coucher, mais mon père ne nous a pas accompagnées. Il a veillé devant notre porte jusqu'à ce que je m'endorme, et quand maman et moi on s'est réveillées, il était toujours là, debout.

Maman a levé les yeux vers lui et elle a soupiré.

Elle a pris le bol et la cuillère en bois que les femmes nous avaient donnés, elle a cassé trois œufs et les a fouettés. Comme s'il avait posé une question, elle a dit :

"C'est pas ce que tu crois."

Elle s'est traînée jusqu'à un petit fût, et là elle a commencé à tamiser de la farine de maïs pour le pain.

"C'est comme un frère, elle a poursuivi. T'as jamais eu de frère, alors tu sais pas ce que c'est. Quand je parle avec lui, je me sens comme dans les bras de maman. Je me souviens à peine d'elle. Je saurais pas reconnaître son visage dans une foule, mais je me rappelle l'émotion que j'avais, et elle est pure."

Papa n'a rien dit. Il s'est approché d'elle et l'a regardée cuire le pain dans la poêle. Plusieurs fois il a ouvert la bouche, et puis il l'a refermée ; quand le pain a été prêt, il n'en a pas laissé une miette.

Une routine s'est installée : jardiner, nettoyer, se laver, cuisiner, s'asseoir avec les hommes pendant qu'ils décrivaient leurs femmes ou celles qu'ils voulaient épouser. À certains passages, maman se penchait sur moi et me bouchait les oreilles avec ses mains dures et écorchées. Jupiter, ma mère et mon père parlaient de la liberté, de son goût, de son aspect, de sa musique, et alors le reste du groupe se taisait.

Papa leur a demandé s'ils voulaient partir avec nous. Ils ont secoué la tête. Certains ont dit que ça valait pas le coup ; d'autres, qu'ils étaient contents d'où ils étaient ; l'un a dit que son travail commençait et finissait là, et que c'était ça qui le portait. On s'en sortirait pas aussi bien s'ils étaient pas là, a ajouté un autre. Un jour, peut-être, ils partiraient, mais pour l'instant ils devaient faire passer des gens comme nous.

Les femmes nous ont tout expliqué pour le bateau : qu'il quittait La Nouvelle-Orléans juste au lever du soleil, qu'on allait se faufiler à bord, puis se cacher au milieu de la cargaison le temps d'arriver à Cincinnati. Mais moi, je m'étais habituée au camp, même aux hommes armés. Surtout, je voulais continuer de dormir entre papa et maman. Je n'osais pas le dire, mais je m'étais même imaginé rester là pour toujours, et quand je serais grande, me faufiler avec Jupiter pour aller chaparder la nuit. J'en profiterais pour dire bonjour à Miss Sally. Elle avait le sommeil lourd et croirait à un rêve.

Les adieux, le lendemain soir, ont été brefs et pénibles. Les femmes nous ont offert des okras et des légumes, du pain de maïs et du poisson, et les hommes ont donné un fusil à Jupiter et une hachette à mon père. Il y avait quarante-cinq kilomètres de marche jusqu'au bateau. Le Mississippi coulait à nos côtés, bordé par la digue qu'on avait traversée tant de nuits en secret. Sur l'autre rive, derrière une haie de chênes et d'orangers, se dressaient des plantations, dont j'aurais pu retracer le plan d'après ce que je connaissais de Wildwood : ici les cabanes, le moulin à sucre, la cuisine, là les champs, et la maison des maîtres qui dominait le tout. Le chemin était plat le plus souvent, interrompu ici ou là par de larges fossés, parfois sans pont – maman et les hommes devaient alors patauger dans l'eau jusqu'à la taille pendant que j'étais juchée sur les épaules de papa.

On a marché une bonne partie de la nuit avant de faire halte pour boire. J'étais agenouillée au bord du fleuve quand j'ai entendu la voix d'un homme derrière nous.

Je n'ai pas eu besoin de me retourner pour savoir qu'il était blanc.

"Où est-ce que vous croyez filer comme ça ?" il a demandé.

On n'a pas bougé, pas dit un mot.

"Où est-ce que vous croyez filer comme ça ?" il a répété.

Cette fois Jupiter s'est retourné, et on s'est retournés aussi.

L'homme a sursauté en voyant le visage de Jupiter.

"On fait une petite promenade, a répondu celui-ci. On cherchait quelqu'un à qui acheter un revolver. Vous auriez pas une petite idée ?"

Mon père a pressé ma main très fort dans la sienne. J'ai senti qu'il glissait l'autre sous son manteau pour saisir la hachette. Ma mère était juste derrière moi, mais je ne l'entendais plus respirer. Moi aussi, pendant ce court moment, j'ai cessé de respirer. Je ne comprenais pas pourquoi Jupiter avait été aussi bête. Mais l'homme blanc n'a pas tiqué.

"Non monsieur, il a répondu. Mais plus vous approcherez de La Nouvelle-Orléans, plus vous aurez de chances de trouver.

— C'est ce qu'on se disait, a repris Jupiter. On ferait aussi bien de se remettre en route, alors.

— Bonne journée, monsieur !" a dit l'homme blanc.

Jupiter a soulevé son chapeau en lui souhaitant une bonne journée aussi.

Quand l'homme s'est trouvé hors de vue, papa et maman se sont regardés d'un air incrédule. Jupiter hochait la tête et leur donnait des claques dans le dos, souvent accompagnées de "Je vous l'avais bien dit !"

"T'as raison, c'est vrai, a admis papa. Mais si ç'avait pas marché…

— Ça a marché, l'a coupé Jupiter.

— Ça a marché", a répété maman.

Et on est repartis, en allant plus vite cette fois, encore aiguillonnés par la menace qui s'éloignait et dont on n'avait pourtant plus rien à craindre.

Avant l'aube, on a aperçu au loin les mâts des navires, mais comme on avait besoin d'une autre nuit pour atteindre le quai, on a campé là où on se trouvait. On a mangé des légumes que les femmes avaient cueillis pour ma mère. Il y avait des ratons laveurs et des opossums, mais papa a dit qu'il ne fallait pas faire de feu. Mon père et Jupiter se sont assis pour discuter. Maman avait pris des pierres avec elle ; elle les a remuées dans ses mains et les a lancées par terre, puis elle a froncé les sourcils, elle les a ramassées et les a jetées à nouveau. Elle a fait ça trois fois, puis elle a claqué des mains et a fermé les yeux. Je n'entendais pas sa prière, sinon des mots qui se bousculaient dans une plainte terrifiée.

JOSEPHINE

1924

Ce matin, la cloche sonne pour Eliza, et je l'entends avant même d'arriver chez elle. Ce cri, je le reconnaîtrais de n'importe où ; il ravive ma propre expérience – trois fois renouvelée –, cette douleur à couper le souffle qui semblait vouloir m'arracher la vie. Je presse le pas. Sitôt arrivée, pas le temps de réfléchir : je fais bouillir de l'eau, je change Eliza de position, et je trouve enfin la paix depuis que la récolte a été arrachée. Cyrile est là, mais elle sait pas quoi faire. Elle m'écoute docilement quand je lui dis d'empiler les édredons pour protéger le lit, de faire bouillir les lacets de soulier pour nouer le cordon, de faire une pommade avec du suif de bœuf, et d'aider Eliza à se redresser à genoux. Quand le bébé est né et que je l'ai mis dans les bras de sa mère, Cyrile s'approche de moi et je la serre contre moi tandis qu'elle sanglote doucement.

C'est Jericho qui doit choisir un prénom pour sa sœur.

"Lucille.

— C'est drôlement mignon comme nom, Jericho, je dis.

— D'où tu le sors ? demande Major.

— Une fille à l'école."

Major et moi, on se regarde et on rigole.

"Dis donc, Jericho James, tu veux donner à ma fille le nom de je sais pas quelle gamine de l'école pour qui t'as le béguin ?"

Il hausse les épaules.

"C'est mignon", décrète Eliza.

La petite a la couleur de peau de sa mère, mais elle ressemble à Major. Elle ressemble à Isaiah, et je sais qu'il regarde.

"Lucille Josephine. C'est drôlement mignon."

Je leur demande s'ils veulent que je rentre chez moi. "Y aurait pas de mal à ça", je dis, des fois qu'ils voudraient commencer tout de suite la vie de famille, mais ils me rassurent : ils veulent que je reste. Alors je me mets au travail : je mets la délivrance à bouillir, j'attache le cordon du nourrisson, je recouds Eliza, je la bande étroitement, je change les compresses, je lave les édredons. Comme le bébé se réveille toutes les deux heures, c'est moi qui le prends le matin.

On dit qu'une nouvelle âme ne devrait pas quitter son foyer avant la sixième semaine, mais je me dis que je peux faire une exception pour ma ferme, et je l'emmène au champ défriché par son grand-père et je lui montre les patates, les tomates, le maïs.

"Vu sous cet angle, la vie, c'est tout du bon, ma petite fille, je lui dis. Si tu regardes les choses sous cet angle, tu peux avoir tout ce que ton petit cœur pourra rêver. Tout", je répète.

Le mensonge manque se coincer dans ma gorge, mais je le répète quand même, parce que ce sera peut-être vrai pour elle. En tout cas, ce sera pas moins vrai juste parce que je l'ai dit.

Et comme si la vie me répondait que oui, *Il peut faire une chose nouvelle*, un matin je suis en train de faire la lessive chez moi quand on frappe à la porte. C'est Link. Il y a un homme à côté d'elle et il me faut une bonne minute pour reconnaître son fils Henry. Il a perdu dix kilos, il a les joues émaciées et il me regarde pas en face, mais c'est lui. Je le prends dans mes bras et je le serre un long moment contre moi.

De retour chez Major, comme le lait d'Eliza est toujours pas monté, je demande à Jericho d'aller cueillir du fenouil dans mon potager.

"Il fait ses devoirs ; je vais y aller", déclare Major.

Ces derniers temps, il est plus coulant avec le gamin. Depuis l'arrivée du bébé, Jericho a régressé : il veut dormir au pied de mon lit, il fait des scènes pour rien. Major laisse pisser, et je me demande si le fait d'avoir pu dire ce qu'il avait sur le cœur à des Blancs sans que le ciel lui tombe sur la tête n'y est pas pour quelque chose ; s'il commence à penser qu'il y a la place pour que son fils ait quelque chose dans le crâne…

Eliza fait une sieste après le départ de Major, et il n'est toujours pas de retour à son réveil. Je leur sers le dîner – inutile d'attendre, il faut que la fille mange pour que le petit mange. Je débarrasse la table, mais toujours pas de Major. Comme je commence à m'inquiéter, je passe chez Link. Henry est installé avec elle dans la salle de séjour, et cette nouvelle présence a l'air de lui avoir fait reprendre du poil de la bête.

"Retourne avec Eliza et la petite, me conseille-t-elle. Je vais aller chercher Theron."

Mais une autre heure passe, et toujours personne.

Eliza ne tient pas en place, elle fait les cent pas alors que je lui dis de rester assise pour ne pas faire sauter ses points de suture.

Jericho est allé se coucher et je suis contente. Quand il se réveillera, son père sera rentré, et il aura pas besoin de savoir qu'il y avait des raisons de se faire du mouron. Je dis à Eliza d'en faire autant :

"Le bébé dort, donc tu dors. Quand tu te réveilleras, Major sera rentré."

Elle secoue la tête.

"Mais je vois pas du tout où il a bien pu aller !

— Sans doute à la ville, pour te trouver quelque chose de joli, pour te faire une surprise.

— À cette heure-ci ?"

Elle me regarde et j'ai pas la présence d'esprit de répondre. Je suis lessivée moi-même. Enfin, j'entends Link qui monte péniblement les marches.

"Rien, annonce-t-elle. Theron est toujours pas rentré. Il est peut-être juste allé se promener.

— Ça doit être ça", je dis, même si personne est dupe.

Je me rappelle comment il a parlé à cet homme encapuchonné qui est venu jusqu'à la porte, les coups de fusil.

C'est l'anticipation d'une nouvelle vie, la joie de la voir venir, qui m'a peut-être engourdi l'esprit. Aucun Blanc ne tolérerait ça. Comment j'ai pu imaginer les choses autrement ? Link est debout.

"Je vais rentrer chez moi, prévient-elle. Theron est encore dehors. Il va bien finir par arriver."

Je hoche la tête.

"Essaie de dormir un peu", elle dit.

C'est pas vraiment une suggestion. Link a des enfants. Elle sait que je vais attendre assise là le temps qu'il faudra.

J'attrape le bras du fauteuil sur le porche et j'attends.

Link n'est pas partie depuis une minute que je l'entends hurler. Je me lève. Theron est de l'autre côté du portail. Je l'entends dire : "On l'a trouvé sur la ferme." Puis il lève les yeux et me voit.

"Rentre chez toi", m'ordonne-t-il.

Il avance vers moi. Puis il est sur moi, essayant de me repousser à l'intérieur, mais je le bouscule et je marche aussi vite que mes vieilles jambes peuvent me porter. J'entends Link et Theron dans mon dos. J'ai beau savoir ce qui m'attend, j'y vais juste au cas où. Au cas où Major serait à la ferme à labourer les champs ou à planter des graines ou à ramasser les pommes de terre, ou simplement à observer la campagne comme je l'ai fait tant de fois, dans toute sa puissance.

Tout en avançant, j'aimerais que chaque instant qui me sépare de Major m'étreigne, m'enveloppe et me retienne – à jamais. Mais je me dépêche aussi. J'arrive pas à le rejoindre assez vite. Je passe devant les maisons en rondins des ouvriers, le moulin à canne et l'égreneuse, mon chêne et mon enclos à cochons. Je suis tout près du jardin quand je le vois.

Il me faut un petit moment pour comprendre que c'est lui : ses pantalons sont souillés, sa tête pend sur le côté, la partie gauche de son visage est écrasée, il a les yeux hagards, cet enfant que j'ai porté à l'intérieur de moi et que j'ai tenu contre mon sein, et je peux voir ses moments les plus vulnérables étalés devant moi. La première fois qu'il est tombé sur la tête, il a levé les yeux vers moi et a pleuré, l'expression de choc sincère d'un garçon qui vient d'apprendre la déception, la douleur, et il avait cru que je pourrais l'en protéger. Et il y avait encore cette expression la première fois que je lui ai dit de pas regarder un Blanc dans les yeux, mais j'ai échoué parce que je le lui ai pas répété assez, je lui ai pas dit d'une façon qui lui collerait à la peau, je l'ai pas répété, non. Tout ce que j'ai pas fait et dit a laissé un trou en lui qui avait besoin d'être comblé, et voilà où ça nous a menés, et le cri qui s'échappe de mon âme ne se taira jamais, et la souffrance qu'il contient me remplit et sera jamais vidée.

Link et Theron s'approchent, ils essaient de me relever dans les champs d'Isaiah. C'est la faute des champs aussi, la faute de cette ferme, et je me mets à arracher les rangs un par un, tout ce qui me tombe sous la main, et quand je suis trop fatiguée d'arracher, je m'effondre à nouveau, et je sais que Theron et Link sont ici, même si je ressens rien.

La cloche sonne. Cette fois c'est pour moi, pour mon fils, et je me souviens de Jericho. Je me relève et je marche. Il faut pas qu'il voie ça. La seule possibilité qu'il puisse mettre le pied dehors et suivre son instinct jusqu'à cet endroit me pousse en avant. Quand j'ai atteint la maison, Eliza est à la porte avec le bébé, attendant une bonne nouvelle. Je voudrais tant être capable de la lui donner, mais mon apparence suffit à la dévaster. Elle tombe évanouie sur le seuil, et Link attrape Lucille au vol. Jericho est près de la porte. Je me précipite vers lui, je le prends dans mes bras. Je commence à lui raconter ce qui s'est passé, mais il me rejette, secoue la tête, s'arrache à mon étreinte, se couvre les oreilles.

Link s'approche de moi, le bébé dans les bras.

"On va surmonter tout ça", elle dit.

Mais non. Pas moi, pas maintenant. Je suis intriguée par cette femme pourtant, celle avec les longs cheveux gris qui a une enfant. Je l'invoque au plus profond de moi. Elle est là, sa fille aussi ; il y a un garçon avec elles. Elle est assise avec eux tous, et peut-être qu'ils m'attendent.

JOSEPHINE

1855

La menace que maman avait entrevue ce matin-là dans ses pierres semblait avoir disparu le soir. Visiblement de bonne humeur, elle plaisantait sur l'homme blanc qui nous avait prodigué ses conseils pour rejoindre le port.

"Des sassafras pour préparer des infusions, Josie. De l'huile de ricin pour libérer le ventre. De la graisse animale pour faire de la pommade. Ces pierres que je lance, elles ont rien de spécial. Tu les ramasses par terre, tu les polis, tu brûles de la sauge et tu dis une prière pour les rendre sacrées. Tout ce que tu touches, tu peux le rendre sacré."

Quand elle a eu fini, on a revu notre plan. Jupiter avait gardé les vêtements qu'il avait volés à la plantation ; avant d'arriver à la ville, on devait se laver dans le fleuve et se changer, traverser la place centrale comme les gens libres que nous étions nés pour être, comme les personnes libres que nous étions désormais. Un des employés qui vérifiaient les billets détournerait le regard pendant qu'on se cacherait derrière les balles de coton sur le pont du bateau. Il nous passerait des vivres tout au long du voyage et frapperait trois fois quand on pourrait débarquer en toute sécurité.

"Vous aurez peur, mais faut pas le montrer, quoi que vous fassiez, a insisté Jupiter. Imaginez ce que ce serait de traverser cette place en étant libres ; gardez les yeux levés vers le ciel et avancez, un pas après l'autre, mais aussi comme si vous y étiez déjà, comme si vous aviez réussi et que vous regardiez en arrière pour montrer le chemin."

On s'est arrêtés pour manger le reste des légumes et des galettes de maïs, le poisson cru que Jupiter avait pêché et qu'on avait coupé en morceaux.

"On est presque arrivés", a dit mon père pendant le repas.

Il devenait nerveux, je le voyais à sa façon d'éviter mon regard et de fixer l'eau, incrédule, comme si à tout moment il risquait de découvrir, en levant les yeux, que ce voyage n'était qu'un rêve.

"On n'est pas presque arrivés – on est arrivés. On n'y va pas – on est ! Je te l'ai dit ! a martelé Jupiter, avant de recracher une arête derrière lui.

— T'as raison, t'as raison, a admis papa. Mais dis-moi, comment t'as fait pour que ce Blanc croie tes explications, ou même que ça le mette pas en rogne ?

— Domingo…"

Maman ne quittait pas des yeux Jupiter pendant qu'il parlait.

"… Les gens portent un message sur la figure. C'est comme ça qu'ils montrent leurs intentions envers toi. C'est comme ça que tu sais si une femme te veut du bien ou du mal, si elle va vouloir de toi ; c'est comme ça que tu sais la quantité de canne qu'il suffit de ramasser pour la journée sans que le contremaître dise rien ; c'est comme ça qu'on survit. Ce matin, j'ai regardé cet homme et j'ai su que je pouvais le faire plier ; il portait une histoire en lui qui m'a permis de lui faire voir le monde à travers mes yeux. Mais tous les Blancs sont pas comme ça, faut que tu le saches. Si on est surpris à nouveau et que je me mets pas à parler, cours. Ça voudra dire que je peux rien faire."

Il a regardé au loin, en direction du fleuve.

"Ça voudra dire que notre pouvoir il sera plus que dans nos jambes."

Après le repas, on a parcouru encore un kilomètre. Déjà, on apercevait le Cabildo et les trois clochers de la cathédrale*. Les femmes nous avaient prévenus qu'il faudrait passer devant pour atteindre le quai. La nuit, avaient-elles dit, la place serait déserte, mais au matin, on y trouverait des bordels et des bars ouverts, ainsi que des marchés aux esclaves. Il fallait choisir le bon moment : ne pas traîner dans la ville trop longtemps en plein jour, sans pour autant risquer de manquer le bateau.

Il était temps de se changer.

On était couverts de boue, et on avait les bras et les jambes tailladés par les branches. Le soleil se levait à peine. Si on rejoignait le quai maintenant, on devrait attendre à découvert, en espérant pouvoir nous fondre dans la masse des mécaniciens et des matelots. Si on restait ici, on risquait d'être surpris à rôder.

"Pas encore, a décrété Jupiter. Mon esprit me dit : pas encore."

---

* Le Cabildo était le siège du gouvernement de La Nouvelle-Orléans à l'époque de la colonisation française puis espagnole ; il fut construit au XVIIIe siècle, de même que la cathédrale Saint Louis voisine, dans le Vieux Carré.

Maman m'a attirée à elle et m'a assise sur ses genoux. Elle n'arrêtait pas de m'embrasser, partout sur le visage, et elle me caressait le dos de haut en bas, comme si elle essayait de faire pénétrer quelque chose en moi.

Jupiter l'a regardée d'un air étrange, comme s'il voyait quelque chose pour la première fois.

"Ça suffit comme ça !" il a dit, et il m'a écartée d'elle.

C'est alors qu'on a entendu les aboiements. En levant les yeux, j'ai vu au loin deux hommes à cheval suivis d'une meute. Jupiter m'a soulevée par le col. Avant que je comprenne ce qui se passait, on courait – papa et maman derrière Jupiter et moi, les hommes derrière eux. Le grondement des chiens se rapprochait. La distance entre Jupiter et mes parents ne cessait de se creuser. Je voulais lui dire de les attendre. Je voulais lui dire que je n'irais nulle part sans eux, que ça n'en valait pas la peine ; mais à chaque foulée, je sentais son genou cogner contre ma poitrine, et j'ai enroulé mes bras autour de son cou trempé de sueur. Je regardais tour à tour les bateaux devant nous et mes parents derrière moi, qui n'arrivaient pas à suivre. J'ai tourné la tête juste au moment où papa se faisait prendre au lasso. J'ai vu sa jambe se tordre. Maman est tombée sur lui et elle a gémi. Jupiter s'est retourné, il a levé le bras gauche et il a tiré trois coups en l'air, puis il m'a soulevée plus haut ; il ne courait pas, il volait presque, et il a glissé le revolver dans sa poche. J'ai frappé sa poitrine de mes petits poings, puis j'ai tendu les bras vers maman, je l'ai appelée en criant, mais elle est restée à côté de papa. Je l'ai entendue hurler :

"Cours ! Continue !

— Ces esclaves appartiennent à Tom Dufrene ! a lancé un des hommes.

— Continue !" a répété ma mère, et j'ai cru l'entendre rire.

AVA

2017

J'ai quitté Martha pour de bon et je vais droit chez ma mère. Une fois arrivée, je reviens sur les détails de mon évasion quand le téléphone sonne. Je comprends à ses réponses qu'elle discute avec Hazel.

"Quelle est leur fréquence ? Et alors, qu'est-ce qu'elle a, cette voiture ? D'accord, d'accord. Je suis là d'ici une heure. Laisse-moi juste le temps de m'organiser." Et puis, avant de raccrocher : "Tu prends soin de ton bébé, d'accord ? Tu t'en occupes, hein ?"

Elle va dans sa chambre rassembler ses affaires : un magazine, de la lotion à la lavande, des huiles de sauge, des coussins chauffants, une copie du plan de naissance d'Hazel, et des phrases d'encouragement que l'intéressée a écrites sur des fiches.

"J'aurais besoin de toi, dit-elle en bourrant son sac. Le problème, c'est que son copain va pas être là, finalement. Elle a bien des tantes et des cousins, mais ils ont déménagé à Baton Rouge après l'ouragan. T'as pas besoin de rester tout le temps, juste au début, avant qu'on aille à l'hôpital. Les premières étapes de l'accouchement peuvent durer des heures.

— J'en suis", je dis, presque gênée d'être aussi enthousiaste à l'idée de l'accompagner. Et j'ajoute : "Comme je m'occupe pas de Martha, j'ai rien de plus à faire."

Après avoir sonné, on reste plantées un bon moment devant la porte d'Hazel. Elle ouvre enfin, en se tenant le bas-ventre.

"Celle-là était méchante, dit-elle.

— Ouais, ça va faire ça un certain temps", répond ma mère.

Elle entre et se met au travail : elle fait de la place dans le salon, pose des couettes et des couvertures par terre, montre à Hazel des positions qui pourraient soulager la pression : à quatre pattes, puis sur le côté. Je l'avais vue, avant de partir, qui remplissait des chaussettes avec du riz. Maintenant, elle les réchauffe puis les presse contre le dos d'Hazel, pliée en deux à cause d'une nouvelle contraction.

"C'est juste de l'énergie, explique-t-elle une fois que la douleur a reflué. Rien que de l'énergie. Notre boulot, c'est de la diffuser. La bercer. La faire crier. Tu vas savoir comment bouger pour expulser la douleur. Il y a des femmes qui préfèrent serrer les dents, mais ça ne fait que refouler la pression à l'intérieur. Non, c'est plus comme une expiration."

L'attente a commencé, le silence s'installe. Alors ma mère ferme les yeux et pousse les mains vers le plafond, paumes vers le haut.

> *Déesse mère, Yemaya, monde des Esprits, des Guides*
> *et des Ancêtres,*
> *Nous faisons appel à toi aujourd'hui pour que tu nous*
> *montres les voies anciennes.*
> *Nous savons qu'il n'y a rien de nouveau sous le soleil,*
> *et nous te demandons*
> *D'insuffler l'ancienne sagesse à nos esprits, l'intuition*
> *à nos cœurs.*
> *Dirige nos mains, commande à nos paroles,*

De sorte que ce soit toi qui touches Hazel et la libères
de la douleur,
Toi qui guides ses pensées et ouvres son cœur à la paix.
Ramène l'esprit d'Hazel au moment présent,

"Oui, Seigneur", je crie, sans le vouloir.

Montre-lui comment créer une chose nouvelle, un
moment nouveau, une vie nouvelle
Dans les replis merveilleux de ton ventre,
Laisse-la s'appuyer sur toi,
Sème son cœur de gratitude,
Sois avec nous cette nuit et pour toujours,
Amen.

"Amen", je dis à mon tour.

Avant que j'aie rouvert les yeux, Hazel se met à hurler. Ma mère se précipite pour lui prendre la main. Elle se met à quatre pattes, se balance d'un côté et de l'autre, et Hazel la suit, maladroitement au début, puis, à mesure que la douleur s'accroît, son corps se relâche. Elle ferme les yeux et gémit.

"Bien, dit ma mère. Bien." Elle geint avec elle. "Laisse la douleur guider l'expiration. Laisse lui trouver l'accord qui va lui correspondre. Laisse-lui trouver l'accord qui va la ramener chez elle."

Pendant qu'elles parlent, une voix me dit d'aller faire couler un bain. Je remplis la baignoire d'eau chaude, je retourne au salon et m'assois à côté de ma mère pour caresser le dos d'Hazel de bas en haut. Après le dos, c'est le haut de ses cuisses qui semble aussi me réclamer. La voir se tordre de douleur a réveillé un souvenir en moi : la souffrance aiguë qui a précédé la naissance de King, et que jamais je n'aurais cru pouvoir surmonter. D'ailleurs, c'est plus qu'un souvenir, car il est ravivé par ce que j'ai devant moi, comme si une partie de mon corps communiquait avec celui d'Hazel, et je sais, avant même qu'elle se redresse et dise que la contraction est passée, que la douleur a reflué – pour le moment.

"À la prochaine, on va directement dans la baignoire, je dis. Il n'y a plus que ça pour la douleur, maintenant."

Mon autorité me surprend moi-même. Ma mère, qui m'observe, m'approuve en souriant :

"Très bien."

Le reste de la soirée est rythmé par de nouvelles contractions. Hazel profite de ses moments de répit pour plaisanter sur les vieux airs que passe ma mère : Dinah Washington ou Ella Fitzgerald.

"On dirait que ça a été enregistré en 1492 ou dans ces eaux-là."

Mais elle s'accroche dès qu'elle ressent de nouvelles contractions. Je lui fais faire la navette entre le salon et la baignoire, je la fais mettre à genoux ; je lui masse le bas du dos avec mes poings, je lui resserre les hanches. Au début, je ne suis pas très à l'aise, mais je devine à l'intensité du gémissement s'il faut qu'elle hurle pour se soulager, et je l'accompagne pour qu'elle ne se sente pas gênée d'être la seule à crier chez elle ; je me mets à quatre pattes avec elle, en roulant des hanches et en grognant pour que la douleur, en s'exprimant, ne reste pas piégée à l'intérieur du corps.

À minuit, Hazel est prête pour l'hôpital. Je m'assois avec elle à l'arrière de la voiture pendant que maman conduit.

Quand on arrive, les infirmières l'emmènent dans une chambre, l'auscultent et constatent que le col est dilaté de huit centimètres. Ma mère les suit pour aller chercher un médecin. J'ai beau m'être investie à fond, ça me stresse de me retrouver seule avec elle. La douleur s'est intensifiée, et sa terreur avec, et les méthodes que j'ai essayées semblent de plus en plus inutiles. Assise sur un ballon de grossesse, elle s'appuie contre le lit d'hôpital pour se soutenir. Je m'accroupis derrière elle et je fais pression sur son dos avec mes paumes.

Je vois sur le moniteur qu'une autre contraction se prépare.

"C'est bon, je dis. Tout va bien se passer."

Elle ferme les yeux, se balance et gémit pendant la crise. Quand c'est fini, elle se tourne vers moi.

"J'y arrive plus ! C'est encore pire que la dernière fois, et t'as vu comment ça s'est terminé…

— Tu y es presque, tu peux pas abandonner maintenant ! Dans moins d'une heure, tu vas être mère.

— C'est ce qu'ils avaient dit… réplique-t-elle, et elle se met à pleurer. Je m'étais tellement mise en condition, j'étais tellement prête, et puis…" Elle plonge son visage entre ses mains. "… Et puis rien !

— Ça, c'était la dernière fois ; aujourd'hui, c'est différent. Tu dois accepter la possibilité que ça se passe différemment aujourd'hui."

Elle secoue la tête.

"Tu peux même t'en servir ! j'insiste. Toute la douleur, la déception, la colère… laisse-les te donner de l'assurance, laisse-les décupler ton énergie !

— Je veux juste que ce soit fini…"

Et je sens que la force qui a mû mes mains plus tôt dans la journée, qui les a guidées le long de

son dos, leur a fait presser ses hanches, m'a soufflé à quelle température régler l'eau du bain, cette
force est là de nouveau, pour diriger le flux de mes
paroles, leur conférer un pouvoir qu'elles n'auraient
jamais eu par elles-mêmes.

"Maintenant, je suis là, avec toi, je dis. Si t'as pas
de force, tu peux compter sur la mienne, t'as qu'à
te laisser porter. Je vais rester auprès de toi jusqu'au
bout."

Ça a l'air de la calmer. La médecin entre, ma mère
sur ses talons, et on aide Hazel à se remettre sur le lit.

Après palpation, la doctoresse lui annonce que
c'est le moment d'en mettre un coup :

"Allez-y, poussez fort !"

Et Hazel acquiesce au beau milieu d'une contraction.

Je me penche pour lui chuchoter ces mots à
l'oreille, sur l'accent de la mélopée :

"Toutes les femmes qui sont venues avant toi
sont à tes côtés, elles te soutiennent, elles vont te
guider jusqu'au bout…"

J'ai les yeux fermés, et alors je vois Josephine
debout devant sa ferme, comme sur la photo. Cette
fois, elle tient deux enfants par la main, une fillette
d'environ cinq ans et un garçon plus âgé. Ils me
regardent tous les trois avec des yeux pleins d'espoir et d'attente.

"Courage ! dit le docteur. C'est très bien."

J'aperçois la tête du bébé, noire et luisante.

"Encore une fois ! continue le docteur. Vous pouvez encore pousser, Hazel !"

Je l'entends qui grogne. Je continue à parler.

"C'est là, ce que tu as tant attendu, et ça y est ;
c'était gagné dès l'instant où tu t'es décidée."

Elle pousse encore ; le bébé est complètement sorti ; silencieux au début, il laisse échapper un indéniable vagissement, et Hazel braille avec lui.

"Ça y est ! s'écrie ma mère. T'as réussi !

— Ça y est ! répète Hazel. J'y suis arrivée !"

L'infirmière lui pose le bébé sur le ventre et il s'arrête de pleurer. Il a la peau fine, de la même couleur pêche que King, ce qui me perturbe pendant quelques secondes. Je ferme les yeux pour dire une prière ; Josephine est de nouveau là, elle tient toujours les enfants par la main mais elle regarde ailleurs.

Hazel se tourne vers moi.

"J'y serais jamais arrivée sans toi."

Maintenant elle contemple le bébé, lui embrasse le haut du crâne, et il lui serre l'index dans son petit poing.

"J'aurais jamais cru que ça soit différent de la dernière fois, poursuit-elle. J'arrivais vraiment pas à l'imaginer. Mais c'est comme si un autre monde s'ouvrait à moi. Je t'assure, pour moi, le monde a changé !"

Les tantes et les cousins d'Hazel sont enfin là. Ma mère aide le bébé à amorcer la tétée, puis on rentre à la maison. King nous attend. Dès notre arrivée, il se précipite dans mes bras.

"T'as l'air de bonne humeur !" je dis.

Il hausse les épaules, essayant de la jouer détaché. Je lui parle du bébé.

"Il m'a fait penser à toi quand t'es né. Je te revois encore dans mes bras. T'aurais pu tenir dans ma main !"

Puis je m'assois pour lui dire :

"On va rester ici un petit moment, le temps que je m'organise. Je suis désolée."

Il secoue la tête.

"Pas moi. Ça va me faire du bien de changer d'air."

Il m'embrasse avant de monter à l'étage. Ma mère me rejoint sur le canapé.

"Tu t'es vraiment révélée cette nuit, hein ? J'ai horreur de dire « Je te l'avais bien dit », tu le sais…

— Oui mais t'avais raison."

Elle acquiesce dans un sourire, pose sa main sur la mienne.

"Comment tu te sens, sinon ? demande-t-elle.

— Mi-figue, mi-raisin."

Dans la voiture, mon père a appelé pour me dire que ma grand-mère allait être admise à l'hôpital. À sa sortie, il est probable qu'elle aille dans un établissement spécialisé. Un bel endroit, souligne-t-il. Je sais que c'est le mieux, mais je suis triste pour elle aussi. Alors je repense à Hazel et au nouveau monde qui s'est ouvert à elle, un monde dans lequel elle garderait son bébé. J'ai vu un monde nouveau s'ouvrir à moi, aussi, et dans celui-là il n'y a pas de place pour la culpabilité.

Je revois Josephine. Je ferme les yeux ; son image est moins criante de vérité que tout à l'heure, mais encore assez pour que je sache que je n'ai pas rêvé. La figure dans les mains, un foulard bleu noué autour de la tête, elle s'est installée pour la nuit. Tout autour de son oreiller, une constellation de pierres. Elle a les yeux fermés mais elle sourit ; elle a l'air très fière d'elle-même.

REMERCIEMENTS

Je remercie mon éditeur Jack Shoemaker, qui a enrichi ma vision et l'a ancrée dans la page ; mon agent, Michael Carlisle, qui est à la fois mon représentant et mon ami ; Jane Vandenburgh, qui bonifie ce que je suis et ce que j'écris. En Megan Fishmann et Jenn Kovitz, j'ai trouvé des trésors de soutien et de connaissances. Jennifer Alton, Dory Athey, Katie Boland, Nicole Caputo, Jordan Koluch, Miyako Singer, Yukiko Tominaga, et tous ceux chez Counterpoint et Catapult qui ont mis la main à ce projet – vous êtes des magiciens, c'est impressionnant ! Et Jaya Miceli, la couverture du livre est juste parfaite.

Je me suis documentée dans les ouvrages suivants : *Chained to the Land: Voices from Cotton & Cane Plantations*, de Lynette Ater Tanner ; *Rise and Fly: Tall Tales and Mostly True Rules of Bid Whist*, de Greg Morrison et Yanick Rice Lamb ; *American Uprising: The Untold Story of America's Largest Slave Revolt*, de Daniel Rasmussen ; *To 'Joy My Freedom: Southern Black Women's Lives and Labors after the Civil War*, de Tera W. Hunter ; *Back Through the Veil: A Brief History of African-Americans Living in Mansura* (tome I), de Donald G. Prier, PhD ; *Slave Escapes and the Underground Railroad in North Carolina*, de Steve M. Miller et J. Timothy Allen ;

Freedom's Women: Black Women and Families in Civil War Era Mississippi, de Noralee Frankel ; *Jambalaya: The Natural Woman's Book of Personal Charms and Practical Rituals*, de Luisah Teish ; *Mammon and Manon Early New Orleans: First Slave Society*, de Thomas N. Ingersoll ; *Twelve Years a Slave*, de Solomon Northup ; *The Way of the Elders: Western African Spirituality and Tradition*, d'Adama Doumbia et Naomi Doumbia ; *Motherwit: An Alabama Midwife's Story*, d'Onnie Lee Logan et Katherine Clark ; *Slave Religion: The "Invisible Institution" in the Antebellum South*, d'Albert J. Raboteau ; *American Negro Songs: 230 Folk Songs and Spirituals, Religious and Secular*, de John W. Work ; *Africans in Colonial Louisiana: The Development of Afro-Creole Culture in the Eighteenth Century*, de Gwendolyn Midlo Hall ; *Freedom Colonies: Independent Black Texans in the Time of Jim Crow*, de James H. Conrad, Thad Sitton et Richard Orton ; *Sharecropping in North Louisiana: A Family's Struggle Through the Great Depression*, de Lillian Laird Duff et Linda Duff Niemeir ; *Slave Culture: Nationalist Theory and the Foundations of Black America*, de Sterling Stuckey ; *Freedom After Slavery: The Black Experience and the Freedmen's Bureau in Reconstruction Texas*, de Lavonne Jackson Leslie, PhD ; *Slavery's Exiles: The Story of the American Maroons*, de Sylviane A. Diouf ; *Mississippi Slave Narratives: A Folk History of Slavery in the United States from Interviews with Former Mississippi Slaves*, du Federal Works Project ; *The Underground Railroad from Slavery to Freedom: A Comprehensive History*, de Wilbur H. Siebert ; *Eight, True, Short Stories of Daring Slave Escapes: Tales From the Underground Railroad*, de Julie McDonald ; *Delivered by Midwives: African American Midwifery in the Twentieth-Century South*, de Jenny M. Luke ; *The*

Underground Railroad: Authentic Narratives and First-Hand Accounts, de William Still and Ian Finseth ; *Slavery by Another Name: The Re-Enslavement of Black Americans from the Civil War to World War II*, de Douglas A. Blackmon ; *Harriet Tubman: The Road to Freedom*, de Catherine Clinton ; *What Love Can Do: Recollected Stories of Slavery and Freedom in New Orleans and the Surrounding Area*, d'Arthur Mitchell et Gayle Nolan ; *New Orleans after the Civil War: Race, Politics, and a New Birth of Freedom*, de Justin A. Nystrom ; *Seven African Powers: The Orishas*, de Monique Joiner Siedlak ; *Trouble in Mind: Black Southerners in the Age of Jim Crow*, de Leon F. Litwack ; *The World That Made New Orleans: From Spanish Silver to Congo Square*, de Ned Sublette.

Merci à Blane Clayton, Crystal Tenille Irby, Jamie Kennedy et Debhora Singleton qui m'ont présenté leur doula, tout dit sur le whist et La Nouvelle-Orléans, et qui m'ont fait partager des moments précieux.

Kathryn Kefauver et Leta McCollough Seletzky, vos révisions m'ont été indispensables, tout comme vos encouragements.

Anisse Gross, Rachel Khong, Lydia Kiesling, Reese Kwon, Caille Millner, Andi Mudd, Esmé Weijun Wang et Colin Winette, j'ai été très honorée de faire votre connaissance.

Je suis profondément reconnaissante à Allysia Adams, Lucy Alvarez, Melinda Bowman, Katherine Williams Brinkman, Chanda McGhee, Vanessa Motley, Meredith Robinson, Erin Shelton, L. J. Smith, Betsy Sexton, Carlton Sexton, Nubia Solomon, Iris Tate, Johanna Thomas, Kathryn Washington, Josie Wilkerson, Patsy Wilkerson, Felthus Wilkerson Jr., Bruce Williams, Trevor Williams et tant d'autres qui m'ont soutenue durant cette année.

Ma mère est un génie créatif – je me félicite qu'elle m'ait transmis un peu de son talent.

Chuckie, devenir membre fondateur de TFC a été pour moi un honneur immense et une joie non moins grande.

Nina, Carter et Miles, soyez toujours assurés de mon affection débordante ; puissiez-vous vous rappeler que vous en valez dix mille.

OUVRAGE RÉALISÉ
PAR L'ATELIER GRAPHIQUE ACTES SUD
ACHEVÉ D'IMPRIMER
EN AVRIL 2024
PAR NORMANDIE ROTO IMPRESSION S.A.S.
À LONRAI
POUR LE COMPTE DES ÉDITIONS
ACTES SUD
LE MÉJAN
PLACE NINA-BERBEROVA
13200 ARLES

DÉPÔT LÉGAL
1re ÉDITION : MAI 2024

N° impr. : 2401418

(Imprimé en France)